アティカス、冒険と人生をくれた犬

FOLLOWING ATTICUS

Tom Ryan

トム・ライアン 著
金原瑞人・井上里 訳

集英社インターナショナル

アティカスは外が大好きだ。森の中や山頂にいるときは、とりわけ幸せそうな表情をみせた。

冬山の珍客。三月、厳冬のワシントン山にて。

フィールド山を目指す途中のウィリー山脈で。冬のホワイト山地は、時に異世界のように美しくなる。

一日がかりでフランコニア峡谷《ノッチ》に連なる山々を縦走したあと、
フルーム山の頂上で景色を堪能した。

“小さなブッダ”は、飽きることなく山頂に座りつづけた——どの季節にも。

山頂を目指すアティカスの姿がみえるだろうか。
ここは、ホワイト山地で四番目に高いモンロー山だ。

R.R.に捧ぐ――いつも心のなかにいるあなたへ

「旅を続けるのは骨折り損――ここから先は未開の地」
人々はそう戒め、わたしは従った（略）

だが、やがてあの声がはじまった。良心のようにたえまなく、
昼もなく夜もなく、囁き声が絶えずわたしをけしかける――
「何かが隠れている。探しにいくがいい。あの山のむこうには何かがある――
山脈のかげに隠れている。人知れずおまえを待っている。さあ、いけ！」

――ラドヤード・キプリング、「冒険家」より

「計画どおりの人生など、迷うことなく捨てなさい。
そうすれば本当の人生に出会えるでしょう」

――ジョーゼフ・キャンベル

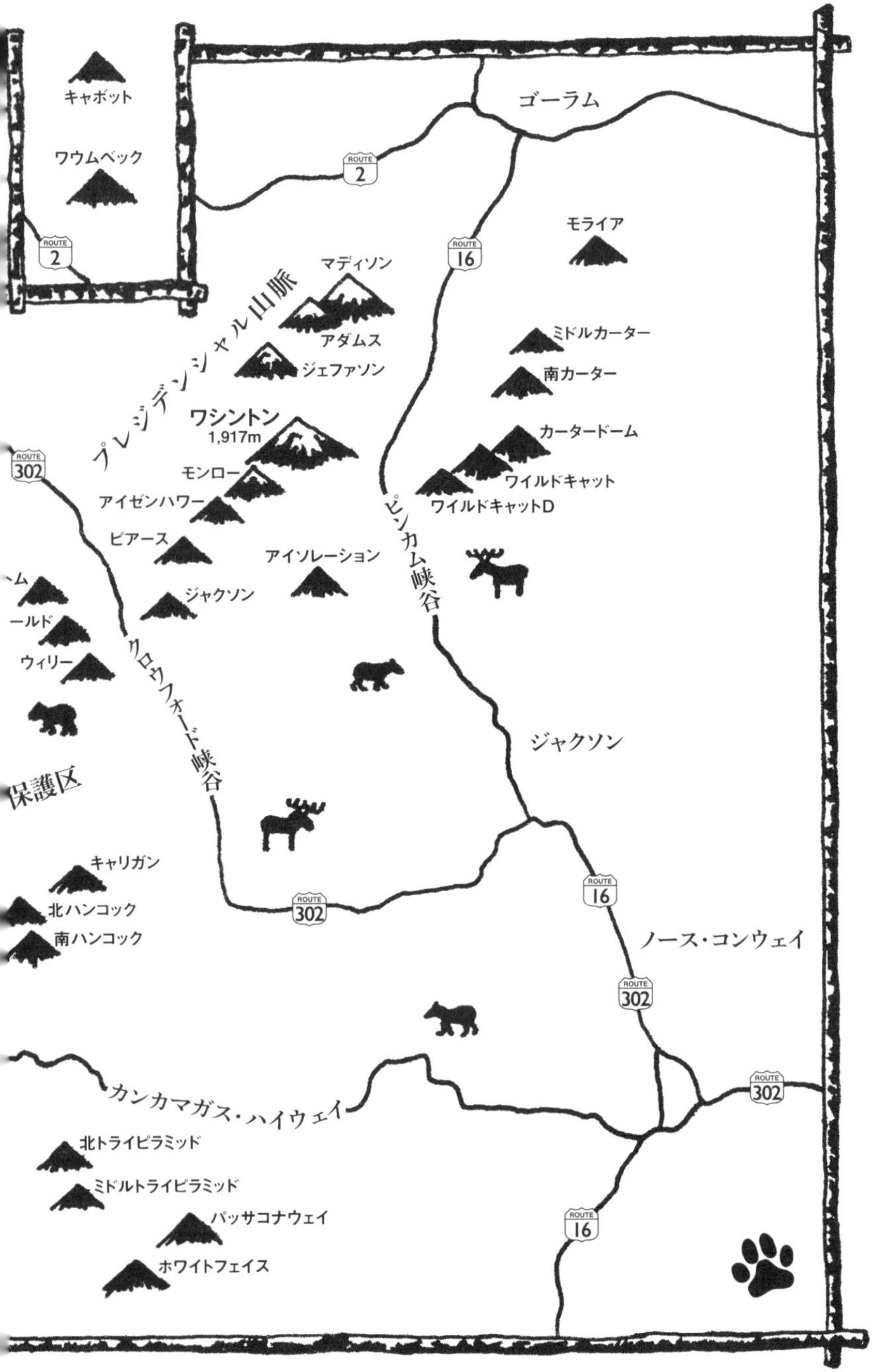
キャボット
ワウムベック
ROUTE 2
ゴーラム
ROUTE 2
モライア
ROUTE 16
マディソン
プレジデンシャル山脈
アダムス
ジェファソン
ミドルカーター
南カーター
ワシントン
1,917m
カーター・ドーム
ROUTE 302
モンロー
ワイルドキャット
アイゼンハワー
ワイルドキャットD
ピンカム峡谷
ピアース
アイソレーション
ジャクソン
ウィリー
クロウフォード峡谷
ジャクソン
保護区
キャリガン
北ハンコック
南ハンコック
ROUTE 302
ROUTE 16
ノース・コンウェイ
ROUTE 302
カンカマガス・ハイウェイ
ROUTE 302
北トライピラミッド
ミドルトライピラミッド
パッサコナウェイ
ROUTE 16
ホワイトフェイス

ホワイト山地の4000フッター
アメリカ・ニューハンプシャー州
FOUR-THOUSAND-FOOTERS
OF THE
WHITE MOUNTAINS
OF
NEW HAMPSHIRE
ROUTE 3
ROUTE 302
トゥイン・マウンテン
N
ROUTE 3
ROUTE 93
北トゥイン
ガーフィールド
ラファイエット
ゲイルヘッド
西ボンド
キャノン
アウルズヘッド
リンカン
北キンズマン
南キンズマン
リバティ
フルーム
フランコニア峡谷
リンカン
ムーシローキー
オシオーラ
ROUTE 93
テカムサ

Contents

地図　ホワイト山地の４０００フッター …… 2

プロローグ …… 6

第一部　マックスウェルとアティカス …… 11

1. ドアが開くとき …… 12
2. 「どこへいくときも連れていきなさい」 …… 39
3. 大きな変化 …… 56
4. ギフト …… 73
5. 「冬山は死者が出る」 …… 87
6. 子どもたちのために …… 109
7. 大冒険 …… 117
8. 小さな巨人 …… 124
9. 道を照らす星 …… 135
10. 「M」をお忘れなく …… 140
11. 「信仰心は時おりのもの」 …… 146
12. アティカスを隠せ …… 152
13. アジオコーチフックの不思議な力 …… 155
14. 「五日間の強行軍」 …… 166
15. 「ありがとう」 …… 171

第二部　闇を照らす光 177
16. 事態の急変 178
17. 「ひとりにするわけにはいかないんです」 188
18. アティカスの仲間たち 193
19. ソウルワーク 201
20. パンくず 209
21. フランク・キャプラとディナーを 216
22. 約束 222

第三部　元の場所へ 229
23. 新たな冒険 230
24. すぐそばにある魔法 235
25. フランコニア山脈の死神 241
26. 父への最後の手紙 246
27. あの目。あの美しい目 254
28. ワシントン山 263
29. 別れ 267
30. 胸の痛み 273
31. 散歩という偉大な芸術 283
32. ペイジ 289
33. 家へ 296

・個人の名前や特徴は、一部変更しています。
・凡例：本文中 [ ] 内は、訳註です。

プロローグ

父さんへ

お気に入りの写真を同封するよ。土曜日に、ワイルドキャット山のポールキャット・スキーコースを下《くだ》っていたときに撮ったんだ。

遠くのほうで偉そうにそびえているのがアダムス山とマディソン山。ふたつの山と、近くでそびえるワシントン山の山頂は、白い岩がむき出しになっている。だけど、中腹からふもとまでは、豊かな森におおわれているんだ。木々にも兵士のような階級があるのか、上と下では色がちがう。頂上近くに広がる常緑樹は寒さに強く、青々としている。それが下へいくと、落葉性の木々が混じりはじめる。この季節、落葉樹はネイティヴ・アメリカンが戦の前にほどこす化粧のような色に染まる。赤やオレンジや黄色に紅葉した木々は、戦いに沸き立つ兵士たちのようだ。色のうねりに目を奪われていると、木々がほんとうに生きているみたいに思えてくる。いまにも雪崩《なだれ》を打って戦いにとびこんでいきそうだ。

こっちに向かって流れてきた木の兵士たちは、ふもとまでくると、張りつめた空気をたたえて整然と戦線を張る。上のほうから前進の号令がきこえてくるのを待っているみたいだ。

その前は野原だ——褪せた黄色と緑の草におおわれている。長いあいだに平らにならされ、幾度となく戦いが繰り広げられてきたかのようだ。木の前線から数メートル広がる草地のこちらには、ぼくの相棒が背を向けてぽつんと小さく座っている。はるか彼方まで続く木々の大軍を眺めているんだ。

相棒は、ひとりで、まっすぐに体を起こして座っている。木々の波がくだけるのを待っている。それがどんなものであれ、解き放たれた世界が自分に向かってくるのを受け止めようと待っている。穏やかで（迫りくる試練に身をまかせるつもりなのかもしれない）、控えめで、勇ましい。道はかならずみつかるという信念があるのだ。

ぼくの相棒は、フロド・バギンズで、ドン・キホーテで、ハックルベリー・フィンだ。家から一歩足を踏みだした瞬間、冒険に巻きこまれてしまった英雄だ。

写真をみていると、哲学者で詩人のウィリアム・アーウィン・トンプソンの一節が頭に浮かんでくる。「境界までやってくると、目の前の大自然がわたしたちに伝える。まさにいま、おまえは過去の自分を越えていこうとしているのだ、と」

相棒はそこに座っている。野原に、たったひとりで。トンプソン言うところの「境界」で山と向きあう姿は、荒々しい自然の中でひときわ小さくみえる。それでも座り続ける。目をそらさない。背を向けることも逃げだすこともしない。

写真に収まった小さな姿は、ぼくの登山の相棒、アティカス・M・フィンチだ。この名は『アラバマ物語』に登場する謙虚な英雄にちなんで付けた。

去年の五月二十一日からこれまで、心優しいアティカスは、ぼくと一緒に山登りを続けてくれている。それまで、ぼくたちはろくに運動をしなかった。ニューベリーポートの自宅でのんびり過ごすことがほとんどだった。森や浜辺を少し散歩することはあっても、それ以上の遠出をすることはまずなかった。ぼくは重量オーバーだったし、体がなまっていた。ところが去年、四十八の四千フッター［ニューハンプシャー州にある四十八の標高四千フィート以上の山の呼称。四千フィートは約千二百メートル］を登るという体験をしたとたん、ぼくたちはたちまち熱中し、四十八すべての山を十一週間で制覇した。あんまり短期間のうちに終えてしまったので、春から秋にかけてもう一度同じ山々を登ることにした——今度は、ゆっくり時間をかけるつもりだ。

樹林を見下ろすアティカスをみていると、四十八の山々を称える気持ちがあらためてわいてくる。だけど、それ以上にぼくは、この好奇心の強い小さな犬をすばらしいと思う。こんな登山の相棒がいるなんて、ぼくはなんて幸運なんだろう。風の日も晴れの日も、雪の日も雨の日も、アティカスは、ぼくと共に山を登ってきた。たいていはふたりきりで、ぼくたちの絆は日増しに強くなった。

大自然と向かいあって座るアティカスをみながら、ぼくは本に出てくる英雄らしからぬ英雄たちのことを考えていた。思いもよらない試練に直面し、成長し、それまでとはまったくちがう人間になり、物語が終わる頃には、〝過去の自分を越え〟てしまう。そして、読者ははっきりと悟る。よろこびもあれば悲しみもある。いい日もあれば悪い日もある。これからもいろんなことがあるだろう。だけど物語が終わり、夕陽のむこうへ歩きさったあとも、その先どんな試練や苦難が待ちかまえていようとも、彼らは乗りこえていける。だけど、そこまでわかっていながら、ぼくはやっぱり本を閉じるのがさみしい。お気に入りの登場人物たちにさよならを言うのがつらい。ひとつの冒険を終えるときも、これとまったく同じ気分になることがしょっちゅうある。最後のページを読みおえ、本を閉じ、これが最後だと思う瞬間、まさに友だちを失ったような気持ちにさせてくれる物語。それこそが、いい物語なんだと思う。

うれしいことに、ぼくたちの場合は本が終わったわけじゃなく、章がひとつ終わったにすぎない。ぼくとアティカスには出かけるべき冒険がたくさんあるし、そのための時間はまだまだたっぷりある。実をいうと、次の冒険は、ちょうど二カ月後にはじまる。次回もひとつの物語になるにちがいない。

ぼくたちはスキーコースを下りつづける。下草をかき分け、太陽の光を浴びて金色に輝く木々のあいだを縫っていく。自分が感じていることをひとつひとつ確かめ、目に映る美しさをスポンジのように吸収する。アティカスをみるときに湧いてくる感動は、山と、木々と、そのふたつをよく知る風に対する感動と同じ種類のものだ。楽しげに足を弾ませて坂を下るアティカスをみていると、自然と笑顔になる。ほかにどんな顔ができるだろう？

ぼくはこの小さな犬――おいしいごはんを食べたあとは、体重が九キロになる――を眺めながら、ふと、気づいた。ぼくがアティカスを心から愛しているのは、物語に登場する控えめな英雄たちと同様、その小さな姿からは計り知れないほどの魅力を、内に秘めているからなんだ。ぼくはほんとうに幸運だ。アティカスは、山歩きの相棒だけじゃなくて、友だちにもなってくれるんだから。

時々ぼくたちは、すばらしい一日に恵まれる。達成したことがすばらしいのではなくて、感じたことがすばらしく、その後何度でも思いだしてしまうような一日。昨日も、そういう一日だった。ふたりでひとつの章を終え、そしてまた、新しい章を求めて出発したんだ。

二〇〇六年、十月八日

愛をこめて、トムより。

第一部 マックスウェルとアティカス

Part I
Innocence Lost, Innocence Found

あなたのいく道が悪路で、曲がりくねり、寂しく、危険でも、やがて息を呑むような景色に出会えますように。あなたの登る山々が高く、雲の上にまでそびえていますように。

——エドワード・アビー（作家）

アティカスは生まれたときから芯のしっかりした犬で、好き嫌いもはっきりしていた。写真は生後数カ月の頃、リードの存在意義について考えこんでいるところ。

1．ドアが開くとき

わたしは変わった人生を送っていた。すごくおもしろそうだね、と言われることもあった。編集者で、出版者で、自分で立ちあげた新聞社の唯一の記者だった。その新聞には、ここニューベリーポートで起こる日々の出来事を、詳しく記録していた。住まいはマサチューセッツ州ノースショアにある小さな町にあった。金はないが影響力はあり、幸福だがストレス過多で、仕事は充実しているが人生はそうでもなかった。自分はそれなりの人間だと思いつつ、それでいながら、いつもなにかが物足りなかった。

毎晩のように市役所の会議を取材して、それが終わると何時間もぶっ続けで職員たちとおしゃべりをして裏話をききだす。日中は、いろんな職業の人たちと話をして、彼らが教えてくれる町の秘密に耳を傾けた。人口一万七千人のこの町では、どんな人にもネタのひとつやふたつはある――隣人の噂話ならその倍はある。こうしてできあがったわたしの新聞は、二週間おきに発売され、ほぼ毎号が売りきれた。ニューベリーポート民なら、読み逃すわけにはいかない。彼らの世界は、メリマク川が大西洋に流れこむ、この小さな町を中心に回っているのだから。

わたしは、ダウンタウンの中心部に建つ古いアパートの三階に一人で暮らしていた。夜遅くにソファで眠り、朝早くに起きた。目覚まし時計はいらない。大西洋から太陽がのぼると、朝の光がプラムアイランドとメリマク川の水面を照らし、ジョッパ湿原を輝かせる。古い趣《おもむき》のあるサウスエンドの住宅街が、ぼんやりと明るくなっていく。やがて、ダウンタウンに並ぶレンガ造りの建物が、燃えるように照りかがやく。まばゆいオレンジ色の光がレンガの谷に反射し、アパートの西向きの大きな窓から射しこめば、わたしは自然と目を覚ました。

だが、火曜日だけは事情がちがった。冬場はとくにそうだった。日が短くなり、夜明けは遅くなる。この時期にわたしをたたき起こすのは、ステート通りをやってくるゴミ収集車の騒音だ。耳ざわりなギアの音、ブレーキが軋《きし》る音、ゴミが投げこまれる音、圧縮機が立てるガチャンという金属音。わたしはベッドを飛びだし、ゴミ袋をつかみ、階段を一階まで駆けおりる。間に合いますようにと祈りながら裏口を開け、チャーター通りに駆けだす。五年間、ゴミ収集車との競争を続け、時には勝ち、時には負けた。

近所の人たちがしているように、月曜の夜にゴミを出しておく、ということはしなかった。やめておけ、と言われたからだ。ここニューベリーポートは、むかしからたくさんの秘密を抱えてきた町だ。町並みは絵葉書のように美しいが、その半面、人の好奇心をかき立てる暗い部分も持ちあわせている。秘密を商売道具にし、秘密を打ち明けてくれる人たちとうまく付き合っていくべき身としては、慎重を期すに越したことはない。だが、五年もたつと、神経をすりへらすのにも飽きあきしてくるし、ゴミ収集車との競争にもうんざりしてくる。とうとう、ある月曜日の夜、わたしはゴミ袋を四つ持って、収集場へ出しにいった。運の悪いことに、その晩、何者かがわたしのゴミを盗んだ。生涯最大の冒険がはじまったのは、この夜だ。

わたしの新聞は〈アンダートード〉紙という。ジョン・アーヴィングの『ガープの世界』に出てくる言葉をもらった。この造語は、目に映る部分がどれだけ美しくても、物事の裏にはかならずなにかが隠れている、という意味だ。新聞名としては変わっているが、そもそもニューベリーポートという町が変わっている。画家のノーマン・ロックウェルとアルフレッド・ヒッチコックの世界観を混ぜ合わせたようなところで、古参者と新参者、ストレートとゲイ、古くからいるニューイングランド人と新しくやってきたアイルランド系やギリシャ系が、一緒に住んでいる。町がまっぷたつに分かれて争いあった話なら、語りつくせないほどある。

ニューベリーポートは、ウィリアム・ロイド・ガリソンの生まれ故郷だ。ガリソンは奴隷廃止論者で、この町で記者としての腕をみがいたあと、〈リベレイター〉紙という全国紙を立ち上げ、奴隷制を廃止すべく声をあげた。この町はまた、アンドルー・J・〝ボッシー《いばり屋》〟・ギリスの故郷でもある。ギリスは貧しい地区で生まれ育ち、二十回ほど市長選に出て六回当選した。これほど興味深い政治家は、アメリカ中を探してもいないと言っていい。ボッシーも、政敵をやっつけるために自分で新聞を発行していた。〈アスベスト〉紙というのがそれで、名前の由来は「断熱材《アスベスト》でも使わないと危険すぎて触れられない」かららしい。ニューベリーポートは、ジョン・P・マーカンドというピュリツァー賞受賞作家も輩出した。彼の作品には、地方の上流階級が繰り返し登場する。さらに、一九三〇年代から四〇年代にかけてのおよそ十年のあいだ、厳格で古めかしい階級制に支配されていたこの町には、シカゴ出身の人類学者にして社会学者のウィリアム・ロイド・ウォーナーが住んでいた。ウォーナー率いる三十人の調査団も一緒だった。ニューベリーポートを調査した〝ヤンキー・シティ〟と呼ばれるプロジェクトは、アメリカの町を対象にした研究のなかでは、おそらく研究期間が最長のものだと思う。

わたしはこうした人物たちと比較されるが、よく言われるのは、ガリソンとギリスを足して二で割ったような男、という表現だ。言ってはなんだが、自分では、どちらかというとギリスのほうに似ていると考えている。ニューベリーポートで悪党について書きたてるつもりなら、人前で言い争うような気概が少しくらいあったほうがいい。〈アンダートード〉紙第一号では、自分の目標についてこんなふうに記した。「暗闇を照らし、害のある雑草をむしり、毒をもって毒を制したい」。こんな目標を掲げて醜聞を暴くいっぽう、ロマンチストを自認してもいる。しょっちゅう、ラルフ・ウォルドー・エマソンやヘンリー・デイヴィッド・ソロー、色々な実存主義者たちの言葉を引用する。不正に腹を立てることは多いが、この町の未来や可能性には、心から期待している。

一度、〈ニューベリーポート・デイリー・ニュース〉紙に新しく採用された女性が、ライバルであるはずのわたしに会いにきて、こうたずねたことがある。「ここはどんなところ？」

「みたこともないようなところかな」わたしは答えた。

彼女は、聞き飽きたというような顔になった。「いままでいろんな町にいったけど、みんな同じことを言うのよね」

一年後、女性はボストンのテレビ局に転職することが決まった。わたしは彼女にたずねた。「ここはどんなところだった？」

「みたこともないようなところだったわ！」

この町は個性的で、人も個性的だ。最初は捕鯨の基地で、造船業や海運業も興って、さらに、織物工場や靴工場ができていった。しかし、五〇年代から六〇年代にかけ、様々な工場が相次いで倒産したり移転したりするうちに、町はしだいに衰退していった。すると、当時の政治家のなかでもとりわけ強圧的だった男が先頭に立ち、ダウンタウンに並ぶ立派なフェデラル様式の建物を取りこわし、ショッピングモールや駐車場を造ろうとした。反対する市民が団結して建築家を雇い、古い建物を保存すればダウンタウンの景観がどんなふうになるか示してもらい、取りこわしをやめさせるよう裁判所へ訴えた。市民団体は勝訴し、ニューベリーポートはダウンタウンを取りこわすのではなく、古いまま保存して再開発するために住宅都市開発省の助成を受けたアメリカで最初の町になった。この一件を契機にして町はみるまに復興したが、地元民の苦労は以前よりも増すことになった。美しい景観を気に入った者たちが新たに住みはじめると、町は高級化して、昔からの人々が出ていかなくてはならなくなった。残った人々もここが自分の町とは思えなくなり、なじみの店が一軒また一軒と姿を消しては跡地に高級ブティックが建てられるのを嘆いた。

　こうした変遷のあいだにも、ニューベリーポートにはただひとつ変わらないことがある。腐敗しきった政治だ。政治家は王のように振る舞い、ほとんどが堕落している。権力を持つ者は、それにしがみつくためならどんな手でも使う。地元民にとって、敵は新参者とは決まっていない。おなじ地元民にも油断はできない。ニューベリーポートを〝共食いの町〟と呼ぶ者もいる。バケツに入ったカニみたいだ、と言う者もいた――だれかが這いあがろうとすると、残りの者たちがやっきになって引きずりおろそうとするからだ。近親相姦と激しい内輪もめがいたるところで起こる町――ジャーナリストにとっては理想的な町だ。

　わたしがここにやってきたとき、政治は混乱のきわみにあった。ちょうどこの時期、それまで町を牛耳っていた典型的な南部男《グッド・オールド・ボーイ》たちが、権力を奪われた。町にきてたった三年の人間が市長になったのだ。新参者の新しい市長は、女性で、レズビアンだった。いばりくさった男たちがのさばる息苦しい地方都市に、さわやかな新風を吹きこんだというわけだ。わたしがきたときは二年の任期を終えようとしている頃で、グッド・オールド・ボーイたちは、彼女を市長室から追いだすついでに町からも追放しようとしていた。

　わたしはそれまで、政治に関わろうとか、新聞を立ちあげようとか、考えたことは一度もなかった。それでも、男たちがよくない噂や風評を立てて若い市長をいじめるのをみると、居ても立ってもいられず、争いの場に飛びこんでいった。わたしは、日刊紙や週刊紙に投書した。そうとは知らずにガリソンやギリスと同じ轍《てつ》を踏み、対立候補を名指しで批判したのだ。ニューベリーポートではあまり一般的なことではない。選挙は大混戦になり、その女性の市長が僅差で勝った。対立候補はずいぶん前、五期連続で市長を務めたことのある男だ。わたしは町にきたばかりだったが、地元の人たちは、編集者に出したあの手紙が市長の当選を後押ししたのだと言ってくれた。それから一年後、〈アンダートード〉紙が誕生した。まもなくして、〈ボストン・グローブ〉紙は、わたしの新聞を「ニューベリーポートの裏側を内側から暴く」と評した。

町でどんな立場にいるか、だれとどんな関係にあるか、だれと友だちか、それによってわたしは暴露記者にもなり、改革者にもなった。グッド・オールド・ボーイたちに嚙みつき、〈ニューベリーポート・デイリー・ニュース〉が長らく守ってきたタブーを無視した。報道については初心者だったが、無知ゆえに救われることもあった。わたしは、表舞台には登場しないふつうの人々の話に耳をかたむけた。従来の新聞の気に入らないところを考えて、それとは真逆のことをやった。一面記事はいつもセンセーショナルで読者の好奇心をかき立てたが、事実にしっかり根差していた。自分の体験にもとづいて記事を書き、どの号でも、できるだけたくさんの名前を出した。世間の人たちが組織や議会にあまり興味がないのは、なかの人間と関わる機会がないからだ。ところが、全員が全員の名前を知っている小さな町では、ジムでみかける市の職員が、息子のリトルリーグのコーチだったり、地元のレストランの店長だったりする。わたしの新聞は、あらゆる立場の人たちの考えや気持ちを紹介した。

わたしは、地元出身の市会議員たちを手厳しく批判した。新参者だというだけの理由で、なにかというと市長の邪魔をするそのやり口に我慢できなかったからだ。そして、公職にある古参者と新参者のあいだに明らかな溝があることを、何度も特集を組んで指摘した。政策会議の取材は収穫が多いというのに、他紙の記者はほとんどいなかった。そこには時々、立場上、出席すべきではないのにやってきて、友人や仕事仲間のために便宜を図ろうとする議員がいた。そういう連中をみつけると、わたしはかならず州の倫理会議所に報告した。議員を辞任させたのは、一度や二度ではない。

テレビ放映される会議で市会議員や地域のリーダー的人間が平然とウソをつく姿をみて、ぼう然としたこともある。わたしがそれを報道すると、彼らはまるで、わたしが反則をしたとでも言わんばかりの顔をした。見方によっては、そのとおりだ。だが、慣例だからといって、悪事を見逃すわけにはいかない。

彼らは無節操にウソをついた。ある一件のことはとくによく覚えている。地元の開発者たちと親しい市会議員が、空き地を数エーカー買い取って開発しようとする市の決定に、口から泡を飛ばして反対した。隣接する墓地に兄が埋葬されているからというのがその理由だった。墓地は丘の上にあるという。その議員は環境保護活動家よろしく、開発によって古い墓地の地層がゆがみ、土地が不安定になって墓の一部が崩れてしまう恐れがある、と主張した。だが、問題がひとつあった。市会議員の兄はたしかに亡くなっていたが、墓は別の場所にあったのだ。

とにかく、ひどい連中ばかりだった。取材した何人もの市長は言うまでもない。彼らは最高の特ダネを提供してくれた。倫理的に問題のある人間を（選挙戦のスタッフで自分を当選へ導いたという功績だけで）議員に選んだとか、支援者のために土地取引を裏で操作したとか。〈アンダートード〉紙が発行されているあいだ、そうした市長たちは短期間で去っていった。たいていは、最初の二年の任期が終わるといなくなった。

もちろん、悪いことばかり取り上げたわけではない。町の汚点を指摘するいっぽうで、いい点にも光を当てた。議員の勇気ある投票や市長の立派な姿勢は紙面で支持し、市議会や会議所の良心的な人物や優秀な職員には賛辞を送った。「ニューベリーポートを愛する十の理由」という連載では、立派な仕事をしている人々を十人紹介した。歴史的な建物を保存すべきだという信念を持っている開発者、仕事に誇りを持ち本と読書家を愛している図書館司書、欠勤することなく客のほぼ全員を名前で呼んで挨拶するスーパーマーケットのレジ係。そして、毎年十二月になると、〝今年の人〟を少なくともひとりは選んだ。活動家、実業家、勇気ある警察官、教師、コーチ。ある年は市役所の守衛ピーター・デイグルだった。彼を選んだ理由は、いつも穏やかで仕事熱心で、市役所のだれもがあわてるようなときでも、ひとり冷静さを失わない人物だったからだ。

わたしには、記者としての資格がまったくない。学校でジャーナリズムを学んだわけでもないし、執筆経験といえば編集者に送った何通かの手紙くらいしかない。政治のことはよくわからなかったが、自分が政治家のどんなところが嫌いなのかはよくわかっていた。予備知識は、ケネディ一族や建国の父に対する、わたしの父親の郷愁くらいだ――〝最も偉大な世代《ザ・グレイテスト・エイジ》〟の一員である父親は、そうした政治家にこそ、その呼称がふさわしいと考えていた。

父親のジャック・ライアンは、政治的な活動に積極的に参加していた。九人の子ども全員に命じて、民主党候補者のオフィスならどこへでも手伝いにいかせた。子どもたちがその候補者を知らないことも、手伝いなんかしたくないことも、友だちと外で遊んでいたいことも、父親にとってはどうでもよかったのだ。わたしたちは命じられるがままに、マサチューセッツ州メドウェイの家々を一軒ずつ回って投票を頼み、選挙のパンフレットを配った。週末になると、父が支持する候補者を応援する札を持って、何時間も立っていなくてはならなかった。だがわたしも兄や姉たちも、いったん家を出ると、政治的な運動からはできるだけ距離を置いた。うんざりしていたのだ。

ジャック・ライアンの政治的信条は少し複雑だった。リベラルなアーチー・バンカー〔テレビドラマ『All in the Family』（一九七一～一九七九）の主人公。保守的で差別用語も口にする〕といったところだ。人は平等であるべきだと信じているが、自宅のとなりにマイノリティが越してくるとなると話は別だ。

ある年の夏、わたしはアイオワ大学で学生アスレチックトレーナーをしていて、たまたまハーレム・グローブトロッターズ〔エキシビションを専門にしたバスケットボールチーム〕のトレーナーと、数名の選手と過ごす機会に恵まれた。それをきいた父親は、わたしに言った。「財布から目を離すなよ」「父さん、みんな大金持ちだよ。ぼくなんか、週の稼ぎがたった五十ドルで、学生寮みたいな部屋で暮らしてるんだ。そんなやつの財布を盗むわけないだろ」

「関係ない。やつらはそういう性分なんだ」

七年生（中学一年生）のとき、わたしは町で唯一の黒人の女の子に恋をした。白人一色の町の中で、彼女は息を呑むほどエキゾチックで目立っていた。ある晩、夕食の席で彼女のことを話すと、父親は、その子と付き合おうだなんて考えるんじゃないぞ、と言った。わたしへの脅しではなく、父はこう考えていたのだ。万が一ふたりが結婚でもしようものなら、黒人と白人のハーフになる赤ん坊がかわいそうじゃないか、と。わたしはまだ七年生だったのに！

ある夜、高校の友人にノーマン・フィンケルシュタインという名前の子がいると話したときも、不審そうな目でわたしをみた。「ユダヤ人と友だちなのか？」

「うん、いいやつだよ。なんで？」

父親は肩をすくめた。「アイルランド系がユダヤ人と仲良くなるなんて、きいたこともない。ユダヤ人はユダヤ人だけで固まるものだからな」

父が身の回りのことをできなくなった晩年、兄のデイヴィッドが父の財産管理を任せるために選んだ弁護士の名前をきいて、わたしは、これは面白いぞと思った。認知障害が出はじめていなかったら、父はいったいどんな反応をしただろう。というのも、弁護士はユダヤ人で、ライアン・シュワルツという名前だったのだ。父は、自分と同じライアンという名前をよろこんだだろうか。それとも、シュワルツというユダヤ系の名前に顔をしかめただろうか。デイヴィッドは、父さんは満足するに決まってる、と言った。ステレオタイプな人だから、ユダヤ系なら金の扱いを心得ているだろうって思うんじゃないか、と。父の頭がはっきりしていたら、まちがいなくこんな嫌みを言っただろう。「いい弁護士を選んだな。だが、ちゃんと見張っとけよ」

こんな父だったが、黒人であれ、アジア人であれ、プエルトリコ人であれ、ユダヤ人であれ、どんなマイノリティであっても、攻撃されているのを目撃すると、かならずかばおうとするのだった。

父を理解するのはむずかしい。世代の違いと育った環境の違いのせいだろう。父はボストンのアイルランド系カトリック教徒が住む最貧困地域で生まれ育ち、世界恐慌期に成人したのだ。

姓がイタリア系の友人の話をすると、父は言った。「イタリア系か?」「イタリア系でユダヤ系だよ」わたしが返事をすると、父は「信じられん。ユダヤ人とイタリア人が結婚したのか?」と言い、戸惑った表情で考えこむ。自分が育った世界では、およそ起こるはずのないことだったのだ。

最終的にわたしは、父の不平を受けながし、不愉快な言葉を笑いとばす術《すべ》を身につけた。若い頃は、父の考え方に嫌悪さえ感じたものだが、年を重ねたおかげで、父の偏見を相手にせず、時にはちくりとやり返すことさえできるようになった。父と別れるときは、かならず顔を寄せてさよならを言い、キスをする。これをやると、ゲイ恐怖症の父親は、きまって居心地悪そうにする。わたしはもちろん、父が嫌がるのをわかっていて、そんな挨拶をしている。一度、オスカー・ワイルドを読んでいるんだと話すと、父は露骨に顔をしかめて言った。「オカマの本なんか読むのか?」。ゲイでユダヤ人の歌手マイケル・ファインスタインのライブにいったときは、当然ながら、息子はいよいよ気がふれたと思ったらしい。わたしはウソをついた。「父さん、心配ないって。〝ダニー・ボーイ〟［アイルランド民謡として有名］も歌うんだ」。信じられないことに、この一言で父は胸をなでおろした。

だが、父親は別の顔を持ってもいた。ジョン・F・ケネディとロバート・ケネディが撃たれたときは声をあげて泣き、ヒューバート・H・ハンフリーが大統領選でニクソンに降されたときは目に涙を浮かべ、子どもたちをゲティスバーグに連れていって、北軍について、北軍が勝ち取ったものについて誇らしげに語った。ジョージ・W・ブッシュの対テロ戦争中に、アブグレイブ刑務所でイラク人捕虜が虐待されていたニュースを知ると、生まれてはじめてアメリカ人でいることが恥ずかしくなった、と言った。その半面、孫全員のために銀行口座を開設したときには、姉の養女をひとりだけのけ者にした。ヒスパニック系の少女は、〝血統が悪い〟にちがいない、というのがその理由だった。

ジャック・ライアンの生きる世界では、東洋系、ポーランド系、イタリア系、プエルトリコ系、アフリカ系アメリカ人より悪者なのは、共和党員だけだった。

父のこの偏見以外にも、わたしたちが何年も口をきかなかった理由はいくつもある。父の政治的な価値観は理解しがたかったが、それよりも複雑だったのは、子どもたちとの関係だ。父がわたしたちを愛していたことはまちがいない。口に出して言うことはなかったし、そんな素振りもめったにみせなかったが、それでも愛していたと思う。だが、それと同じくらい、父は子どもたちをうっとうしく感じていた。

わたしは九人きょうだいの末っ子で、生まれた頃にはすでに、父親は人生に打ちのめされていた。父は家族というより他人のように振る舞い、それはどの子と接するときも同じだった。優しい顔をみせることはまれだった。子どもたちを締め出す壁を自分のまわりに高々とめぐらせ、わが子には愛のむちを振るうべきだと信じて、しょっちゅう折檻《せっかん》をした。怒りっぽく、辛辣《しんらつ》で、人生に無視されていると感じていた。

父も幼い頃からそんな人間だったわけではない。子どもの頃は本の虫だった。想像力が豊かで、いつか訪れるかもしれない異国の地を夢みたり、世界はどんな秘密をみせてくれるのだろうと空想したりしていたようだ。いつか金持ちになって、有名になってみせると考えていた。ところが、はじめての冒険は、第二次世界大戦中に兵士として北アフリカやフランスやイタリアに赴くことだった。子ども時代に読んだどんな物語も、戦争の恐怖のなかでは役に立たなかった。ばらばらになった人間や、銃弾でめちゃくちゃになった顔を目の当たりにした。大勢の友人が、父の腕の中で息を引き取った。なにより父を苦しめたのは、自分の手で人を殺したという記憶だった。

戦争が終わると故郷に戻り、結婚した。九カ月たたないうちに、長女のジョアンが生まれた。それからジョン、クレア、エディ、ナンシー、デイヴィッド、ジェフ、スティーヴンが生まれ、最後にわたしが生まれた。大志を抱いた青年は、いつしか九人の子どもを養う四十代の父親になり、妻は多発性硬化症を患って車椅子から離れられない体になった。

わたしが七歳のとき、母が死んだ。わたしは母のことをまったく覚えていない。父にはどうも、妻の死を人生の残酷なジョークだととらえているような節がある。しばらくは父も、家族がばらばらにならないように努力をしていた。大変だったと思う。わたしたちの宿題をみてくれて、読み聞かせをして寝かしつけてくれて、クリスマスや誕生日には盛大にお祝いをしてくれて、休暇にはかならず旅行に連れていってくれた。だが、年を取るにつれて色々な困難が重なってくると、父は疲れて恨みがましくなった。

母の死から数年のあいだ、父はわたしたちをあまり殴らなかったが、かわりに憎らしそうににらむことが多くなった。なにかというと、おまえたちにはがっかりだ、ほんとうにダメな子どもたちだ、と思い知らせるのだった。わたしは一番年少だったので、きょうだいが家を出ていくたびに見送った。みんな、希望で胸をふくらませて巣立っていくのではなく、翼を切られた鳥のように、力なく旅立っていった。わたしとふたりきりになる頃には、父は子どもになにかを与えようとする努力をやめていた。わたしはそのときはじめて、ぶたれるよりも、見下されるよりもつらいのは、無視されることだと知った。数日、時には数週間、父から一度も言葉をかけられないことがあった。わたしは戸惑った。だが、十五歳の子どもになにがわかっただろう。

めずらしく話しかけてきたと思うと、出てくる言葉は批判ばかりだった。おまえは夢をみすぎだ、と言う。そんなに高望みしてると、そのうち身を滅ぼすぞ、と。だが、当時のわたしにあったのは夢と希望だけで、それを守ろうと必死になっていた。こうしてはじまった父との対立は、それから数十年続くことになった。この戦いが、残りの人生を決定づけたと言ってもいい。

家を出たとき、自分がこの先なにをしたいのかわからなかった。わかっていたのは、ジャック・ライアンのようにはなりたくない、ということ。そして、きょうだいたちのような半端な人生は送りたくない、ということだった。誤解のないように言っておくと、兄も姉もいい人たちだ。ただ、彼らのように人生を諦めたくはなかった。そこでわたしは目標をみつけるための長い旅に出かけた。時々は無駄なことをしているような気になりながら、遊牧民族よろしく、学校から学校へとわたり歩き、つまらない職場を転々とした。自分がなにを探しているのか、よくわからなかった。ただ、いつかは、探し物はこれだったんだと気づく瞬間がくるにちがいない、という確信があった。恋愛も同じくらい行き当たりばったりだった。女性との付き合いになにかを求めていたが、それが手に入ることはなかった。ジャングルで蔓から蔓へと飛びうつるターザンのように、女性から女性へと飛びうつり、べつのだれかがみつかると、それまでの関係をあっさり終わらせた。やがて、アレクシスと出会った。彼女はインテリア・デザイナーで、愛と家庭のぬくもりを与えてくれた。だが、物事がどうみえるかを重視する彼女とちがって、わたしは、物事を自分がどう感じるかを重視した。ふたりで一緒にやれることは、ケンカくらいしかなかった。最終的にはうまくいかなくなったが、アレクシスに連れられてニューベリーポートにくるまで、付き合いは続いていた。別れたあとも、わたしはこの町に留まることにした。自分の知っているどんな場所ともちがっていたからだ。生まれてはじめて故郷にいるような気分になった。

放浪の十五年間、父と何年も話さないことが何度かあった。ふとした折に仲直りすることはあっても、いくらもたたないうちにまた関係が悪くなる。ところが、色々あったものの、傷つき、怒り、不満を爆発させたりするうちに、わたしは少しずつ、父親を思いやるようになり、愛するようにさえなっていった。心のどこかでは、父も父なりに精一杯のことをしてくれたのだとわかっていたのだ。とはいえ、わたしも父も変わることはなく、相変わらずケンカばかりしていた。

〈アンダートード〉紙を立ちあげたのも、父との交流が途絶えていた時期だった。意外にも、数年後に再会してみると、父はわたしの新聞のことを少なからずよろこんでいた。もちろん、決して認めようとはしなかったが。父はよく、政治家に対する批判や賛成意見を地元紙の編集局に投書していた。小さい頃はそれを恥ずかしがっていた息子が、まさにそれを――新聞の編集と刊行を――仕事にして暮らしていると知ったときの父の気持ちは、推して知るべしだ。

だが父は、わたしが〈アンダートード〉紙をはじめた動機は理解していなかったと思う――まさか、レズビアンの市長の名誉を守るためだったとは。父にしてみれば、弱者を守るのは大いに結構だが、それで生計を立てるのはまた別問題、というわけだ。

女性市長の再選から一年後、〈アンダートード〉紙は生まれ、最初は無料だった。まもなく五十セントで買ってもらえるようになり、それが一ドルになり、最終的には一ドル五十セントで売れるようになった。慎ましい生活だが、なんとかやっている。収入源はニューススタンドでの売り上げと、購読予約金と、広告収入だ。時々は、たまった請求書の支払いもできた。そろそろ辞め時かと考えていると、決まって町の連中が〈アンダートード〉紙を廃業に追いこもうと画策しはじめ、わたしの反骨精神に火をつける。彼らは、わたしの新聞に広告を載せている店で不買運動をし、わたしについての不名誉な噂を流した。小児性愛者、子どもの養育費を滞納している、妻に暴力をふるっている、詐欺師、等々。はじめのうちは、妙な噂が立つたびにびくびくしていた。だが、そのうち、一番の対抗策は、連中のことを一面に載せることだと気づいた。殺しの脅迫がはじまったのはその頃だ。匿名の脅迫状が、郵便で送られたり、車のフロントガラスに置かれたりした。車はしょっちゅうタイヤを切り裂かれ、地元の修理工場には、それに備えて換えのタイヤが常備されるようになった。排気管が発泡断熱材でふさがれていたこともある。

通報しなかったのは、犯人が警察官かもしれないという恐怖があったからだ。ニューベリーポートの警察は、むかしから批判の的になっている。たいていの政治家は警察を恐れ、汚職があっても見て見ぬふりをする。わたしも警告されたことがある。警告したのは警察で影響力のある問題の多い人物だった。夜遅く、市役所の外で彼はこう言った。「気が進まんのはお互い様だが、停戦協定を結ばないか。あんたには手出しをしないでやるから、そっちもおれのことは放っておけ」

「こっちに手を出される理由なんかない」。わたしは、声の震えを隠して言った。

「手を出すのに理由はいらない。だいたい、叩いて埃の出ないやつなんかいるか?」。そう言うと、警官はウインクをして、おおまたで夜の闇の中に消えていった。

それからというもの、わたしは警察官のことを記事にしなくなった。その状態が一年半ほど続いただろうか。だが、報道すべきことが山のようにあるのだから、読者は当然ながら不審に思う。白状すると、わたしは怖かったのだ。町にはびこる悪党たちのなかで、警察官だけは追及せずにいた。とうとう自分の意気地のなさを認め、腹をくくって警察に対する批判記事を書くと、思っていたとおり、バットでスズメバチの巣をなぐったような騒ぎになった。情報を提供してくれたのは、日和見主義を嫌う数少ない警官たちだった。わたしが新聞で警官の不祥事を次々に報じると、かつてないほどたくさんの部数が売れた。

読者に人気だったのは、自転車を盗んだことがバレた警官をからかう記事だ。もっとよろこばれたのは、署の備品として購入した新品のダイビングスーツが紛失した事件の記事だった。犯人の警察官は、悪事がばれると、自宅のプールのひびを修理するために借りていただけだ、と言い訳した。だが、残念ながら、ダイビングスーツがなくなったのは真冬だった。

やがて、臨時の「元帥」(警察署長のことをニューベリーポートではこう呼ぶ)が赴任してきて、乱れた警察署内の不正を正すことになった。ところが、少したつと町中の人間が、彼ではなにも解決しないらしいことを思い知った。〈アンダートード〉紙に彼の勤務時間表が載り、ゴルフをしていた時間も給料を受けとっていた事実が明らかになったからだ。

一度、読者から総スカンを食ったことがある。勤務時間中に不倫をしていた警察官の名前を公表しなかったときだ。記事には、警官が女性と会っていた時間と場所までは載せた。名前を書かなかったのは、その警官に妻と学齢期の子どもがふたりいたからだ。家族にはなんの罪もない。だが、妻はいくつかの情報から、それが自分の夫のことだと気づき、結局は離婚した。

警察のことも報道しようと腹をくくると、彼らはほぼ毎号のように新聞に登場した。

地元の政治家を記事にするのも苦労が多いが、警察官との対立が始まると、生活のストレスレベルは急上昇した。コードレス電話は使わないようにと警告された。警察の人間がアパートのそばに車を停めて、無線で会話を傍受する危険があったのだ。通りを歩いているときも、身に覚えのない罪状でいきなり逮捕されるのではないかと、常におびえていた。だが、警察がやっきになって粗探しをすると、屈してたまるかという決意はいよいよ固くなった。アイルランド人の血のせいかもしれない。

わたしに情報を流していると思われた警察官たちは、同僚たちからいやがらせを受けた。何人かは懲戒処分になった。告訴され、妻が四人目の子どもを身ごもっているというのに、あやうく刑務所に送られそうになった警官もいる。このときは運よく、裁判官が事件の本質に気づき、訴えを棄却した。

争いは激しくなるいっぽうだった。大勢の支援者がいたとはいえ、矢面に立つのはわたしひとりだ。用心のために、車にはかならず野球のバットを置いていた。時おり年配の友人たちが、真夜中に〈アンダートード〉紙を配達するわたしの車に銃を持って同乗し、襲われたりしないように気を配ってくれた。

社会の敵扱いされながらどうにか生き抜くことができたのは、連中があまり賢くなかったおかげだ。ピュリツァー賞を受賞した記者ジミー・ブレスリンの言葉を借りるなら、「まともに銃も撃てない連中」だった。なにか仕掛けてくるたびに、警察官たちはかならずヘマをした。さながらロード・ランナーを追い回すワイリー・コヨーテ［アメリカのアニメ『ルーニー・テューンズ』のキャラクター。鳥のロード・ランナーを生け捕りにしようと苦心していつも逃げられる］だ。住民たちが警察官の自滅ぶりを笑うことも少なくなかった。わたしは数え切れないほど交通違反切符を切られたが、どれも言いがかりとしか言えないものばかりだった。一度など、タイヤがすり減っていることを理由にチケットを切られた。チケットを切ったのは、斜視ぎみで、道路を逆走してきた警察官だった。ちょうど自動車保険が切れて、登録証が無効になる日のことだ。警察はわざわざ捜査網を張り、わたしを取り押さえたのだ。ある日の朝は、五、六人の警察官が、地元のレストランで長々と時間をかけて朝食をとっていた。目的はただひとつ、となりのテーブルにいるわたしを威嚇することだけだった。まさにそのとき、町の反対側では銀行強盗が起こっていた。ベーコンと卵とサンドイッチを食べるわたしをにらみつけるのに精を出したりしていなければ、悪党を逃さずにすんだだろう。あるとき、市役所での会議に、署に残った四人を除く警察官全員が武装して乗りこんできて――まるで警察国家の一幕だ――、市会議員たちに手紙を手渡した。わたしとわたしの新聞に対する苦情を申し立てるものだ。制服を着て銃を腰につけた警察官が、三十人がかりで脅迫を試みようとする光景はテレビで放映され、そして、裏目に出た。住人たちは、汚職だらけの警察に対して声をあげはじめた。やがて、数百人の市民が、市役所の外にあるウィリアム・ロイド・ガリソン像の前に集まり、警察官たちの言動を批判した。市民たちがいきなり恐怖心を捨てたかのようだった。しかたなく、当時の市長は、外部から専門家を雇って警察を調査させた。専門家の提出した報告書は、わたしが数年間書いてきた記事を裏づけたばかりか、地元の店主たちの不安にも触れていた。彼らは、〈アンダートード〉紙に広告を出しているせいで、警察が守ってくれないのではないかと心配していたのだ。

ゴミが盗まれたのは、そんな日々を送っていた頃だ。

市役所での会議から帰ってきたわたしは、アパートの前まできて、なにかがおかしいと気づいた。そして、はっとした。通りには、収集車がくる翌朝に備えてゴミ袋がいくつも出されている。だが、そのうちわたしのゴミだけがなくなっていた。おかしいとは思ったが、おかしなことが毎日のように起こるのがニューベリーポートという町だ。あまり深くは考えず、数人の友だちにそのことを話した。友人のひとりは警察官だった。

翌日の夜、ゴミを持ちさった犯人は警察官だったことが判明した。ふたりの刑事がゴミを漁《あさ》り、わたしの秘密を探したらしい。詳しくはわからないが、わたしの名誉を傷つけるようなものを手に入れようとしたのだろう。ドラッグをやる道具や、児童ポルノや、もっと役に立ちそうなもの――たとえば、内部告発をしている裏切り者をつきとめるようなものを。大きな期待を裏切ることになって申し訳ないが、わたしはただの太った中年男だ。みつかったのは、大量のトゥインキーの包み紙、ビッグ・マックの空き箱、空になったアイスクリームの一パイント容器くらいだった。

警察官にゴミを調べられたくらいで、ここまでショックを受けるとは思ってもいなかった。なにが起こってもおかしくない、と肝に銘じていたはずだった。ニューベリーポートの政治について記事を書いたときからずっと、わたしの生活は常に混乱をきわめていたのだ。ところが、ゴミ盗難事件は、それまでのどんな嫌がらせよりもこたえた。最後の一線を踏みこえられたように感じた。わたしを守る義務がある者が、プライベートに土足で踏みこんできて、わたしを攻撃するための材料を探していた。それからの数日、わたしは異様におびえていた。悪いことはなにひとつしていないにもかかわらず、いまにも警察官が家に押しかけてきて連行されそうな気がしてならなかった。眠れなくなり、ノイローゼになりかけた。

限界が近づいていた。

二週間後、土地区画審判部で働くナンシー・ノイズという女性から、これといって警戒すべきでもないようなメールが届いた。アドレス帳の全員に一斉送信していた。犬の飼い主を探しているという。元々の飼い主が手放し、家族のひとりが引き取ったものの結局あまり世話ができず、次に預けられた別の家族には犬アレルギーがあった。そこでナンシーの出番となったらしい。彼女の頼みはシンプルだった。「だれか、マックスをもらってくれないかしら。年を取ったミニチュア・シュナウザーよ。このまま飼い主がみつからないと、保健所に連れていかれるかもしれない。でも、年を取っているから、もらい手がない可能性が高くて、そうなったら安楽死よ」

わたしはパソコンに向かい、〈アンダートード〉紙に無料で広告を載せて飼い主を募集するよ、と返信を書こうとした。ところが、いざキーを打とうとすると、心が揺れはじめた。むかしから、犬は大好きだ。いつかまた飼おうと思っていた。だが、いまはむりだ。タイミングが悪い。新聞で手一杯だし、なによりこのアパートはペットを禁止している。ミニチュア・シュナウザーがどんな犬かは知らないが、かん高い声で吠える小型犬にちがいない。老婦人が飼っていて、手編みのセーターなんかを着せられているようなあれだ。どうせ飼うなら、もっとちゃんとした犬がほしい。そう、黒いラブラドールレトリバーだ。男が飼うべきなのは、ああいう犬だ――かっこよくて、堂々としていて、たくましく、忠実。いままで飼った犬のなかで一番のお気に入りは、シェーマスという黒いラブラドールだった。だから、飼い方も心得ている。

ふと、なにかで読んだアドバイスが頭に浮かんだ。異性と付き合うのがむずかしいと感じるときは、しばらくひとりになったほうがいいらしい（ここだけの話だが、当時のわたしは確かにひとりになったほうがよかった。元々、女性と深く付き合うのは苦手だ。さらに困ったことに、自分以上に不器用な女性を選んでしまうくせがある）。時間を置いて、まずは植物を育てることからはじめてみる。植物で成功したら、次はペットを飼ってみる。ペットもうまくいったら、恋人探しを再開するのだ。わたしは、窓辺でゴミと化しつつある植物をちらっとみた。そしてなぜか、ハイにでもなったかのように、こんな返信を打ちはじめた。「ほかにもらい手がいないなら、ぼくが飼います」。送信ボタンを押したあと、ようやく正気に戻った。たちまち後悔の念が押しよせ、いまのは間違いだとナンシーに知らせようかと考えた。だが、大勢にメールを送ったのなら、ほかにもひとりくらい捨て犬に手を差しのべる人間はいるはずだ。

ところが、ナンシーから届いた返信にはこう書いてあった。「トム、ありがとう！　ほっとしたわ。きっと楽しくなると思う」

いったい、なにをやっているのだろう。犬を引き取るような優しい人間はほかにいなかったのだろうか。おかげでこの様だ。

犬を飼うのは責任が伴う。わたしは責任なんかほしくなかった。人生が混乱状態で、ペットを飼う余裕はない。しばらく、申し出を撤回する方法がないか、あれこれ思案してみた。そのあいだ、ネットでミニチュア・シュナウザーの画像を検索した。

最悪だ。思ったとおりの小型犬だった。

翌日の午後、マックスを受け渡す準備が整ったという連絡がきた。

こんなにすぐに？　まさか、無理だ。こっちの準備はまだできていない。大家の許可も取っていないし（ペットは禁止だという話はしたっけ？）、心の準備もできていないし、部屋を犬用に整える準備もしていない。今日はいけないと連絡すると、明日の午後に迎えにいってほしい、と言われた。ペットショップのトリマーが預かっているらしい。シャンプーはすんだがカットはしていない、ということだった。

わたしは、リードも首輪も予備知識もなしで、ペットショップへ犬を迎えにいった。トリマーの女性が出てくるのを待つあいだ、店内をまわってケージをひとつずつのぞき、心の中でつぶやいた。あの犬はなかなかかいいぞ、いや、あっちの子もいい。ミニチュア・シュナウザーらしき犬はどこにも見当たらない。心に希望の光がさす――かわいい犬ばかりだし、魅力を感じない犬は一匹しかいない。みすぼらしい犬で、オスかメスかもわからない。性別がわからないどころか、そもそも犬にもみえない。毛を刈らずに放置されたヒツジみたいだ。ほかの犬はわたしがケージに近づくと顔をあげたが、その灰色のヒツジはぴくりとも動かなかった。どうでもよさそうに寝そべり、耳もきこえず、口もきけず、目もみえないようだった。かわいそうに。わたしは思った。こんな犬の飼い主は、さぞ哀れなやつなんだろう。ぼさぼさ髪のだるそうな中年男の姿が目に浮かぶ。

すぐに、トリマーが現れた。がっしりした女性で、あわただしく入ってきたところをみると、問題の犬をできるだけ早く厄介払いしたいらしい。世間話をしたあと、わたしはたずねた。「マックスは別の部屋にいるんですか?」

「いいえ、そこにいるわ」女性は言った。

うしろを振りかえる。女性が指さした先には、例のヒツジがいた。

逃げだしたい衝動に駆られたが、女性はすでにケージの掛け金に手をかけている。毛のかたまりが、おぼつかない足取りで外に出てきて、こちらを向く。思わず一歩後ずさる。いつ逃げだそう? ヒツジが迫ってくる。

トリマーの女性は、有無を言わさずわたしたちを出口に連れていった。まだ準備ができていない、というわたしの訴えには耳を貸さなかった。「リードもないし、首輪もまだ……」

「だいじょうぶ」と言いおえるのと同時に、女性はばたんとドアを閉めて鍵をかけた。

わたしは、停めてある車に歩いていった。ヒツジがうしろをついてくる。

一度だけ、ブラインドデートをしたことがある。一度きりだったといえば、デートの顛末は想像してもらえると思う。わたしは助手席のドアを開けてマックスを車に乗せながら、何年も前のブラインドデートのときとまったく同じ感情に襲われていた。後悔だ。どちらのときも、同じことを願った。デート相手のときも犬のときも、車に乗らないでくれたらいいのに、と。ところが、デート相手も犬も、よろこんで車に乗りこんだ。わたしは打ちひしがれた。

アパートへ向かって車を走らせながら、わたしはちらちらマックスをみて様子をたしかめた。マックスは静かに座り、目にかかった灰色の毛のむこうからわたしをみている。初日はこれの繰り返しだった。黙って座って相手をみて、どれくらい長い時間を過ごしただろう。ふたりとも、考えていたのは同じことだったはずだ。なんでこうなった?

その夜はパーティーに出かける予定だったが、ヒツジをひとりで置いていきたくなかったので、クレイ夫妻にきてもらった。八十歳のダグとバーバラは年の離れたわたしの友人で、飼い犬を亡くして寂しがっていた。出かけていたのはほんの二時間だったというのに、帰ってみると、のっそりしたヒツジではなく、うれしそうな犬が出迎えてくれた。バーバラによれば、わたしが家を出たあと、マックスはドアの前に陣取り、頑として離れようとしなかったらしい。玄関に座り、わたしの帰りを待ちつづけたのだ。ぼくらは家族なんだと言わんばかりに。どうしたわけか、出会ったその日のうちに、だれも欲しがらなかったヒツジと、責任を負うことをこわがっていた男のあいだには、絆のようなものが生まれていた。

さえない老犬〝マックス〟はみごとに変身した。トリミングをしてもらって、ようやく犬らしくみえるようになった。それから、名前も変えた。新しい正式な名前はマックスウェル・ガリソン・ギリスだ。マックスはありきたりすぎたので、本名はマックスウェルにした。ミドルネームとファミリーネームは、それぞれウィリアム・ロイド・ガリソンと、ボッシー・ギリスからもらった。インディペンデント系の新聞を立ちあげたばかりの自分が飼う犬には、ふたりの先達から名前をもらうのが一番だと思ったのだ。

すぐに、マックスは町の人たちに覚えられ、名前を呼んで声をかけてもらえるようになった。大家の男性も、〝今回だけだぞ〟と言って、ペットを飼うことを許してくれたばかりか、時々こっそりおやつをくれた。

アパートで仕事をしているわたしは、部屋の玄関側で一日の大部分を過ごす。机に向かっているか、ソファで眠っているかどちらかだ。マックスは、簡易キッチンを寝床に選んだ。なだめてもすかしても、わたしのいる部屋で過ごそうとはしなかった。その習慣は決して変わらなかった。そばにくるのは、外にいきたいとねだるときだけだった。

だが、いったんアパートを出ると、話はまったくちがった。わたしたちはつねに一緒だった。マックスウェル・G・ギリスは、個性的な人々と同じようにダウンタウンの常連になった。新聞の読者たちは、一番人気のあるわたしのコラムでマックスの存在を知った。〈父への手紙〉というそのコラムは、父親に送る手紙という形式で書いている。マックスは、しょっちゅうそこに登場した。わたしが〈アンダートード〉紙を夜中に配達するときは一緒にきて、たくさんの購読者が用意してくれていたおやつをみると目を輝かせた。市役所の会議にもいつも顔を出し、市長の就任式にまで出席した。リードをつけずにわたしのとなりを歩くようになり、あちこちの店に入ってはおやつをもらった。

ようやくマックスは、犬にふさわしい暮らしを送れるようになったのだ。だが、残念ながら、その暮らしは長く続かなかった。

一緒に暮らしはじめて一年半がたとうとしていた頃、いきなりマックスが発作を起こすようになった。獣医のジョン・グリロは、悲しげに肩をすくめて言った。「もう年だ」それをきいてわたしは、マックスはもう長くないのだと悟った。そして、終わりは思っていた以上に早く訪れた。

二日後、マックスがとくに激しい発作に襲われるのをみて、明日になったらグリロ先生のもとに連れていこう、と決心した。その夜わたしは、マックスウェル・G・ギリスを連れて、カフェ・ディ・シエナへいった。市役所の職員や、実業家や、数少ない善良な警察官たちが、カフェに立ちよっては、マックスに声をかけてくれる。代わるがわるそばにきてくれた人たちは、ほとんどが目に涙を浮かべ、これが最後だとマックスの頭をなでていった。

その夜も、マックスはこれまでと変わらずソファにこようとしなかった。わたしは寝具を持ってキッチンへいき、マックスの寝床のとなりで横になった。だれにも欲しがられなかった小さな犬に、最後の夜をひとりで過ごさせるわけにはいかない。わたしは体を寄せて丸くなった。マックスの弱々しい心臓の鼓動や、息を吸うたびに上下する体の動きが伝わってくる。ようやく愛されることを知った犬は、丸めた背中をわたしの胸に押しつけていた。眠りに落ちる直前、最後にわたしがきいたのは、マックスの満足そうなため息だった。

翌朝わたしたちは、眠りに落ちたときと同じくらい穏やかに目を覚ました。少しのあいだマックスは元気そうで、病気がウソのようだった。希望が湧いてきた、と思った瞬間、発作がはじまった。マックスは体を痙攣させ、疲れきって倒れこんだ。すぐに二度目の発作が襲ってきた。そして、三度目。わたしはグリロ先生の病院に電話をした。

最後の日、わたしたちはもう一度町をめぐり、店主たちはマックスにさよならを言った。ヒツジのようには決してみえない、立派な名前がある犬に。みんなが悲しんでくれた。わたしはそれ以上につらかった。町の人たちに別れを告げると、マックスを車の助手席に乗せた。マックスは、出会った日と同じように、当たり前のように座った。だが、今回はあのときとはちがう。少なくとも、わたしにとってはちがっていた。マックスは、出会った瞬間から、いつも居心地よさそうにしていた。わたしの人生における自分の存在意義を信じてうたがわず、自分が飼い主を必要としている以上に、この飼い主には自分が必要なのだと心得ているようだった。出会った当初は、進展が望めそうにないデート相手と一緒にいるような気分だったというのに、このとき、わたしはマックスにさよならを言いたくなかった。

最後のドライブでは、ニューベリーポートをまわった。モーズリー州立公園から、プラムアイランドまで車を走らせる。マックスは、プラムアイランドの浜辺を駆けまわるのが大好きだった。助手席のマックスは、フロントガラスのむこうを流れるニューベリーポートの景色を眺めている。病院まであと一キロほどになったとき、カーラジオからケニー・ロギンスの〈ホエンエバー・アイ・コール・ユー・フレンド〉が流れた。わたしは必死に平静を保とうとした。わたしが最も友だちを必要としていたときに、友だちでいてくれた犬のために。

マックスウェル・G・ギリスは、わたしに抱かれたまま注射を二本打たれた。魂がその体を離れていくと、マックスは、金属の台の上でくたっとなった。魂が解放されて自由になり、本来あるべき姿に戻ったように思えた。わたしは、どうしてもマックスを置きざりにできず、命の尽きた体を抱えて、長いあいだその場に立ちつくしていた。

それから二日間は、ほとんど部屋から出なかった。思いきって外に出たのは夜も更けた頃で、あたりには人気《ひとけ》がなかった。マックスがおやつをもらっていた商店街に差しかかったとき、わたしははっとした。あたりの店の窓には紙が貼られ、そこにはマックスウェル・ガリソン・ギリスの死を悼む言葉が綴られていたのだ。

「今日、ニューベリーポートはすばらしい犬を失った。マックスウェル・ガリソン・ギリス、わたしたちは決してきみを忘れない。きみがいたとき、ここはたのしい町だった。」

よくみると、貼り紙のしてある店は、数軒ではなかった。もっともっとたくさんあった。

それから数日、郵便局の私書箱には、五十通をこえるお悔やみのカードが届いた。知らない人からのカードまであった。送り主たちは、町でマックスをみかけることがなくなってとても寂しい、と伝えてくれた。

だれにも欲しがってもらえなかった犬は、わたしだけではなく、だれからも愛される犬になった。息を引き取るときには、わたしに会うまで縁のなかった尊厳と愛を手に入れていた。

一緒に過ごしていたあいだ、マックスは家庭を手に入れ、そして、わたしにも家庭を与えてくれた。思いがけない贈り物だった。マックスを引き取ったときにはまだ、わたしは、自分自身を救う一歩を踏みだしたことに気づいていなかった。

『ピーター・パン』の作者ジェームズ・M・バリーは、かつてこう書いた。「この世で大切なものはほんの少ししかないが、人は失ってはじめてそのことに気づく」。友だちを亡くしたとき、わたしが気づいたのは、まさにそのことだった。マックスとの出会いと別れは、わたしに大切なことを思いださせてくれた。この世界は、自分が新聞に書いているような汚職や不正ばかりではない、と。

こうしてマックスウェル・ガリソン・ギリスが新しい扉を開いてくれ、そこから、アティカス・マックスウェル・フィンチが入ってくることになった。

2.「どこへいくときも連れていきなさい」

子犬を育てるにあたって知っておくべき大事なことを教えてくれたのは、本でも教室でもなく、受話器越しにきこえてくる、南部訛りのあるかすれた声だった。声の主は、アティカスのブリーダーのペイジ・フォスターだ。ペイジはこんな忠告をくれた――犬と一緒に暮らしはじめて最初のひと月は、どこへいくときも連れていきなさい、と。わたしは、ひと月をふた月に延長した。

ペイジは続けて言った。「その期間はだれにも抱っこさせないで。自分が家族だって教えてあげなくちゃ。そうやって絆を作っていくの」

ペイジにはほんとうに感謝している。彼女から子犬を買ったおかげで、たくさんの知恵を借りることができた。何度電話をかけたかわからない――はじめの頃の電話攻撃は、ペイジの予想よりはるかに多かったにちがいない。しかも、受話器を手にしたわたしは、たいていパニックになっていた。わたしはペイジのやり方が好きだった。理屈よりも直感を信用し、素朴な神秘主義を交えながら、ごくまっとうなアドバイスをしてくれる。決まって長くなる電話を通じて、ペイジという女性は直感の人なのだと知るようになり、彼女の言うことすべてを信頼するようになった。ペイジの忠告に従ったおかげで、わたしとアティカスは犬の訓練学校にはいかずにすんだ。その後の数年で出会ったたくさんの自称犬専門家は、さぞ残念に思ったはずだ。

　いつだったか、公園のベンチでリードも首輪もつけずにわたしと座っているアティカスをみて、犬専門家の女性が、アティカスの行儀のよさに驚いたことがある。やけに厳しい話し方をするので、わたしは思わず、お座りを命じられた犬のように背すじが伸びた。彼女は、どんな訓練をしているのかとたずね、こっちがひるみそうな小難しい言葉を次々と並べた。ドイツ語かなにかにしかきこえなかったが、真剣な犬専門家たちのあいだには派閥らしきものがあるらしいことは理解できた。

　わたしは肩をすくめた。「いや、とくに訓練はしていません。一緒に暮らしているだけです」

　女性は腑に落ちないようだった。最終的に、この男は田舎者なのだと判定を下したらしく、哀れみと非難の入りまじった目でわたしをみると、おおまたで歩き去った。ワーグナーのＣＤを買えるレコード店でも探しにいったのだろう。

　覚えているかぎり、アティカスをみた人はきまって、おとなしいですね、と言って、かならずと言っていいほど、お手をさせようとした。だが、アティカスはお手をしない。相手をまっすぐにみるだけで、首を傾げることさえしない。

　それをみた相手は、またお手をさせようとする。アティカスはまた、相手の顔をしげしげとみつめる。このあとには、だいたいお決まりの会話が続いた。

「この子、お手はできる？」

「さあ、させたことがないんで」

「教えなかったの？」

「ええ、なにも教えてません」

芸を教えてなんになるだろう。わたしと同様、アティカスにも自分らしく生きてほしい。基本的なことを学んで、安全に楽しく生きてほしい。これまでたくさんの人に、飼い主と犬は、芸を教えたり学んだりするなかで関係性を築いていくのだ、と言われた。犬は、指示されたとおりにするのもご褒美をもらうのもうれしいんだ、と説明された。反論するつもりはないが、わたしたちの関係性はちがうのだ。アティカスが周囲になじみ、だれかに迷惑をかけたり、厄介ごとに巻きこまれたりしなければそれでいい。どんな犬になるのか決めるのはわたしではなく、アティカスだ。リードをつけずに一緒に歩くことができて、公共の場でもくつろいで、どこにいっても堂々と振る舞ってくれれば、それで十分だ。

手首からひじまでの大きさしかない子犬を抱いて、二カ月過ごした。いつも、タッチダウンしようとフットボールを抱えている気分だった。二カ月抱きつづけたことがふたりの関係を作り、これから先何年ものことを決定したのだ。

ペイジ・フォスターとは、インターネットを通じて出会った。わたしは、マックスウェル・G・ギリスのあとを継ぐ子犬を探すべく、希望する犬の条件をデータベースに登録していた。マックスのすばらしさを知ったわたしは、またミニチュア・シュナウザーを飼いたかった。

アメリカ中のブリーダーが、それを読んで、メールを次々に送ってきた。どのメールにも、生まれて五週から八週のミニチュア・シュナウザーの写真が添付されていて、いつ受け渡しができるか書かれていた。ところが、どの犬をみてもぴんとこなかった。どの犬も完ぺきなポーズを取り、あまりにも非の打ちどころがなくて堂々としていた。どことなく、オモチャの子犬のようだった。いや、両親がけばけばしい化粧をして美少女コンテストに出場させる、あわれな少女たちにも似ている。子犬らしくないのだ。なにより気になったのは、いまは亡き最愛のマックスウェル・G・ギリスに少しも似ていないことだった。あの犬こそ理想だった。マックスは、わたしと同じでどうみても上品とは言えなかったが、ごまかしがなく、そこがすばらしかった。

なぜだったかは忘れたが、メールを送ってきたブリーダーのなかで、わたしがやり取りをはじめたのはペイジひとりだった。彼女が送ってきた子犬の写真をみて、わたしはこう返信した。「どうもぴんとこないんです」さらに送られてきた写真にも、同じ言葉を返信した。

とうとう、ペイジはたずねた。「どういう犬を探しているのか教えて」

そこでわたしは、マックスの話をした。彼の性格のこと、わたしたちが分かち合っていたもののことを、かなり踏みこんで伝えた。メールの文面は思い出せないが、一緒にいたくなる犬がいい、と送ったことだけは覚えている。浜辺や、町の広場のベンチや、路上のカフェで並んで座り、移りかわる世界を一緒に眺めていられる犬がよかった。探していたのは、思慮深い犬だった。アスリートより哲学者がいい。自立した精神の持ち主であってほしかったが、独立心旺盛なあまり、頑固だったり扱いに困ったりするのも困る。わたしは友だちを探していた。

ペイジの返信には、責任は取れないけど、という前置きが付いていた。あと一匹だけいるが、その犬はあまりに「変わって」いたので、いままで育てた子犬とちがって手元に置いておくつもりだったようだ。送られてきた数枚の写真に写っていた子犬は、それまでみてきた完ぺきな子犬たちとはちがっていた。背すじを伸ばして座ってもいないし、カメラにむかって気取ったポーズを取ってもいない。腹ばいになり、気だるそうに片方の前足にあごをのせ、横目でこちらをみている。さっさと終わらせようよ、とため息まじりに言っているかのようだ。注目されるのがうっとうしいと言わんばかりだ。

銀色の毛のマックスとは少しも似ていない。全身が黒く、足の先と、鼻と、胸とお尻は白い。なにより目を惹かれたのは、ぼさぼさの真っ白な眉だ。そのせいで、年老いた漁師のようにみえた。

こうして話はまとまった。わたしは、ほかの犬と似ていない子犬を選んだのだ。たぶん、自分に似て不器用そうなところに惹かれたのだと思う。一緒に生まれたきょうだいがいないということも、魅力として映った。彼は世界でひとりきりで、わたしもまた、まったく同じように感じていた。

ペイジが最初にくれた、どこにいくときもアティカスを連れていくように、というアドバイスはいろんな意味で役に立った。絆を作ってくれたし、おかげでアティカスはわたしを信頼してくれるようになった。そしてわたしのほうには、思ってもみない感情が芽生えることになった。ほんとうは、こんなにすぐ新しい犬に乗り換えるなんて薄情じゃないか、という罪悪感を抱いていたのだ。次の犬を飼うことなど決してないだろうと思っていたくせに、マックスの死から数週間後、わたしの腕の中では子犬が呼吸をしている。小さく、弱々しく、わたしを必要としている。そして、いくらもたたないうちに、自分もこの犬を必要としているのだと悟った。

ペイジのアドバイスは、変わり者の子犬と傷心の孤独な男にはぴったりだった。男と犬は、出会ったその日から親しくなった。だが、マックスを偲ぶ時間も必要だった。空港でアティカスを引き取ったあと、わたしは真っ先にプラムアイランドへ向かった。アティカスを抱いて渚にいくと、ポケットから小さなビニール袋を取りだし、マックスの遺灰を白い波の上にまいた。

最初の一週間は、なにもかもうまくいった。すべてのことが、ペイジの話したとおりに運んだ。不満はなにひとつなかった。事件が起こったのは肌寒い春の朝。わたしはアティカスを車に残して毎週恒例の土曜日の朝食会に出ていた。席のそばの窓にハッチバックを寄せて停め、リアガラスからアティカスを見守れるようにしておいた。アティカスは後部座席に積んでいた箱をよじのぼり、後部座席とリアガラスのあいだのパネルの上にあがった。出会って二週間が過ぎていたが、離れたのはこれがはじめてだ。だが、パネルの上にいれば、むこうにもわたしがみえる。

朝食の雰囲気はいつもどおりだった。互いに冗談を飛ばしあい、それぞれの近況を報告し、ティーポットのように小さな町を賑わせる政治的ゴシップで盛り上がる。いつも、次の〈アンダートード〉紙にぴったりのネタを仕入れることができた。メンバーは、この町にしっかり根を張っている友人たちばかりで、町の事情にかなり詳しかった。ここで彼らから話をきき、次の一週間で情報の裏を取る。そして、彼らの話はかならず正しかった。よそものにしてみれば、この朝食会は、ニューベリーポートの内幕を垣間見る場だったのだ。

楽しくしゃべっていると、ふいに、仲間のひとりがわたしをつついて窓の外を指さした。たくましい赤ら顔の男で、日中は地元の水道局で働き、夜は飲んだくれている友人だ。みると、アティカスは変わらず後部座席の上のパネルにいたが、リアガラスの内側でこちらに尻を向けていた。足を踏んばり、肩ごしにわたしをみている。

「あの犬、なにしてるんだ？」

「クソだ」別の友人が声をあげた。

そのとおりだった。アティカスはわたしの目をまっすぐにみながら、糞《ふん》をしていた。

友人たちは、口々に称賛の声をあげた。人生を楽しむには根性をみせるべし、という信条を持った彼らは、アティカスのやったことに大喜びしていた。この一件以来、アティカスは彼らの仲間として敬意を払われ、マックスの後継者として認められることになった。彼らはマックスのことが大好きで、永遠の眠りにつく前の晩にも、カフェの「お別れ会」に足を運んでくれたのだ。

アティカスの悪行は、まだ終わっていなかった。すっと立ちあがると、わたしたちに向きなおり、前足を使って糞をあたりに塗りつけはじめた。わたしは外に飛びだし、車に駆けよった。だが、手遅れだった。後部座席も窓も、ひとクラス分の幼稚園児が泥でフィンガーペイントをしたような有様になっていた。

子犬のウンチほどくさいものはない。窓を全開にして家まで運転したが、たいして効果はなかった。そのあいだ、三キロの小さなモンスターは悠々と助手席に座っていた。のんきな顔で、おだやかに窓の外を眺めていた。

二日後、事件はふたたび起こった。わたしは部屋に子犬を残して友人と昼食をとりにいき、一時間後に戻った。ドアを開ける前から、あの悪臭が鼻をついた。小さなピカソは、玄関の白い壁一面をキャンバスにして、芸術的な絵を描いていたのだ。

わたしはパニックを起こしてペイジに電話をかけた。

ペイジは笑いながら、母音を引きのばす南部の話し方でしゃべった。「アティカスは、約束とちがうじゃないか、って言ってるのよ。一日目から片時も離れなかったのに、急にひとりにされたでしょう。それが気に入らないの」

わたしは腹を立てていたが、ペイジはおもしろがっていた。

「どうすればいい？　やめさせるには？」

するとペイジは、アティカスがあまり動きまわれない小さなケージを用意して、そばを離れるときは中に入れなさい、と言った。

「ウンチはしないはずよ。犬は自分の居場所を汚すのがきらいだから」

翌日、わたしは真新しいケージにアティカスを入れて、ランチに出かけた。戻ってみると、おなじみの悪臭がただよってきた。真剣な瞳がふたつ、ケージの中からこちらを見上げている。全身がチョコレートキャラメルのような茶色になっていた。小さなケージの中で糞をしたばかりか、その上で転げまわったらしい。

わたしは、片手で子犬をすくいあげ、バスタブに直行した。もう片方の手で鼻をつまむ。茶色い水が渦をえがいて排水口へ吸いこまれるのをみながら、湯で子犬の体を洗った。やがて、チョコレートキャラメルの子犬は、もとのアティカスに戻った。

ふたたび、ペイジに電話をかけた。「ケージを使ってもだめだった！　クソをして、その上で転げまわったんだ！」

はじめの数週間で、ペイジは何度大笑いしたことか。どたばた劇をおもしろがっていたが、内心では、わたしが懸命に子犬を育てていることを喜んでくれていたようだ。電話口のわたしがパニックを起こしていようと、苛立っていようと、怒っていようと、いつもペイジは、愉快そうに笑いながら答えてくれた。わたしは遠く離れた北部の町から、ペイジをずいぶん楽しませていたようだ。

「アティカスは、自分の意思を伝えているのよ。明日も同じことをしてみて。留守番中にこんなことしちゃダメだって伝えるの。決定権はあなたにあるんだ、って。心配しないで、あなたたちは大丈夫」

翌日、わたしはアティカスをケージに入れながら、この攻防戦に決着をつけよう、と心に決めた。一時間後に戻ってみると、同じ結果が待っていた。ケージを開けると、小さなチョコレートキャラメルが、まっすぐにわたしをみた。うれしそうでも悲しそうでもない、静かな表情だった。

バスタブに連れていき、糞まみれの子犬を洗った。ペイジには電話をかけなかった。自分は、汚職警察官や腐敗した政治家たちを、新聞で公然と非難してきた男だ。匿名の脅しにも、犯人がほぼ特定できる脅しにも、屈しなかった。わたしはタフな男だ。それが三キロの子犬に手を焼いている。冗談じゃない。

わたしは、別の方法を試すことにした。

こんな場面を想像してほしい。当時のわたしは、体重がアティカスのほぼ五十倍あった。その大男がバスタブのふちに座り、ずぶぬれの子犬の胴をつかんでいる。前足が、湯の上でぶらぶら揺れている。大男は子犬の目をまっすぐにみて、こんこんと言い聞かせている。この暮らしに慣れなくてはいけないこと。ほぼずっと一緒にいられること。それでも、時には、アパートや車で留守番をしなくてはならない日もあること。アティカスは、目をそらさなかった。恥ずかしそうでもなく、反抗的でもなかった。話しているわたしを、じっと観察しているようだった。

「よくきいてくれ。お互いに歩みよろう――出掛けるときもケージに入れたりしない。だから、糞をまき散らすのはやめるって約束してくれ。出掛けても、すぐに戻ってくる。かならず戻ってくる」

翌日、わたしは外出した。玄関に座ったアティカスのそばに、犬用ビスケットをひとつ置いた。鍵を閉めながら、きゅうきゅう鳴く声やかん高い吠え声をきくまいとした。そして、ドアを背にして歩きはじめた。戻ってみると、アティカスはまったく同じ場所に座っていて、ビスケットには口をつけていなかった。ドアを開けるなり飛びついてきて、うしろ足で立ちながら前足をわたしのひざのあたりに掛けた。顔を輝かせ、わたしがほんとうに戻ってきたことに大喜びしていた。悪臭はしなかった。それからは、いつも同じだった。わたしひとりで出掛けるときは、かならずビスケットをひとつ置いていく。アティカスは行儀よく待ち、戻ると大はしゃぎで出迎えてくれる。わたしが戻ったのを確認して、初めてビスケットに飛びかかる。追いつめた獲物に襲いかかるように。

こうして、わが家に緊張緩和《デタント》が訪れた。ペイジの言うとおり――わたしたちは大丈夫だったのだ。

ペイジには、少し時間を置いて電話をかけた。アティカスのウンチ攻撃をやめさせたことを、できるだけさりげない感じで報告したかったからだ。ところが、彼女の声をきいたとたん、わたしはがまんできずに、事の顛末を洗いざらい説明した。ペイジは笑って笑って大笑いし、やがて言った。「あの子は……ただものじゃないわね」

ケージを使うというアドバイスはうまくいかなかったものの、ペイジの言うことはほぼすべて正しかった。なかでも、初めのひと月はアティカスを連れてあるきなさい、という助言は、目覚ましい効果を発揮した。

　ミニチュア・シュナウザーを飼ったことがあれば、どれだけ強情な犬かはわかってもらえると思う。だが、わたしたちの場合、その問題は乗りこえられた。たぶん、どこへいくにもアティカスを連れていったおかげだと思う。なにかを強要することをほとんどしない育て方も、よかったのかもしれない。

　決まりは、重要なものだけ。基本的なルールだ。危険さえなければ、やりたいようにやらせた。ただし、わたしの物を壊したりしない、人に迷惑をかけない、という条件付きだ。

　お座りと言うと座るが、座る場所はどこでもいい。伏せと言うと伏せるが、伏せる場所は好きに決めていい。それでうまくいっていた。わたしは、アティカスの主人にはなりたくなかった。身を守るためのルールさえ教えられれば、それで十分だ。

　すべてにおいて正しいペイジでも、もうひとつだけ間違っていたことがあった。アティカスを連れて行動する一カ月目から、ハーネスとリードをつけるようにアドバイスされていたのだ。ハーネスとリードをつけると外に出られると考えるので、どちらにもいい印象を持つようになる、というわけだった。

ところが、初めからアティカスは、ハーネスもリードも大嫌いだった。ハーネスをつけたり、首が十分に強くなってからは首輪をはめたりすると、そのたびに体をこわばらせた。外に出て、ハーネスとリードをつけて地面におろす。とたんにアティカスは、きっかり三歩あとずさり、自分はひとりで大丈夫だ、ひもなんかまっぴらだ、と訴えるのだった。

　やがて折衷案が生まれた。リードはつけるが、地面に落とし、一緒に並んで歩くことにしたのだ。小さな子犬が自分のリードを引きずりながらレンガの舗道を歩く姿は滑稽だった。だが、わたしはアティカスの意思を尊重し、必要なときだけリードを拾いあげた。

　アティカスは、すぐにニューベリーポートになじんだ。町の人たちは、マックスのときと同じようにアティカスのことを知った。はじめは〈父への手紙〉というコラムで存在を知り、それから、実際に町でその姿をみた。アティカスが町にきたことはマックスの死を伝えた新聞の次の号で知らせてあったので、みんなが会うのを楽しみにしてくれていた。初めの数日は、どこへいってもたくさんの人たちが、車でそばを通りながらクラクションを鳴らして挨拶してくれたり、窓から「ようこそ、アティカス！」と声をかけてくれたりした。店の主人たちはマックスウェルが死んだとき、目に涙を浮かべて別れを告げ、ショーウィンドウに弔いの言葉を貼ってくれた。数週間後のいま、彼らは、心からアティカスを歓迎してくれた。

実際それは、圧倒されてしまうほどの歓迎ぶりだった。玄関の前には子犬への贈り物が数え切れないほど置かれ、どこへいってもニューベリーポートの新顔は声をかけられた。アティカスは、みんなが自分の名前を知っていることを当然だと考えながら育った。新しい町にやってきた子犬にとっては楽しい日々が続いた。いく先々で、みんなが彼に会いたがった。可愛い子犬はみんな同じような経験をするのだろう。だが、アティカスの場合は、少し特別だった――彼をひと目みるためだけに、みんながわざわざ足を延ばしてやってくるのだ。車で町にきたり、通りを渡ってきたり、建物から走りだしてきたり。そばにくるとかならず、アティカス、と名前を呼んでくれた。町の人たちは、〈アンダートード〉紙のコラムを通じて、マックスがいかにわたしの人生を大きく変えたか知っていた。そして、マックスを身近に感じてくれていた。だから、その後継者となったアティカスを歓迎してくれたのだ。

アティカスを抱っこしたいという頼みを断るのはつらかった。ペイジにされた忠告を説明すると、残念そうな顔をしたが、わかってくれた。みんなが代わるがわる、わたしの腕におさまったアティカスをなでた。子犬に触れた彼らの目は、純粋なよろこびに輝いていた（荒っぽくたくましい男たちでさえ例外ではなかった）。生まれたばかりの人間の赤ん坊を相手にしているようだった。何人かは、アティカスにこう言った。「マックスウェル・G・ギリスに会ってたら、きっと大好きになってたよ」

アティカスが居心地の悪さを感じるような場所はどこにもなかった。少し大きくなると、通りに並んだ店にひとりで出入りして、ビスケットをもらってくるようになった。そのあいだ、わたしは外で待っていた——マックスのときと同じように。わたしは、アティカスの独立心を愛していた。

新聞の読者のひとりに、なぜ自分と同じ姓のアティカス・M・ライアンではなく、アティカス・M・フィンチと名付けたのかたずねられたことがある。わたしはその女性に、アティカスには自分らしくいてほしいからだ、と説明した。わたしたちはチームだが、大切なのは、アティカスが単なるわたしのペットとしてではなく、自分らしく生きることだ。犬をアクセサリーとして扱いたくない。呼吸をし、様々なことを感じる独立した生き物として、人生を共にしてほしい。別のラストネームを付けたのも、そのためだ。ささやかで無意味なことにみえたとしても、わたしには大切なことだった。ペイジにこの話をすると、彼女はうれしそうにため息をつき、感謝してくれた。「犬になにより必要なのは、自分らしくいることよ」

町にきた頃から、アティカスはわたしと一緒に市役所に出入りしていた。最初は、問題だらけで頭の悪い市長の取材だった。すぐに引退しそうだと思っていたら、実際そのとおりになった（退任の大きな理由は、縁故主義と、警察のひとりに対する脅迫が発覚したことだったが、そもそも市長としての資質に欠けていた）。市長は、わたしとアティカスが控え室でそれぞれの椅子に座り、週の会議がはじまるのを待っている姿をみると、決まって言葉に詰まった。だが、彼の秘書や部下は、言うべきことを心得ていた。彼らは、町の人たちと同じように、名前を呼んでアティカスに挨拶し、市長にこう告げるのだった。「市長、ミスター・ライアンとミスター・フィンチがいらしています」

次の選挙では、女性が新しい市長に就任した。前職よりましだったとはいえ、彼女も長くは続かなかった（教師とやり取りしていた卑猥なメールがみつかったことが、辞任の決定打になった）。初めに市長室を訪れたとき、市長は片方の眉を吊りあげたものだ。デスクのほうを向いた椅子に掛けたわたしのとなりで、以前より大人になったアティカスがもうひとつの椅子に座り、彼女の一言一句に耳を傾けていたからだ。

「あなた、犬が椅子にあがっても叱らないの？」。市長は、いかにも不服そうに言った。

「ええ、もちろん。市長だって、政治家が椅子に座っても叱らないでしょう？」

しばらくすると、この市長もアティカスを歓迎するようになり、椅子に座っても嫌な顔をしなくなった。

こうしてアティカスは市長室の常連になった。市役所で開かれる様々な会議にも一緒にきて、わたしと並んで堅い木のベンチに座った。アティカスの下にはフリースのジャケットを敷いてやった。会議がどれだけ長引こうと静かに座り、話に注意深く耳を傾けた。居眠りをしないという点で言えば、傍聴人や一部の議員よりも行儀がよかった。わたしは、最新号の新聞でどんな記事を書いたかによって、愛想よくされることもあれば、非難されることもあった。だがアティカスは、市役所にいくとかならず歓迎された。アティカスと呼ばれることもあれば、ミスター・フィンチと呼ばれることもあった。

アティカスが身体的にも社会的にも成長をみせはじめても、時おりわたしは、それまでと同じように彼を腕に抱きかかえた。習慣になっていたし、ふたりともそれが気に入っていたのだ。街角で知り合いと立ち話をはじめると、彼は仲間外れになったと思うらしく、脚に鼻をこすりつけてくる。そこでわたしはアティカスを抱きあげ、おしゃべりを続けた。アティカスは、わたしたちの仲間になり、同じものを共有したがっていた。

消防士、銀行の頭取、子どもたち、校長、店員、ゴミ収集車の運転手、ホームレス。だれもが同じように、アティカスをみると、かならず名前を呼んで挨拶をしてくれた。

アティカスは、町にある数軒のレストランでも常連になった。ある店では、中にある席に座り、チキンやターキーを食べさせてもらう。別の店ではピザかベーグルをもらう。また別のレストランでは、席にいるわたしを置いて、ひとり小走りで厨房に入っていく。すると、シェフやオーナーの歓声がきこえた。「おや、おでましだ！　今日はいいものがあるぞ、アティカス！」

皮肉と言うべきか、わたしはニューベリーポートで自分らしさを作りあげてきたし、アティカスも自分らしさを手にしつつあった。ところが、時がたつうちに、ふたつの個性は混じり合い、いつしかわたしたちは〝トムとアティカス〟と一組で考えられるようになった。夫と妻が、家の外ではそれぞれの個性を失うようなものだろう。いつのまにか、約束事ができていた。わたしを夕食会に招くときにはアティカスも招待しなくてはならないし、わたしを新しい店のオープニングセレモニーに招くときにはアティカスも呼ばなくてはならない。片方が欠ける場なら、どちらも現れない。

友人たちが地元のアンナ・ジャックス病院に入院すると、アティカスはかならずわたしと一緒に見舞いにいき、ベッドにあがって病人のとなりに座った。ふつうなら、犬は病室に入れてもらえない。アティカスが特別扱いされるようになったのは、友人のヴィッキー・ピアソンを見舞いにいったときだ。ヴィッキーはみんなに慕われている実業家で、地域の中心的人物だった。当時は、教育委員会の一員に選ばれたばかりだった。その直後にがんがみつかったのだ。がんは、猛毒を持つつる草のように、脊椎に絡みついていた。はじめて彼女の病室を訪れたとき、ヴィッキーは、甥っ子を連れてきてくれないかしら、といった。

わたしは看護師を振りかえり、小声で言った。モルヒネを多めに打ったのかい？　甥っ子がだれのことなのかさっぱりわからないんだ。ヴィッキーはわたしの言葉をききつけ、乾燥してひび割れたくちびるのあいだから、弱々しい声で言った。「なに言ってるのよ。一緒に住んでるくせに」そして、看護師に向かって言った。「甥は、アティカス・M・フィンチって名前なの」

それからというもの、アティカスはヴィッキーのベッドの常連になった。腕を持ちあげる力を失っていたヴィッキーは、指だけを動かして、アティカスにおやつを食べさせた。食べてしまうと、〃甥〃はとなりに腹ばいになり、〃叔母〃の太ももの上にあごをあずける。するとヴィッキーは、アティカスの垂れた耳を、そっとなでるのだった。

元気だった頃のヴィッキーは、アティカスも一緒に食事ができる店にしかいこうとしなかった。わたしとランチをするときはかならずだ。アティカスが同じテーブルについて一緒にランチを食べても、嫌な顔ひとつしなかった。

ヴィッキーは電話をかけてきて、こう言う。「ランチでもどう?」

「ああ、いいね」わたしは言う。「どこにいきたい?」

「ええと、さあ」

「なにか食べたいものは?」わたしはたずねるが、答えはわかっている。いつも、結局は同じ店に——〈パープル・オニオン〉——落ちつくからだ。ヴィッキーはそこのラップサンドイッチとサラダが大好きだった。だが、そこを選ぶ最大の理由は、テラス席でアティカスも一緒に食事ができることだった。

アティカスは、〈アンダートード〉紙の配達日が好きだった。前夜の配達についてくるときもうれしそうにしていた。わたしは町のほぼすべての通りを運転しながら、一軒ずつ新聞を届けていった。年配の人たちは玄関口に、小さな(時には大きな)おやつの包みを用意しておいてくれた。夜が明けて開店時間になると、今度は店を一軒ずつまわって新聞を届ける。アティカスは、そこでも声をかけてもらったり、おやつをもらったりした。

配達の夜、アティカスは助手席に座って静かにしている。軒先に新聞を置いてくるあいだドアを開けていても、外に出ようとはしない。ところが、ヴィッキーの家だけはちがった。彼女の家に着くのは、たいてい二十三時をまわる頃だ。到着すると、アティカスはきまって玄関までついてきた。ヴィッキーの家に招かれたことはないし、おやつが置いてあったこともない。なぜかはわからなかったが、ここは友だちの家だと心得ているらしかった。

生まれて数年で、アティカスは〝ニューベリーポーター〟という、希少な人種になった。犬だということは関係ない。そもそも、アティカスをペット扱いする者はひとりもいなかった。町の人々は、彼をみると顔を輝かせ、うれしそうに挨拶してくれた。アティカスが新しい自転車のカゴから顔をのぞかせたとき、彼らがどれほど驚いたか、ちょっと想像してみてほしい。

わたしは自転車を一台買い、ハンドルの上に、補強した大きなスチールのカゴを特注で付けてもらった。大きく頑丈で、ミニチュア・シュナウザーが入っても安心だ。わたしは、アティカスがカゴに入るのに慣れるまでたっぷり時間をかけようと、おおいに意気込んでいた。フリースの毛布も敷いて、体が痛くならないように準備した。慣れるまで二週間はかかるだろうと踏んでいた。

わたしの計画はこうだった。初めの数日は、カゴに座らせるだけにしておく。そのあとの数日は、カゴに入れたまま自転車を押し、駐車場をまわる。準備ができてから、アティカスをカゴにのせて自転車をこぐ。初めはどこへいくときも抱っこしていきなさい、というペイジの助言があったからこそ、アティカスは、初めて自転車のカゴに入れられたときも、あんなにわたしを信頼してくれたのだと思う。カゴに納まったアティカスは、落ちついて、問いかけるようにわたしを見上げた。〝どうかした？　はやくいこうよ〟とでも言いたげな顔だった。そこでわたしは、自転車を押して駐車場をまわってみた。アティカスが、さっきと同じ目付きでこちらをみる。わたしは、思いきって自転車に乗ると、ペダルをこぎはじめた。なんとアティカスは、腹ばいになることさえしないで、映画のE.T.さながら、まっすぐに背中をのばして座っていた。高級車のボンネットについている飾りのようだ。わたしはペダルを踏み、町をまわった。アティカスの立派な垂れ耳が、風を受けてはためいている。風を飲みこもうとしているかのように、うれしそうに口を開けている。飛んでいるようにみえた。町にいるたくさんの友だちは、わたしたちがそばを通ると喜んで声をあげた。アティカスは、その歓声を全身に受けていた。

まもなくアティカスは、〝揺れる〟という言葉を覚えた。道にできた穴や、線路や、低い縁石に近づくと、わたしが「揺れるぞ」と声をかける。するとアティカスは重心を低くして衝撃に備える。平坦な道にもどると、ふたたび体を起こすのだった。

わたしとアティカスは、お互いを信頼するようになっていた。このときはまだ知らなかったが、数年後、この信頼関係が、とても重要になってくる。そのときわたしたちは、だれよりもペイジの助けを必要とするようになる。だが、さしあたっては、ペイジのいったとおりだった。「あなたたちは大丈夫」

そう、大丈夫だった。

3. 大きな変化

生活を共にするようになった当初から、わたしとアティカスには毎朝の日課があった。日の出と共に目を覚まし、プラムアイランドまで車を走らせて浜辺を散歩する。それがすむと、朝食をとりにいく。店は、〈マッド・マーサズ〉か、〈キャシー・アンズ〉か、〈フィッシュ・テイル〉のどれかだった。友人と食べることも、アティカスとふたりのときもあった。どちらにしても、だれか彼かがそばにきて、ニュースやゴシップを話していく。朝食がすむと市役所へいき、一巡りして最新の情報を仕入れる。それが終わると、今度は町へ出かける。

立ちよる場所は決まっていたし、会いたい人も決まっていた。まずは、友人のボブ・ミラー。ファイナンシャルアドバイザーで、市役所の通りをはさんだ向かいに事務所を構えている。いつも朗らかで、絶えずなにかをしていて、同時にたくさんのことを進められるタイプだ。次はスティーヴ・マーティン。元気のいい海兵隊上がりの男で、町のことならなんにでも意見がある。プレザント通りで、〈アシュリー・バーンズ〉という高級家具店を経営している。イン通りにあるエスター・サイヤーの美容室にも立ちよる。ここへいけば、かならずゴシップを仕入れることができた。それから、グリーティングカード店をやっているギルダ・タニーを訪ね、〈ファウルズ・マーケット〉に寄ってパット・シンボリと少し話す。アティカスはパットの机にあがり、三キロのペーパーウェイトよろしく書類の山の上に座る。そうしてふたりで、世の中のおかしな点について語る彼の話に耳をかたむけるのだった。パットは稀有な人物で、にこやかな笑顔を崩さずに不平を言ったり嘆いたりすることができた。彼がどんなに絶望的な見通しを語ろうと、聞き手は声をあげて笑ってしまう。その次は、〈エイブラハム・ベーグル店〉のリンダ・ガルシアを訪ねる番だ。リンダはいつもアティカスを店内に招きいれてくれた。一度、客のひとりが、不潔だから犬を入れるなと文句をつけ、さもなきゃほかの店にいくぞ、と脅したことがあった。するとリンダは、そうしていただけると助かるわ、と言ってのけた。最後は〈ジョン・ファーリー洋品店〉にいき、店主のジョン・アリソンと妻のリンダ、裁縫師の女性、ディーディー・マクカーティーと雑談する。

ジョンとディーディーとのおしゃべりは、少し長くなるのが常だった。このふたりほど情熱的に生きている人はみたことがなかったし、彼らが最近チャレンジしたことをきかせてもらうのはほんとうに楽しかった。ジョンは五十代にして登山をはじめ、ディーディーは、スキー、ランニング、登山、スノーシューハイキングなど、いつも様々なことをしていた。彼らのエネルギーは驚くべきもので、その話は何時間でもきいていられそうだった。ふたりとも高価な服を売っているだけあって、おしゃれだった。ジョンは小柄で、弾むような歩き方をする。短く刈りこんだ気品のある白髪頭で、口髭もきちんと整えている。モノポリーのマスコットはシルクハットをかぶった紳士だが、ジョンはあれにそっくりだ。ディーディーはすらりと背が高く、堂々とした振る舞いからは自信の強さが伝わってくる。接客中のふたりは、洗練されていて礼儀正しい。だが、客がいないときは違った一面をのぞかせ、最近の快挙について語ってくれた。それぞれに生きがいがあった。傍からみても、店は生計を立てるための手段で、大自然にこそ情熱を傾けているのがよくわかった。わたしは彼らがうらやましかったし、新たな冒険譚をきかせてもらうのを心待ちにしていた。

〈ファーリー洋品店〉を出ると、ウォーター通りを歩いて〈タナリー〉まで足を延ばす。〈タナリー〉とは、おもしろい店が建ち並ぶモールで、ニューベリーポートで製造業が栄えていた時代は、実際に皮なめし工場《タナリー》が建っていた。所有者はデイヴィッド・ホール。環境保護に関心のある珍しい土地開発者だ。実業家なのだから金を稼ぐことには興味があるが、地域を食い物にしようとは思っていない。病に倒れる前のヴィッキー・ピアソンは、このデイヴィッドの会社で働いていて、わたしたちが訪ねていくとかならず時間を作ってくれた。なにをしていようと――いつみてもなにかしていた――、仕事をわきに置いてくれる。わたしもバカではないので、それが自分のためではなくアティカスのためだということは承知していた。ヴィッキーの世界において、犬は人間よりはるかに重要な存在なのだ。

ヴィッキーと別れると、同じタナリーにある〈ジャバウォッキー書店〉にいく。時々、恵まれた町にはこんな店がある。そこへいけば、町がどんなふうに移り変わっているのか、大方のことがわかるのだ。様々な活動の中心地で、刺激的だが居心地がいい。ひととおり新刊をチェックすると、店長のポール・アブラジと、経理のライニ・シリトーと話す。

ニューベリーポートのあちこちを訪れるのには理由がある。そうして仕入れた情報を元に記事を書き、〈アンダートード〉紙の次号を作っていたのだ。ライバルの〈デイリー・ニュース〉紙は百年以上の歴史を持ち、記者たちがデスクに座っていようとニュースは勝手に届いてくる。だが、新参者のわたしは、外へ出てネタを集めるしかない。自分の足で町を歩き、世界の片隅で起こっていることを取材する。それには、人に会い、彼らの考えをきかせてもらうのが一番だ。この方法は、いつもうまくいった。

ダウンタウンを歩き回るときは、いつもアティカスがとなりを歩き、訪れる先ではかならず声をかけられた。町の人々は親戚のようなものだった。アティカスのおばやおじだ。彼らは、出会ったその日から、アティカスのことをわたしと同じように扱ってくれた——対等な相手としてみなしてくれた。子どもあつかいをして幼児語を使ったり、かん高い歓声をあげたりもしない。大人と話すように話してくれた。はじめの頃でさえ、みんなはこんなふうに言ったものだ。「アティカスはなんとなく普通の犬とちがっている」。これはほめ言葉だった。アティカスの人間のような振る舞いや、物おじしないところや、落ちついた物腰に感心して、どうやったらこんな犬になるのか、とたずねた。わたしは、犬が人間より賢いとうまくいくらしい、と冗談まじりにアティカスを称えたものだ。それから、ペイジがくれたアドバイスをいくつか話し、最後にはきまって、どこへいくときも子犬を抱っこしていくように、という例の金言を教えた。

もうひとつ、アティカスを育てるときに気をつけていたことがあったが、それについてはだれにも話さなかった。話す気になれなかったのは、そこに到るまでの複雑な過程があったからだ。腕に抱えて歩いていた子犬のときから、わたしのアティカスへの接し方は、子どもの頃こんなふうに接してほしかった、という自分の願いを反映していた。命令することはめったにない。かわりに、してほしいことを丁寧に頼む。「座ってもらってもいいかな」や「ちょっと待っててくれるかな」といった具合だ。アティカスがそのとおりにしてくれると、「ありがとう」と言った。犬としてではなく、友人として接したのだ。カトリック風に言うと、わたしのしつけ方は〝黄金律〟——自分がしてほしいように他人にせよ——だった。成果は目覚ましいものだった。

アティカスをこんなふうに育てたのは、ペイジ・フォスターのもうひとつのアドバイスのおかげでもある。ペイジは、子犬をあずけた客の全員に、同じアドバイスをしていた。「生活に問題があると、子犬はそれを拡大してみせてくれるの。だから覚悟しておいて」。ほかの忠告と同様、わたしはこの言葉を肝に銘じ、彼女があずけてくれた小さな命のために全力を尽くそうと誓った。ペイジは、自分の言葉を行動で示していた。〝赤ん坊〟をきちんとした飼い主と引き合わせることを誇りにしていて、ルイジアナに住んでいる客が代金を用意して約束の場所まで出かけてこようと、相手が飼い主として信頼できないと判断すると、子犬を売ることはできない、と容赦なく断った。

ペイジの助言のおかげで、子犬の要求のすべてに耳を傾けるだけでなく、自分自身にも気を配るようになった。様々なことを改めるいい機会だった。ニューベリーポートが故郷を与えてくれ、マックスが家庭を与えてくれたのだとしたら、アティカスは新たなスタートを切る機会を与えてくれた。

運命に導かれて、マックスはわたしの人生に登場した。ふたりとも、突然訪れた変化を前にして、精一杯力を尽くした。わたしたちには共通点が多かった。ほんの少し愛情に飢え、ほんの少し人生に絶望し、ほんの少しくたびれていた。だが、一緒にいた一年と半年のあいだ、犬と人間の境界を越えて、小さな家族になることができた。ふたりとも、ずっと望んでいた暮らしが現実のものになったのだ。マックスは、わたしの人生を変えて、自分がなにを求めているのか教えてくれた。わたしを幸福にしてくれた。

アティカスがやってきたときも、まだまだ変化は続きそうだ、という予感はあった。子犬というのは、常に気を配ってもらいたがる。だが、変化がこれほど大きなものだとは思ってもみなかった。

アティカスの健康に気をつけ、居場所を整えていくうちに、わたしは以前より自分のことにも気をつけるようになった。特別なことをはじめたわけではない。散歩をする距離が長くなっていくと、それに伴って体重が減った。サウス・ビーチ・ダイエット［アーサー・アガツトン医師が提唱した食事法］をはじめるとさらに痩せ、前よりも気分がよくなり、アティカスとの散歩時間はますます長くなっていった。

だが、一番目覚ましい変化が訪れたのは、週末にしばらく町を離れていたときのことだ。ニューベリーポートに越して七年のあいだ、休暇は一度も取らなかったし、週末に町を出たのは一回きりだった。頭の中は、常にニューベリーポートの政治のことでいっぱいだった。ところが、アティカスがやってきて数週間した頃、わたしは、前々からの招待を受けようと決めた。友人夫婦のギルバートとギルダが、ぜひ自分たちの別荘を使ってくれ、と言ってくれていたのだ。それは、ヴァーモント州のマッド・リバー渓谷にある、古い農場の母屋だった。

別荘は、人里離れた丘の中腹にあった。隣人は牛の群れで、広々とした裏庭の端に建てられた柵のすぐむこうで草を食《は》んでいた。小さなアティカスはこの光景をいたく気に入り、柵のそばに座ると、尊敬の念のこもったまなざしで、自分と同じ白黒の大きな〝犬〟の群れを眺めた。牛のほうも好奇心を覚えたらしく、柵のそばに集まってくると、垂れ耳の珍妙な〝牛〟をしげしげとみた。牛と犬はいくらもしないうちに、柵越しにそっと鼻を触れあわせるようになった。牛の群れ、木々、草の青々と茂る広い裏庭、シマリス、リス、蝶に囲まれて、アティカスは天国にでもきたように有頂天になっていた。わたしのほうは、それほどでもなかった。静かな場所にも、なにもすることがないという状況にも慣れていなかった。だが、だれも名前を知らない土地で、メールをチェックせず、ニューベリーポートのダウンタウンの喧騒からはなれ、電話の鳴る音もきかずに二日を過ごすと、ようやくリラックスしはじめた。三日目には肩こりがなくなり、夜はぐっすり眠ってすっきりした気分で目を覚ました。四日目ともなると、草地に長々とあおむけに寝そべって、みたこともないほど白い雲が海のように深い青色をした空を流れていくのを眺めながら、この上ない幸福を感じるようになっていた。ニューベリーポートに帰る日には、出発の時間をぎりぎりまで先延ばしにした。

それからの二年間は、アティカスを連れて五、六回はその別荘へいった。ギルバートとギルダかふたりの友人が使うときは、そこから三十キロほど離れたヴァーモント州のストウという町にいき、犬と飼い主が一緒に泊まれる宿で過ごした。

ふつうの読者にとっては、〈アンダートード〉紙は以前となにひとつ変わっていなかったと思う。相変わらず辛辣で、読み手のあいだに議論を巻き起こした。だが、実際は変わっていたのだ。とてもささやかな変化ではあっても。〈父への手紙〉がすべての号に登場するようになっていた。手紙には、ヴァーモントへの旅のこと、体重が減ったこと、ステート通りを長時間歩いても息切れしなくなったことなどを綴った。もちろん、手紙にはかならずアティカスの話題が出てきた。こういった変化のきっかけは、きまって彼だったような気がする。

このコラムは、新聞にとってもわたし自身にとっても、重要な役割を果たしている。ほかの記事とはちがう気軽で親しげな文体で、新聞の雰囲気を軽くしているのだ。〈父への手紙〉を載せる前の新聞は政治の話に偏りぎみで、不正を糾弾する記事があまりに多いので暗い気分になったものだ。このコラムには別の役割もあった。いまも父は、ここから百五十キロ離れたメドウェイに住み、ニューベリーポートには一度もきたことがない。長いドライブはきらいで、だれかに送ってもらうのも気が進まないらしかった。だからわたしは、町の様子を手紙に書いて知らせた。読者は、わたしがどんなふうに町を描写するのか、父親にどんなことを語るのか読むのが好きだった。いやな過去の話は避け、父にしてもらってうれしかったことだけを書くようにした。

アティカスと共にヴァーモント州のなだらかな山並みを訪れた旅は、わたしの気分を変えてくれただけでなく、コラムに新しい風を送りこんでくれた。旅に出ると、これまでの人生を振りかえることができる。町に戻ると、ニューベリーポートの英雄や悪党のことを記事にする。そしてしばらくすると、ふたたび旅に出て日常を忘れる。ヴァーモントの山にいけば、わたしたちを知っている人はいない。のんびり寝転がって休み、リラックスすることができた。運転しながらちらちらバックミラーをのぞき、だれかにつけられていないか確かめる必要もない。タイヤを切り裂かれることも、怒れる読者が記事に文句をつけてくることもない。

ウェイツフィールドの農家がすっかり気に入ったわたしは、生まれて初めての行動に出た。ある週末、兄のデイヴィッドとエディをそこへ招いたのだ。実に二十年ぶりに、三人のきょうだいは同じ場所で一夜を過ごした。ライアン家では、めったにないことだ。親しい家族とはとても言えない。わたしたちは、同じ難破船に乗り合わせ、それぞれに生き延びた者たちだ。交流はほとんどなかった。感謝祭やクリスマスに何時間か一緒に過ごすことはあっても、おしゃべりやメールをすることはめったにない。時々、こんな家族でいいのかと腹立たしくなる。ニューベリーポートの街角で見知らぬ人と立ち話をすれば、十分後には多少なりとも相手のことがわかる。ところが、四十年前から付き合いのある兄や姉について知っていることは、それよりはるかに少ないのだ。

自然主義者のジョン・ムーアの言葉を読んだときは、うちの家族のことを言われているような気がしたものだ。「たいていの人は世界の表層しか知らず、内側に触れることはない。自分たちに関わることであろうと、意識的に共感しようともしなければ、関係を築こうともしない。内にこもり、孤立し、なめらかな大理石の模様のように決して交わらない。すぐそばにいるのに、孤立しているのだ」。まさに、わたしたち家族のことだ――すぐそばにいるのに、孤立している。

一度、デイヴィッドにきいてみたことがある。「うちの家族で幸せに生きてるのはぼくひとりみたいだ。どうして兄さんたちはめったに笑わないんだ?」

デイヴィッドは、少し考えて肩をすくめた。そして、乾いた声で淡々と答えた。「父さんに殴られすぎて、笑顔を叩き出されたんだろう」

だが、みんなと違うからといって、家族と距離を置きたいとは思わない。むしろ、その反対だ。一家が幸せになり、これまでとはちがう家族になれるように、いつも願っている。だからこそ、デイヴィッドとエディを週末に招待したのだ。ふたりはニューハンプシャーの山並みを気に入っていたので、ヴァーモント州の静けさも喜んでくれるにちがいなかった。だが実を言うと、ふたりが招待に応じてくれたときは意外に思った。

兄たちとの距離を縮めることも重要な目的だったが、父の世話をしてくれているふたりを労《ねぎら》いたいとも思っていた。九人きょうだいのうちこのふたりだけはメドウェイに残り、年老いた父のもとに毎日顔を出してくれていたのだ。

とくにデイヴィッドは責任感が強かった。モップがけをし、トイレを掃除し、壊れているものを修理し、浴室のタイルの目地をパテで埋め、ちょっとした水漏れまで直してくれる。父の税金の申告を手伝い、小切手帳の管理もした。

エディはデイヴィッドとちがって修理はあまり得意ではなかったが、別の方法で父親の面倒をみてくれている。父が薬を飲み忘れないように目を配り、たくさんの病院の予約を管理していた。仕事は特別支援学級の教師だ。人付き合いは苦手なほうだが、学級の生徒たちを教えることにかけては天与の才能を発揮した。同僚たちは敬意をこめて、彼のことを〝特別支援学級の魔術師〟と呼んだ。だからこそエディは、きょうだいのだれよりも父と良好な関係を築けたのだと思う。聖書のヨブさながらの忍耐力があり、父と接するときも、教えている子どもたちと接するときと同じように優しかった。

ヴァーモントの農家でわたしとアティカスと週末を過ごさないか、とデイヴィッドとエディを誘ってはみたものの、自分がなにを期待しているのかはわかっていなかった。夢見てきたような仲のいい家族に近づけないだろうか、という期待は多少あったが、長く生きていると、むやみな期待はしなくなる。

結果から言えば、兄たちを招待したことはまちがっていなかった。わたしたちは、歩き、話し、声をあげて笑った。話をしたといっても、わたしたちの場合、たいした話はない。それでも、それはささやかな勝利だった。恋愛も、愛も、叶えた夢も、まだ叶えられていない夢の話も出てこなかった。話題の大部分はこれまでと変わらず——家族の話だ。お決まりの古い話をふたたび繰り返した。なかでも楽しかったのは、裏のバルコニーに腰かけ、西の丘陵に沈んでいく夕日を黙って眺めていた時間だ。その静けさは、家族が集まると決まって流れる気まずい沈黙とはちがう。自然が祝福してくれた静寂だった。最高の団らんだった、と言ってもいいかもしれない。

関係性を一変させるような会話こそなかったが、その週末は、家族と過ごしたどんな時間よりも幸福だった。食事に出かけ、あたりを散索し、ヴァーモント一高い山をドライブした。マンスフィールド山だ。車道がとぎれると車をおりて、四人で山頂まで登った。

絵に描いたように美しい日だった。わたしたちは山頂の岩場にのんびり座り、のどかな田園を見下ろした。やはり会話はなかった。それでも、わたしたちは満たされていたのだ。

その日、山頂で過ごしていたとき、なにかが変わった。変化について口にする者はいなかったが、きょうだいのあいだに新しい親密さが生まれていた。わたしたちは、ふたたびこの土地を訪れる計画を立てた。再訪したときは、メンバーが増えていて、ジャック・ライアンとイザベル・ライアンの子どもたちの内七人がストウで週末を過ごした。メドウェイ時代から数えると、実に十五年ぶりの再会だ。そんな日が実現するとは考えてもいなかった。

デイヴィッドは、こうしてヴァーモントを二度訪れ、マンスフィールド山へドライブしたことがきっかけとなって、エディ、アティカス、わたし、そして兄のジェフを登山に誘ってくれた。ニューハンプシャー州のガーフィールド山だ。

デイヴィッドは、ニューハンプシャー州にあるホワイト山地のうち四千フィート以上の山をすべて制覇しようと考えていた。全部で四十八あるその山々を、デイヴィッドは、年にふたつか三つのペースで登り続けていた。すべて登りきると、〈アパラチア山脈クラブ（ＡＭＣ）四千フィート部門〉の会員の資格が与えられ、ワッペンと賞状がもらえるらしい。はじめて聞くクラブだったが、わたしは兄の誘いに応じた。もう一度、家族と一緒に週末を過ごしたかった。

この頃、アティカスは二歳半になっていた。わたしは体重を三十五キロ落としていたが、それでもやはり太っていた。どちらも、山登りの経験はない。自分たちに山登りなんかできるだろうかという心配よりも、兄たち三人の足手まといになりはしないかという不安のほうが大きかった。三人はむかしからハイキングをしている。

ニューハンプシャー州への旅は、里帰りのように感じられた。思い出の中にはホワイト山地がある。わたしたちきょうだいにとって、そこは父の山地だった。休暇で旅行に連れていってもらったことは何度もあるが、なかでもよく訪れたのはホワイト山地だった。父はそこが好きで、記憶にあるかぎり、父が穏やかで幸福そうにしていたのは、山にいるときだけだった。山にいるときの父はいい人間だった。だから、子どもたちにとっても、ホワイト山地は特別な場所だった。わたしたち家族は、高い山々を見上げる涼しい谷にいき、小川のそばにテントを張った。頻繁に訪れたおかげで、ライアン家の子どもたちはみんな、ホワイト山地の言い伝えや歴史をいくつも知っていた。

ホワイト山地は、アメリカでも有数の高い山だ。ヨーロッパ人がロッキー山脈をみつけるよりずっと前から、アメリカ人にとっての壮麗な山といえばホワイト山地だった。ここにはネイティヴ・アメリカンのアベナキ族が住んでいる。この地を神聖な場所と考え、山頂には偉大な精霊たちが棲むと信じている。彼らがアジオコーチフックと呼ぶ山は、なかでも崇められていた。アメリカへの入植者たちは、ホワイト山地までやってくると、道路や農家を造り、やがて村を造った。たくさんの人々が山を登るようになった。

一八〇〇年代は〝ホワイト・マウンテン・アート〟が生まれた時代として知られている。四百人近くの有名な画家がニューハンプシャーを訪れ、この山々の見事な姿をキャンバスに写しとって世界に広めた。同じ頃、ナサニエル・ホーソーン、ヘンリー・デイヴィッド・ソロー、ハーマン・メルヴィル、ラルフ・ウォルドー・エマソンといった作家たちもホワイト山地にやってきて、そこでの経験を文章に綴り、多くの伝承を今に残している。こうして、絵をみたり本を読んだりした人たちが、ニューヨークやフィラデルフィアやボストンからホワイト山地に集まるようになった。観光客のために、鉄道線路が敷かれ、高級ホテルが建った。これが、ホワイト山地観光の黄金時代のはじまりだ。

一八〇〇年代が終わりに差しかかる頃、線路から出た火花が原因で山火事が起き、かつての豊かな森は荒野と化した。だが、ホワイト山地に対する人々の愛着のおかげというべきか、一九〇〇年代初頭に、国が森林地帯を買い取って保護するためのウィークス法が成立した。それまで森林地帯を売却していた政府は、一転して環境保護に努めるようになったのだ。森はふたたび国民のものになった。少しずつ木々が増えていき、やがて、見事な山並みが復活した。ところが、ホワイト山地の全盛期は、すでに終わっていた。景勝を求める人々の関心は、ロッキー山脈に向かっていた。自動車の出現によって、観光客は鉄道の通っていないところへもいけるようになったのだ。こうして、ひとつの時代が終わり、あとにはバカでかいホテルが何軒か残るばかりとなった。

父が子どもたちを連れていくようになった頃には、ホワイト山地の栄光の日々はとうに過ぎ去っていたが、その壮麗さは少しも失われていなかった。どこにいっても、人が足を踏み入れた痕跡がない。はじめてここを訪れた人たちがなにを感じたのか、想像することができた。

家族でホワイト山地を何度も再訪するうちに、わたしたちは、山間を南北に走る太い三本の道路に詳しくなった。東にはピンカム峡谷、真ん中にはクロウフォード峡谷、そして西にはフランコニア峡谷がある。キャンプをしたのはフランコニアだ。山奥までトレイラーを走らせ、キャンプ場のひとつを流れる小川のそばで過ごすことが多かった。明るいうちは森を散策し、少しハイキングをする。暗くなると、焚火を囲んで座る。山は夜になると、ふいに生気を増すように思えた。わたしたちにとって、それは魔法のような時間だった。父がめずらしく機嫌よくしていることで、ますますそう感じられた。子ども時代の幸福な記憶は少ないが、楽しかったことを探ろうとすると、きまってホワイト山地の思い出がよみがえる。

おとなになって父との関係が悪化すると、子どもの頃に訪れた山のことは、父親のことと同じく考えないようになった。だが、兄たちはちがう。彼らはいまでも、むかしのようにしょっちゅう北のほうへいく。そして、今度はわたしも、こっちにこないかと招かれた。ペミジェワセット川のそばにある小さな山小屋で一夜を過ごすと、わたしはようやく、少年時代に経験した、あの魔法のような時間を思いだした。日が沈んで月が昇ると、とたんに山々が息づきはじめる。子どもの頃とまったく同じだ。九月で、日中は暑かったが夜は涼しく、ぐっすり眠ることができた。翌朝は早々と目を覚まし、デイヴィッド、エディ、ジェフ、アティカスと共に、安全な車から外に飛びだして、暗く深い森の中を一列で行進していった。朝のうちは空気が冷たく澄んでいたが、昼になると気温が上がり、湿度が上がった。風もなくなり、うだるような暑さだ。三時間、つまずいたりよろめいたり悪態をついたりしながら、わたしたちは山を登りつづけた。目を引くような景色もなく、蚊と、経験したことがないほど速い脈と、腎臓のあたりを殴られているような腰の痛みと、こむらがえりに苦しんだ。服は汗でびっしょりで、汗が乾いたあとは塩で白くなった。時々、木につかまって体を支えたり、もたれかかって息を整えたりした。喉が渇いて死にかけた人のように、水やゲータレードをがぶ飲みした。傍からみれば、見るも哀れな集団だったと思う。体形の崩れた中年の男四人など、山の中では場違いも甚だしい。一緒に過ごすことがめったになかったせいで共通の話題もなかった。

ふつうのきょうだいたちがみれば、ほとんどしゃべらないわたしたちは奇妙に映っただろう。ヴァーモント州で裏のバルコニーに座り、一緒に夕日を眺めていたときと――最高の団らんと――よく似ていた。悪いことではなく、いいことだと思う。家族のなかでもっとも若く、きょうだいがひとりずつ家を離れていくのをずっと見送り、彼らとなにかを——なんでもよかった——分かち合いたいと願ってきた者としては、息を切らし、悪態をつき、愚痴まじりの冗談を飛ばす時間は、黄金のように貴重だったのだ。どんなに見苦しくても、きつくても、関係ない。わたしたちは、共に変わりつつあった。

いっぽう、アティカスはというと、元気いっぱいだった。山登りをするために生まれてきたかのようだった。ふつうの犬とはちがって、先に走っていってはもどってきて人間の三倍動くとか、道の両脇のやぶに飛びこんで動物を追いかけるとか、そんなことはしなかった。迷いのない足取りで歩き、道から逸れず、ゆっくり、着々と進みつづけた。野生のヤギかなにかのように、楽々と岩から岩へと飛びうつる。急勾配で手を貸そうとしても、こちらが体勢を整えて顔をあげたときには、きまってアティカスは登りきっていた。

なにより驚いたのは、いつもわたしの安全を気にかけてくれたことだ。山はどちらにとっても馴染みのない場所だったが、アティカスは、わたしが傍にいさえすればそれでよかった。出会ったその日から、自分の役目はわたしの面倒をみることだと信じていて、その任務を重く受け止めていた——市役所であれ、山の頂上であれ、それは変わらなかった。

ようやく、頂上まで三百メートルと書かれた看板がみえてきた。わたしたちはひと休みすると、疲れきった体を引きずって、岩だらけの急斜面を登っていった。それまで以上に汗をかき、ののしり、肩で息をした。わたしは、拷問のような坂をはい上がりながら、心臓発作を起こして死ぬにちがいない、と思っていた。ありがたいことに、しばらくすると勾配はゆるやかになった。よろめく足で、雑木林のとぎれたところに入っていく。両手を両ひざに置いて体を支え、しばらくそのまま休んだ。呼吸が落ちつくと、ようやく顔をあげた。みると、アティカスがこちらに背を向けて座り、はるかむこうを眺めている。その視線の先をみて、わたしは言葉をなくした。のこぎり歯のようなフランコニア山脈は、それほど圧倒的だった。山は目の前に迫り、手を伸ばせば触れられそうな気さえした。体じゅうの痛みという痛みも、喉の渇きも、疲労も、たちまち消えうせた。その一瞬で、人生が変わった。こんな光景が現実に存在しているとは。映画の中だけでなく、現実にあるのだ。ニューベリーポートのレンガ造りの美しい町並みから、車でたった二時間のところに。子どもの頃に山へ遊びにいったときは、トレイラーの中から外を眺める観光客でしかなかった。車道に沿って旅行し、観光名所をめぐるだけだった。ここガーフィールド山の端で目撃したような大自然とは、決して出会わなかった。

ある登山家の記した言葉が、この日の体験を端的に表してくれている。ただし、彼は詩について書いたのであって、山についてではない。その登山家とは、ロバート・フロストだ。フロストにとって、ホワイト山地は暮らしと冒険の場所だった。彼はこう書き残している。「詩における永遠性は、愛におけるそれと同様、瞬時に感じ取ることができる。時の試練にさらす必要はない。詩の価値は、決して忘れなかったことではなく、読んだ瞬間に決して忘れられないと知ることによって決まるのだ」

わたしも、アティカスから目の前の山並みに視線を移した瞬間、この日は決して忘れられないと知った。そのとき、人生はすでに変わっていた。

それから数カ月続いた寒く暗い秋と冬のあいだ、わたしは幾度となくガーフィールド山に舞い戻った。といっても、白日夢や、夜にみる夢の中での話だ。なかでも鮮明な記憶がふたつある。ひとつは、アティカスが穏やかに座り、楽しそうに景色を眺めていたこと。「小さなブッダね」すぐあとから山頂に登ってきた女性が言った。もうひとつは、ヴァーモント州には戻らないだろう、と悟った瞬間のこと。新たな場所へ進むときがきたのだ。

登山を終えて、ジョン・アリソンとディーディー・マクカーティーに会いにジョン・ファーリー洋品店を訪ねると、早速わたしはガーフィールド山を登ったことを話した。ふたりは、わたしたちの冒険に感動してくれた。そして、春に雪が解けたら、また四千フッターに挑戦するつもりだと言うと、ますますうれしそうな顔になった。運命の巡り合わせか、ディーディーは、四十八カ所ある四千フッターの十一を登り終えたところで、二年以内に残りの山を登る計画を立てていた。一緒にどうかと誘ってくれたので、ぜひそうしたい、と答えた。彼女は数週間後、スティーヴ・スミスとマイク・ディッカーマンの共著『ホワイト山地の四千フッター』という本を教えてくれた。四十八峰ひとつひとつについて、様々なルートを紹介しているガイドブックだ。アティカスに加えてこの本も、常にそばにいる友人のような存在になった。暇さえあればページをめくったものだ。

本に登場する山のほとんどは、名前さえきいたことがなかった。ガーフィールドを登った九月のあの日を思いだすにつけ、数カ月後にはどんな風景を目にするのだろう、と想像がふくらんだ。夜になれば市役所の会議に出たが、目の前の話し合いはそっちのけで、スミスとディッカーマンの本を読みふけった。たくさんのページの端を折り、そこかしこに黄色いマーカーを引き、余白には青ペンで書き込みをした。わたしたちは、ほんとうにこんな山を登れるのだろうか。頂《いただき》に高山植物しか育たないほど高い山もあれば、大森林の奥にあるため往復三十キロも歩かなくてはならない山もある。小川を渡ったり、岩の崩れたところをよじ登ったり、知恵を絞って岩棚を攻略したり、悪天候と闘ったりしなくてはならないのだ。

簡単ではないだろう。そんな難事に挑むのは、水に濡れるのを嫌う小さな犬と、高所恐怖症で、電球を換えるため脚立に上るだけでめまいを起こす男だ。それでも、ためらいはなかった。ほんとうに不思議な気分だった。山に呼ばれているような気がしたのだ。自分たちならすべての山を制覇する方法をなんとか見出すだろう、という確信があった。

　五月下旬、ようやく雪が解けると、わたしたちは本気で冒険に乗り出した。わたしとディーディーとアティカスは、ヘイル山を登った。その年はじめての四千フッターだ。そのときは知らなかったが、ヘイル山は初心者にちょうどいい山だった。簡単にてっぺんまでたどり着ける。山頂までの道のりはたった三キロあまりで、出発点と頂上の標高差は六百メートルだ。スミスとディッカーマンの本、そして、同じくスティーヴ・スミスが編集した〈アパラチア山脈クラブ〉刊行の『AMCホワイト山地ガイド』によると、一キロにつき二百メートル上がるような山は急勾配の山に分類されるらしい。ヘイル山の標高は、三キロで六百メートル上がる。下山する頃には、その傾斜のきつさを嫌と言うほど思い知らされていた。だが、その年最初の山を登り終えたという達成感はすばらしく、次の山に挑戦するのが待ちきれないほどだった。

　次の週末はメモリアル・デーだったので、わたしとアティカスは北へ出かけ、三日間登山をした。ディーディーが登り終えた山を登り、彼女に並ぶためだ。初日はテカムサ山にいった。ヘイルと同様、初心者向けとされている。二日目は、前のふたつと同じく、あまり難しくないキャノン山に登った。その週末の締めくくりは、オシオーラと東オシオーラのふたつだった。

　ニューベリーポートに戻ったわたしは興奮冷めやらず、ディーディーに冒険の一部始終を報告した。はじめの目的は、彼女に追いついて、今年と来年の夏のあいだに三人で四十八峰の残りを制覇する、というものだった。ところがわたしとアティカスは、ディーディーと肩を並べたとたんに彼女を追いこし、そのまま次々と山を登りはじめた。

　山を登るたびに、わたしとアティカスは、少しずつ変わっていった。やがてわたしたちは、それまでとはまったく異なる視点から、世界をみるようになる。

4. ギフト

人はみな、多少なりともアダムとイヴの血を引いている。青年期にさしかかると遅かれ早かれ純粋さを失うが、さしずめそれは、楽園から追放されるようなものだ。意識していようとなかろうと、わたしたちは誰しも、純粋だった頃に戻りたいと願う。失われた純粋さをみつけるのは難しいが、わたしたちは探しつづける。憧れ、夢想し、忘れ去ることができない。ふとした瞬間、それをかいまみることがある。子どもの笑い声に、クリスマスの時季にはじめて降った雪に、子犬を腕に抱きかかえたときに。その純粋さはまたたくまに消え失せ、わたしたちはいっそうそれを恋しく思うようになる。わたしはこう考えたい。人生を正しく謳歌し、あるべき姿でいることができれば――幼く、無垢で、純粋だったときに夢見ていたような人間になることができれば、わたしたちは純粋だった頃に戻れる。実践するのは難しい。世の中には、誘惑や障害があまりに多い。だが、純粋さを探す旅を諦めることだけはしたくない。

子どもの頃、父が不機嫌になったり落ちこんだりして家の中の空気が重苦しくなると、わたしは外に逃げだし、小道のつきあたりにある森へいった。ニーロン通りには三軒しか家がなく、一番端にある農家は年老いた夫婦のものだったが、彼らの姿はめったにみかけなかった。そのむこうに、荒れはてて伸び放題の草におおわれた空き地がある。木がまばらに生え、石塀の残骸がある。空き地からゆるやかな下り坂をたどっていくと、そこに森がある。手前の木立は美しいが、少し中へ入っていくと、草木が厚く生い茂って不気味な雰囲気になる。森の奥にはチャールズ川が流れていた。

決してひとりではいかなかった。それほど恐ろしい場所だった。いくときは、兄か友人が一緒だった。真昼でさえ、その森の中は夜のように暗い。原始的で、神秘的で、魔法がかかっているような、おとぎ話を思わせる場所だった。言い伝えによれば、かつてそこではネイティヴ・アメリカンが暮らしていたという。岩の転がる川辺で矢尻がみつかった、という噂も何度かきいた。わたしの想像のなかでは、ネイティヴ・アメリカンたちはいまもそこにいて、こちらにはみえないところに潜み、わたしたちの一挙手一投足に目を光らせているのだった。それとも、わたしたちをみていたのは、別のなにかだったかもしれない。なにか不可思議な存在だ。木々は動き出しそうだったし、影には目がついているようにみえた。

アティカスと共に四千フッターのハイキングをはじめたその夏、わたしの心は絶えずその森へと漂っていった。山を登る時間は、子ども時代に森へ分け入っていったあの時間とよく似ていたし、ニューベリーポートで築き上げてきた生活とは対極にあった。食堂とも、市役所の会議とも、日々の情報交換とも、尽きることのないドラマとも別世界だ。山の中に入ると深い解放感を得られた。むかしのように無名の人間になれたし、森の静けさや小川のせせらぎを堪能しながら、アティカスと共に山の不思議な雰囲気にひたることができた。木漏れ日に照らされたトレイルを黙々と登っていると、エルフやホビット、森の精や妖精たちの世界を歩いているような気分になってくる。森の中では人生がシンプルに、清らかに、希望に満ちたものになるのだ。

実際、山を登るという行為には、心身を癒やす力がある。精神を浄化する作用、と言ってもいい。それも、世間を離れ、木々の中へ歩いていき、あとは体を動かして登るだけでいい。筋肉が収縮してゆるみ、肺が膨らんで縮み、心臓が鼓動を打つ。人生において複雑に絡み合った物事がふいにほどけ、重要な問題はただ、次は足をどこに置くべきか、なににつかまって体を引っぱり上げればいいか、ということだけになる。こうして、やっとのことで頂上までたどり着くと、目の前には、そこからしかみえない景色が広がっている。カトリック教徒になりそこねたわたしは、山登りを一種の精神的な旅として捉えていた。聖者たちが俗世を離れて出た旅だ。キリスト、ブッダ、ムハンマド――彼らはみな旅に出て、戻ってきたときには真理を得ていた。わたしにとって山登りは告解だった。過去の苦しみと向きあうための時間だ。山頂に座って過ごす時間は聖体拝領のようなものだ。登山へ出かけるたびに、わたしは自分自身を一度ばらばらにして、組み立て直すのだった。

週末になると、わたしとアティカスは北へ出かけ、リンカンの小さな山小屋で二泊した。昼間はハイキングをし、日が暮れると暖炉のそばに腰かけ、ペミジェワセット川のせせらぎをききながら眠りに落ちる。そんなふうにして、わたしたちは四十八の山をひとつずつ登っていった。どれをとっても鮮烈な体験で、そのすべてを、いまでもはっきりと思いだすことができる。それまでのわたしは、ニューベリーポートで起こる出来事をなにもかも知っていながら、自分自身についてはろくに知らなかったように思う。登山をするようになってはじめて、自分の呼吸や心臓の音に耳を傾けるようになった。どの登山も次の登山への足掛かりだった。旅をひとつ終えても、あとにはたくさんの旅が待っていた。ふたりとも、次第に山登りがうまくなり、体が鍛えられ、コツをつかんでいった。山を登ることでわたしは、少しずつ本来の自分を取り戻していった。

登山が楽になることはなかった。何キロも歩きつづけ、何千メートルもの高さまで登ることは、いつも困難だった。それでもわたしは、試練を少しずつ楽しむようになっていた。ガーフィールド山での体験をそのまま繰り返しているように感じることも多かった。道をたどるわたしは、おおむね次のような感じになる。よろよろ歩き、しょっちゅう足を止めては水をがぶ飲みしたり息を整えたりする。気分がよくなると頑張って、しばらくすると、また、くたくたに疲れる。そのあいだアティカスは、ずっとわたしを待っていてくれた。

どれだけ山登りに慣れても、高所恐怖症は変わらなかった。宙に張り出した場所を通るときは、木や岩にしがみつかなくてはならない。崖の縁に近づくと足がふるえ、つい下をみてしまう。いまにも神の手が伸びてきてわたしを突き飛ばし、まっさかさまに落ちて死んでしまうのではないか、と考えてしまう。あるとき、アウルズヘッド山の急斜面を登っている途中で、ひと休みしようと腰をおろした。大まちがいだった。わたしは、そのまま数分間座りつづけることになった。怖くて立ちあがれなかったのだ。そのまま斜面を転がりおちてしまいそうな気がしてならなかった。しかたなくリュックを背負ったままあおむけになると、ゆっくりうつぶせになって山のほうを向いた。これでなにもない空間をみずにすむ。その体勢から両手と両ひざをつき、ようやく立ちあがった。吹きさらしの急斜面や下り坂を下りるようなときは、心の底からぞっとした。足をすべらせて転がりおちるのではないか、という不吉な想像で頭がいっぱいになるのだ。それでも、わたしは登山をやめなかった。もちろん、高所恐怖症と格闘しているとき、〝おれはここでなにをやってるんだ？〟という疑問が頭をよぎることはある。それでも、わたしたちは進みつづけた。

アティカスは水に濡れるのが大嫌いで、夏のはじめは、小川にかかった橋を頑として渡ろうとしなかった。わたしがくるのを待ちながら、背中を曲げる。抱きあげてくれというアピールだ。わたしは腹の下に手を差しこんでアティカスをすくい上げ、むこう岸に運んだ。アティカスは、川の水はよく飲んだが、歩いて渡ろうとはしなかった。だが、頑固なミニチュア・シュナウザーも、四十八の山々を次々に踏破していくうちに、とうとう腹をくくった。そのうち、川にかかった橋は自分で渡り、流れがあまり深くなければ、岩から岩へ跳びうつってむこう岸にいくようになった。ほんの時たま足をすべらせて水に落ちることがあったが、そんなときでも体を振って水を払い、何事もなかったかのような顔で歩きつづけた。

アティカスが苦労したのは川を渡ることだけで、その他のことは易々とやってのけた。故郷に戻ってきた木の精のように。山のことならなんでも知っていて、深い理解をみせた。あるとき、例によって二十メートルほど先をいっていたアティカスが、ふいに足を止めたかと思うと、道の真ん中に座りこんだ。道はそこから木立の中に入っていくところだった。どうしたんだろうと思いながらそばにいくと、アティカスの視線の先で、一頭のメスのヘラジカが、静かに木の葉を食んでいるのがみえた。わたしは、そっとアティカスのとなりに座り、大きいけれど穏やかな動物が葉っぱを食べる様子を見守った。五、六分はそのままでいたと思う。ヘラジカはわたしたちの存在に気づいていて、時々こちらをみたが、怯えてはいなかった。わたしは、なにに驚くべきなのか、いまひとつわからなかった。ヘラジカを間近でみていることだろうか。それとも、アティカスが森の動物に敬意を払い、追いかけることも吠えることもしなかったことだろうか。アティカスは、真剣なまなざしでヘラジカをみていた。やがてシカは立ち去ったが、それは、森の奥から四人の登山家たちが近づいてきたせいだった。

一週間後、山を登りはじめてすぐに、アティカスはウンチをしようと道のわきの木立に入っていった。あとをついて藪をくぐり抜けると、アティカスは地面のにおいをかぎながら、ちょうどいい場所を探して円を描いていた。アティカスが足を止めると、わたしもとなりで一緒に用を足すことにした。おろしたての登山用短パンをはいていたので、そのときはじめて、ジッパーがついていないことに気づいた。足首のあたりまで短パンをずりおろすしかない。実にまぬけな光景だった——小さな犬が踏んばっているとなりで、大の大人がパンツをおろして用を足そうとしている。その直後のことだ。小枝が折れる音がして顔をあげると、大きな熊が、ほんの十メートルむこうからこちらをみていた。ふたりとも凍りついた。熊はこちらを向いたまま、鼻をくんくんさせている。うしろ足で立ちあがり、しきりににおいをかぐ。目がものを言えるのだとしたら、ぱっと顔を合わせたわたしとアティカスの視線は、まったく同じことを伝えていたと思う――死んでも動くな！

だが、熊はこちらにたいして興味も示さず、犬と人間を警戒した様子もなかった。前足を地面におろすと、ゆっくりと去っていった。熊の姿が木立のむこうに消えると、わたしとアティカスは用を済ませ、なにごともなかったかのようにトレイルに戻っていった。なんとなく滑稽な一件だった。

その夏、何キロも歩き、いくつもの山を登るうちに、もうひとつ滑稽なことが起こった。わたしたちの役割が逆転したのだ。ふたりができるだけ対等な立場でいられるように注意してはいたものの、ニューベリーポートはわたしの領域だった。様々な社会のルールは、犬ではなく人間用に作られている。ほかのどんな犬よりも自由に振る舞っていたとはいえ、どうしてもアティカスは、わたしから指示されることが多かった。ところが、森の中のアティカスは、まさに水を得た魚だった。わたしにとって、森は未知の領域だ。アティカスはのびのびと動き、かならず先に立って歩いた。大自然の小さなガイド役は時おり足を止め、わたしが息を整えるあいだ待っていてくれる。十メートルから二十メートル先をいき、それは小休止のときも変わらない。例外は、わたしがつまずいたり、転んだり、バックパックを背中からおろしたりするときだ。こんなとき、アティカスは小走りに引きかえしてくる。バックパックをおろすということは、水分を取ったり栄養補給したりする合図だ。わたしたちは、幸福な静寂の中で、一緒に食事をした。木立を吹き抜ける風の音、雨のように降りそそぐ鳥のさえずり、ほかにはなにもきこえない。そんな時間がよくあった。

山を登るということにかけては、アティカスは実にそつがなかった。トレイルの途中で休憩を取ったとしても、わたしがバックパックを背負い直すと、心得た様子で続きを登りはじめる。山頂に到達するまで、迷いのない足取りで歩いた。なぜそんなことが理解できるのか、いつも不思議だった。頂上に着くと、ふたりでいつもの儀式をする。子犬の頃のように抱きあげると、アティカスはわたしの腕に体をあずけ、一緒に景色を眺める。そしてかならず、満足そうなため息をひとつつく。わたしが「ありがとう」とつぶやいてしまうのは、まさにその瞬間だった。だれに感謝しているのかは、自分でもわからない。この言葉が初めて口をついて出たのは、ヘイル山の頂上で彼を抱きあげたときだ。それ以来、山を登りきるたびに、感謝の言葉を口にするようになった。景色を堪能したあとは一緒に食事をする。それがすむと、アティカスはわたしから少し離れたところに座り、風景にじっと目をこらす。決して腹ばいにはならない。静かに座り、時おり首だけを動かす。〝小さなブッダ〟は、そうして思索にふけるのだ。一度、時間を計ったことがある。アティカスはいつまでも座りつづけ、わたしはとうとう声をかけた。四十五分がたっていた。

山にいるあいだ、アティカスは本来の自分により近づき、わたしは反対に、自分らしさの一部だと思っていたものをひとつずつ捨てていった——仕事中毒なところ、ストレスや不安、なにかに追い立てられているような焦燥感を。アティカスは、迷いそうな場所に差しかかっても、かならず正しい道を選んだ。わたしはただ彼についていった。山で過ごした時間の中で、なにより大切だったことがある。それはわたしたちが、ほんとうに幸福だったということだ。対等になれる場所で一緒に過ごし、ふたりを縛るルールはなにひとつなかった。

それでも、アティカスが頂上で物思いにふける時間はどこか特別で、わたしは彼の邪魔をしないようにしていた。その時間、アティカスはどこにいるときよりも自由だった。

ペイジ・フォスターは、ずっと前から、アティカスがふつうの犬ではないと見抜いていた。彼女の言葉どおり、アティカスはふつうの犬ではなかった。彼がなにをみているのか、なにを考えているのか、しょっちゅう考えたものだ。だが、なにより大切なのは、アティカスが——そしてわたしも——幸福でいることだ。

ペイジとは、はじめの年ほど頻繁に話すことはなくなっていたが、時々メールを送った。返信はいつも楽しげな感嘆詞にあふれていて、笑い声がきこえてきそうな気さえした。その年の夏は、アティカスが山頂に座って景色を眺めている写真を何枚か送った。ところが、返ってきたメールは、どことなく雰囲気がちがっていた。新聞の編集者は、言葉を読むのに慣れている。書かれていないことを読みとる術も知っている。そのときのペイジの返信には、言葉にできない感情が潜んでいるような気がした。彼女が言葉にしなかった畏敬の念が、行間に潜んでいるようだった。あのペイジでさえ、アティカスの行動には驚いたのだ。

夏のはじめは簡単な山ばかり登っていたが、時がたつにつれ、より高い山にも取り組むようになった。山頂までの道のりは決して楽ではなかったが、それでも、想像していたほど苦しくはなかった。アメリカ北東部の最高峰ワシントン山は標高がおよそ二千メートルだ。わたしが不安を抱えていたのはこの山だった。季節がいつであれ、天気が大荒れに荒れることがある。ところが、いざ登ってみると、一番厄介だったのは山頂でほかの登山客たちに写真を撮られることだった。車かアプト式登山用列車で上がってきたサンダル履きの観光客が、列をなしてぞろぞろやってくるのだ。山頂で不愉快な思いをしたのは、これが初めてだった。外の世界に追いかけられてきたような感じがした。ほかでも、一度だけ同じような目にあったことがある。フランコニア山脈のリバティ山は、頂に立つと、三百六十度どこを向いても息を呑むような景色を望むことができる。ここも混みあっていたが、少なくとも彼らは自力で登ってきた人たちだった。ところが、なんと、ざっと数えて十一人の人たちが、携帯電話で話をしていた。わたしとアティカスはさっさとその場をあとにし、となりのフルーム山に向かった。車へ戻る途中でリバティ山の頂上を通ると、さっきよりは人が減っていたので、しばらく座って過ごした。

時々、ほかの登山客にひとりも出くわさない日がある。一番好きだったのはそんな日だ。いっぽう、トレイルでほかの人たちに会う日もある。そしてもちろん、ワシントンやリバティのときのように、人波ができていて、ニューベリーポートのマーケット広場にいるのと変わらないような日もあった。

だれかに出くわすと、相手は決まってアティカスの小ささを口にした。「最初から最後まで自力で歩くんですか?」

「ええ」わたしは、バカなことをきくもんだ、と考えながら答える。

「一度も手を貸さずに?」

「ええ、まあ。川を渡るのを手伝うことはあるし、どうしても登れないときは引っぱり上げてやることはあるけどね」

「すごい! ラブラドールやレトリバーが山を登る話ならきいたことはありますけど、ミニチュア・シュナウザーがホワイト山地を登るなんて。写真を撮ってもいいですか?」

その夏、白黒まだらの小さな犬が四十八のフッターを登っている、という噂が広まりはじめた。人はわたしたちをみかけると足を止め、写真を撮ったり、「この子がアティカスですか?」とたずねたりした。

その年の夏に起こったことは、もうひとつあった——父との仲が好転しはじめたのだ。少しずつうまく付き合えるようになっていた。一番の理由は、わたしが幸福を感じるようになり、父に多くを期待しなくなったことにある。もう、ホームドラマのような関係は望まなかった。決して実現しないのだから。電話で長話をするのが嫌いだということも理解できるようになった。父が与えてくれるものだけを受け取り、それ以上は期待しないと心に決めた。一度、ペイジからのメールで、ニューベリーポートや友人や家族についてたずねられたとき、ざっと家族関係について説明したことがある。ペイジの返信はこうだった。「トム、家族のことは気の毒に思うわ。わたしは肝に銘じてるの――だれだって、持っていないものは与えられないんだ、って」それから、明るい調子でメールを締めくくった。「でも、あなたにはアティカスがいるものね。あの子はほんものの家族よ」。だが、アティカスと共に毎週末を山で――家族との休暇がきっかけで、彼が大好きになった場所で――過ごすようになって以来、わたしは父と話すことが多くなった。

父がかつて抱いた夢のひとつは、ジョージア州からメイン州まで続く約三千四百キロのアパラチアン・トレイルを踏破することだった。残念ながら、この夢も、ほかのたくさんの夢と同じ悲しい運命を辿った。ようやく実行に移せるだけの自由を手に入れたとき、父はすでに年老いていた。子どもの頃は、家族でホワイト山地へ山登りに出かけたものだが、四千フッターに挑戦したことはない。わたしたちは、電車でワシントン山の頂上へいったり、そこまでドライブをしたり、シーズンオフで人がまばらなスキー用ゴンドラに乗って、キャノン山やワイルドキャット山のてっぺんにいったりした。そんなとき、父はいつもとちがった。穏やかで満ち足りた顔になり、連なる峰を静かに眺めていた。会話はなかったが、気まずい沈黙ではなく、ごく自然な沈黙だった。山にいるときは、一番下の息子であるわたしさえ、父親と対等になれるような気がした。自然を畏れ敬う気持ちを共有していたからだ。

静かな親密さを分かち合った日々から三十年が過ぎたいま、わたしは父が大好きだった山を登っている。週末のたびに、リンカンの小さな山小屋から父に電話をかけ、一日の冒険譚を話してきかせた。父が話の途中で慌ただしく電話を切ろうとしなかったのは、記憶にあるかぎりこれが初めてだ。山の話は、やがてレッドソックスの話になり、わたしたちはさらに話しつづけた。どちらも電話を終わらせたくなかったのだ。

三度目か四度目のハイキングのあと、父に〝贈り物〟をしようと決めた。

ディッカーマンと共著を出したスティーヴ・スミスとは、その夏に友人になっていた。彼がくれるアドバイスには助けられたし、遭難救助隊の一員だと知ってからは、なんとなく心強く感じた。スティーヴはまた、リンカンで、登山家のための本と地図の店を経営していた。その店は、わたしたちが毎週末訪れる山小屋からほど近いところにある。登山に関する本の品揃えはすばらしく、ほかの商品も置いていた。人気は、四千フッターの名前が並んだTシャツだ。みつけたときは、一枚買って父親にプレゼントしようかと思ったが、すぐに考え直した。父にはまず、〝自分の手で得た〟贈り物をしたい。

ヘイル山をディーディーと登ってから十一週間後、わたしとアティカスは朝の六時に山小屋を出発し、四十キロのハイキングに出かけた。その夏では一番の長さだ。残す山はあと三つ――ボンドクリフ、ボンド、西ボンドだ。静寂に包まれた大自然を歩きながら、頭に浮かぶのはやはり、ひと夏をかけて知るようになったたくさんの山々のことだった。四十四年のあいだ、わたしはその山並みを外から眺めては、山の神秘を知りたい、授けてくれる教えを知りたい、山が与える困難を乗りこえ、壮大な景色をこの目で見たい、と思い続けていた。四十四年のあいだ、その山々の名前さえ知らずにいた。子ども時代にそびえ立つ山の巨人たちは、見知らぬ者たちでありながら、いつも心の中にいて、絶えずわたしに呼びかけていたのだ。だから、いつもどおりアティカスについてボンドクリフを登っていると、どうしても、ひと夏の冒険のこと、ここに至るまでに彼と共有した様々な体験のことに思いを馳せずにはいられなかった。

わたしは十一週間ものあいだニューベリーポートからの脱走を心ゆくまで味わった。世界の中の悪い部分について書きつづけていた男は、いつのまにか世界の良い部分に目を向けるようになっていた。ジョン・ミューアの言葉を借りるなら、その世界は「清らかで、いまだ破壊の手が及ばない、文字どおりの大自然」なのだ。

登山をはじめて、自分は孤独が好きなのだと知った。山中でほかのハイカーと会ってしばらく一緒に歩いたり、きょうだいやディーディーと一緒に登ったりしていると、いつも以上に目が外に向かってしまう。だが、アティカスとふたりで山にいると、いつもより内面に目を向けることができる。もうひとつ、孤独でいるということは、体と精神と両方にとって試練になるのだと知った。自分の考えとまっすぐに向き合って何時間も過ごしていると、時にはつらくなることもある。だが、木々の中を歩けば歩くほど、わたしは自分についてより深く知るようになった。

山を登るたび、一種独特な感慨が湧いたものだ。わたしの登山は、期せずして父に捧げるもうひとつの贈り物となったからだ。八十五歳になった父が胸を躍らせる機会はめったにない――レッドソックスがようやくワールドシリーズで優勝して以来、それを凌ぐような事件は起こっていなかった。真夏の夜、わたしは時おり不思議な夢をみた。父が、わたしとアティカスと一緒にハイキングをしているのだ。夢の中に登場するのは、わたしが知っているような、人生に疲れはて打ちのめされた父ではなかった。わたしと同年代で、しっかりとした足取りで森の中を歩いた。

何キロものトレイルを歩くあいだ、いつも父の存在を近くに感じた。夢想家でもあった父は、わたしたちの旅についてくることができれば、きっと喜んだはずだ。

ボンドクリフのごつごつした地面からアティカスを抱きあげ、一緒に高さ数百メートルの崖から谷底を見下ろす。様々な感情が胸に湧きおこる。四十八のフッターを制覇するというゴールが間近に迫ったいま、自分の気持ちがよくわからなかった。旅の終わりを惜しむ気持ちもあった。

そこから、重い足を引きずりながら、ボンド山を登った（〃重い足〃だったのは、その前の登山で片方のアキレス腱を切ってしまっていたせいだ。歩くたびに釘を踏んでいるような痛みが走った）。

ボンド山の上には小さな人群れができていたので、あまり長居はせずに、西ボンドへと向かった。とうとう、最後の山だ。

友人のひとりに、山にも自然にも、風を顔で受ける素朴なよろこびにも興味のない女性がいる。その彼女が、こんな質問をしたことがある。「なにが楽しいの？　山頂までいって、ひとつ前の山頂でみたのとそっくりな景色をみるんでしょう」

そのときは、うまく答えられなかった。だが、西ボンド山の頂に到達し、夏のあいだに登ってきた四十八の山々が眼前に連なる景色を眺めていると、あのとき口にするべきだった答えが頭に浮かんだ――「神の顔をみる機会に恵まれるなんて、めったにないからね」

ずいぶん成長したものだ。以前のわたしは体重が百三十五キロもあり、小さな子犬を抱えてフォウルズ・ニューススタンドから自宅へ帰るためにステート通りを一ブロック歩くだけで息を切らした。だが、ありがたいことに、こうして西ボンド山の山頂に立っている。車に戻るまでの距離は、あと十八キロだ。時おり人には、頭の中や胸の内を整理するために、十八キロという距離が必要になることがある。このときもそうだった。

良い旅とはいつもそうだが、今回の旅もまた、記録に残すべき思い出と、伝えるべき感謝にあふれていた。足を引きずって歩きながら、ハイキングに誘ってくれた兄たちに感謝し、次の一歩を踏みだすきっかけをくれたディーディーに感謝し、友人になってくれて、下山するたびにアティカスとわたしを店に迎えいれてくれたスティーヴ・スミスに感謝した。そして、もちろん、アティカスに感謝した。彼は決して音をあげなかった。橋を渡る恐怖心を克服し、ついには、流れの中を歩いて渡れるようにまでなった。いつも弾むような足取りで歩いた。旅程がどんなに長く、気温がどんなに高くとも、それは絶対に変わらなかった。アティカスほど信頼できる登山仲間はいないだろう。

翌日、スティーヴの店に寄って、父のために例の青いTシャツを買った。それから、車で二時間半のメドウェイへ向かった。暑い日で、父はエアコンのきいた部屋に座り、シャツは脱いでいた。父が老いてからは、上半身裸の姿をみるのは初めてだ。父の人生がどれほど儚く頼りないものになったか、まざまざとみせられたような気がした。わたしは写真をみせながら、山の話や、楽しかった夏の思い出の話をした。

わたしは、夏がはじまった頃、父にホワイト山地の地図をプレゼントして、山をひとつ登りおえると、地図にシールを貼っていた。いま、こうして実家の居間に座って地図を見上げていると、誇らしい気分が湧いてくる。四十八すべての山に、シールが貼られている。これは、わたしから父へ捧げる四十八のギフトだ。幸運にも親が長生きをすると、こんなふうに役割が逆転する――父親が子どもの立場になり、息子の人生を追体験するようになるのだ。まさにこのとき、わたしはそのことをはっきりと感じていた。

父は、怒りを別にすれば、感情を表に出すタイプではない。Tシャツを渡したときも、礼を言ってすぐに脇に置いた。こちらにも、それ以上のことは期待しない分別が身についている。わたしは、もういくよ、と言って立ち去った。

車を発進させようとしたとき、写真を忘れたことに気づいて、家の中に戻った。すると、父が立っていた。誇らしげに、新しいTシャツを着ていた。バックプリントには四十八の山々の名前が並んでいる。父は、鏡に映った自分の姿を、よく似合うじゃないかという顔で眺めていた。

こうして、わたしの旅は終わった。

5．「冬山は死者が出る」

わたしとアティカスは、太りすぎの中年男（高所恐怖症）と九キロのミニチュア・シュナウザーにできるなら、四千フッターはだれにでも登れるのだ、ということを証明してみせた。実際、大勢が四千フッターのハイキングに成功してきた。〈アパラチア山脈クラブ（ＡＭＣ）〉は、一九五七年に、〈四千フッター協会〉を立ち上げた。アティカスとわたしが西ボンド山の頂上に達した頃には、八千人以上の人と八十三頭の犬が、四十八峰の〝リスト〟を制覇してクラブの会員資格を手に入れていた。

だが、わたしたちの場合は、少し変わっていた。第一に、四十八峰をこれほどの早さで登り切る者はめったにいない。第二に、わたしもアティカスも、そんなことをしそうな風体にはみえない。一方はふつうの登山家よりかなり大きめ、もう一方はかなり小さめだ。〝ふつうの登山家〟の定義があるわけではないにせよ、わたしたちをみて、四十八の山を制覇できるだろうと考える人はまずいなかった。ましてや、すべての山をひと夏で登り終えたとは思わない。本人たちにとってはたいしたことではなかったのだが、他人にとってはそうではないようだった。

怪訝な目を向けるハイカーたちに出くわしたものだ。あるとき、こんなことがあった。夏が終わる二週間前だった。わたしたちはジェファソン山のふもとを歩いていた。ホワイト山地では三番目に高い山で、選んだルートは、短いが険しかった。木立に入ったとき、ひとりのハイカーが近づいてきて、藪から棒に言った。「その犬には無理じゃないか」

「なんですか?」

「頂上まで連れていけるはずがない。小さすぎる」

アティカスは足元に座り、わたしたちを見上げた。

わたしは頬を緩めた。「この子なら大丈夫ですよ」

男性はアティカスをみて、またわたしをみて、聞き分けの悪い子どもに言い含めるような口調で言った。「あんた、山登りは初心者だろう?」

「ええ、二カ月前にはじめたばかりです」

「やっぱりそうか。おれは五、六年まえから登ってる。もう少しで四十八峰を制覇するところなんだ。いいか、こんなに小さな犬にこの山は無理だ」

わたしはまた口元が緩んだが、黙っていた。

「四千フッターを登った経験は?」男性は続けた。

わたしは一拍置き、アティカスをちらっとみてから、相手の目をまっすぐにみつめた。そして、穏やかな笑顔のまま答えた。「十週間前から始めたんですが、これが四十二番目なんです」

男性はあっけにとられたように黙りこんだ。顔を赤らめ、喉になにかを詰まらせたように何度かうなずくと、そのまま立ちさった。

もしそんなことが可能なら、アティカスはわたしとハイタッチしたにちがいない。そうするかわりに、アティカスは先に立ってトレイルを歩きはじめた。二時間後、わたしたちはジェファソン山の頂に座り、ピーナッツバターを塗ったクラッカーを頬張りながら景色を眺めた。

小さな友だちのことを見た目だけで決めつけられると反発したものの、別の助言についてはわたしも同じ意見だった。何度も、いくらひと夏で驚くような成果をあげたとはいえ、冬の登山はやめておいたほうがいい、と言われたのだ。そう言われると、わたしはきまって笑い、心配してくれなくても、冬山に登る気はまったくない、と答えた。

冬山に登る登山家はほとんどいないようだった。AMCの統計をみればわかる。四十八峰を踏破した登山家は八千人以上いるが、冬季にすべての山を登った者は三百五十人に満たない。彼らは、〃冬季〃の記章と賞状をもらうことができる。さらに、冬のあいだに四十八峰を制覇した犬は、たった一頭だった。七十三キロのニューファンドランドで、元々は夏より冬の登山に向いた犬種だ。ブルータスという名のこの犬は、冬の四十八峰を登り、記章を授与された唯一の犬だ。ブルータスがこの難業を成功させたあと、別の犬とその飼い主が、冬のワイルドキャット山を登っているときに、凍った岩肌から転落した。この事件を受けて、〈四千フッター協会〉は、冬季における犬の登山は極めて危険だという表明を出した。協会はまた、ホワイト山地が一番危険になる季節には、登山家が山へ犬を連れていくことを推奨していない。

こうした知識や、登山をするなら冬は避けろというアドバイスがあったので、改めて説得されるまでもなかった。アドバイスをくれる人々は、きまって同じ文句を使った――「冬山は死者が出る」

厳密にいうと、どの季節の山でも死者は出るし、原因も様々だ。だが、わたしのような初心者にも、冬山ではささいな失敗が命取りになる、ということは明らかだった。たったひとつの失敗を犯しただけで、町から何キロも離れた場所で身動きが取れなくなる。マイナス三十度にまで下がった気温の中、低体温症と闘う――捜索隊が死神より先に自分をみつけてくれますように、と祈りながら。

夏が終わり秋になると、山に出かけることもめったになくなった。足は相変わらず痛み、どれだけ休んでもよくならない。登山を再開するのは、春の雪解けを待つことにした。

ところが困ったことに、山のほうには別の考えがあるようだった。このあと起こったことは、すべて、わたしがみた夢のせいだ。毎晩のように、山に引き寄せられているような、不思議な力を感じるのだ。目を覚ますと、夢の名残がいつまでも霧のように残っていることがあった。夢の中で、わたしとアティカスは、雪におおわれた山頂に立っていた。夢の誘惑に抗いながら、冬のあいだはニューベリーポートから離れるんじゃない、と自分にいいきかせた。おとなしく温かいスープやココアを飲んで過ごし、山の中で凍えるような真似はやめておけ、と。冬の登山のことはなにひとつ知らないのだ。それに、用具を一式そろえるには大金がいる。なにより忘れてならないのは、アティカスが雪深い冬山に耐えられるような犬種ではないということだ。

それにもかかわらず、山に呼ばれている感覚は、いつまでも続いた。呼び声は繰り返しきこえた。

十一月、あらゆる常識にさからって、とうとうわたしは呼び声に屈した。そして、冬山に登るための高価な道具をそろえはじめた。なにからはじめればいいのかわからなかったので、ホワイト山地の情報を主に扱う有名な登山サイトをふたつ、隅から隅まで熟読した。〈ヴューズ・フロム・ザ・トップ〉と〈ロックス・オン・トップ〉だ。どちらのサイトでも、熟練の登山家たちが、用具やトレイルの状態や技術について情報交換をしている。もう一冊、『雪のホワイト山地を登る』というスティーヴ・スミスの本も買った。スティーヴは一章をまるごと使って、初心者が冬山を登るときに知っておくべきことを詳しく書いている。

そろえるべきものは山のようにあった。雪靴、靴底の滑り止め《アイゼン》を固定するためのアイゼンバンド、ストック、ゴーグル、帽子、手袋、靴下、長靴、水筒、ヘッドライト、服、さらに服、用具一式を詰めるための大きなバックパック。そういうわけで、わたしがイースタン・マウンテン・スポーツ店に入ってくると、店員は、これで今日の販売ノルマは達成できそうだ、と考えるようになった。店員たちに、こんなに道具を買ってどうするんですか、とたずねられると、私はかならず、アティカスとふたりで夏にしたことを今度は冬にやってみるんだ、と答えた。ひと冬で四十八峰をすべて登るのだ。すると彼らは、この人の顔もこれで見納めかと言わんばかりの表情を浮かべて、おなじみの台詞を口にする。「冬山は死者が出るんですよ」。だからといって、必要以上の道具を売りつけるのを止めはしない。わたしも無知と恐怖心があいまって、道具や服などを必要な量の倍ほど買いこんだ。すすめられるがままに買い、よろこんで代金を支払った。ほんとうに、なにも知らなかったのだ。

だが、大変だったのは、わたしよりアティカスだ。彼は生まれついてのヌーディストで、リードも首輪も、なんであれ体の自由を奪うものが大嫌いだった。だが、十二月にホワイト山地へいくのなら、体が濡れるのを防ぐ暖かいボディスーツが必要だ。マットラックスは絶対に履かなくてはならない（マットラックスとは、フリースの裏地がついた高性能の犬用ブーツのことだ。寒くなるとニューベリーポートでもよく履かせた。舗道にまかれる凍結防止用の塩で肉球が荒れるのを防ぐためだ）。運よく、ボディスーツはすぐにみつかった。ステート通りを一ブロックいったところにある、ペット用品店に売っていた。アティカスは、K９・トップコート社製のボディスーツをひと目みるなり、あからさまに嫌そうな顔をした。

はじめに店で試着させると、アティカスは剝製のように凍りついた。完成したばかりの剝製のように、身じろぎもしない。頭も動かさず、目も動かさない。二分ほど、そのまま店の真ん中に立ちつづけた。わたしがなにをしても、アティカスはぴくりとも動かなかった。

わたしはしかたなくとなりにひざをつき、ほんの少しだけアティカスを押してみた。よろけそうになれば、その拍子に足を前に出して体を支えようとするにちがいない、と考えたのだ。ところが、身じろぎもしない。もう一度押した。やはり、動かない。もう一度、今度は少し強めに押した。動かない。もう一度、もっと力をこめて押してみる。するとアティカスは、足を出してバランスを取ろうとするどころか、凍りついた格好のままで横向きに倒れた。足をぴんと伸ばし、死んだように床に転がる。死因は屈辱だ（だが、死後硬直が早すぎる）。

そっとあおむけにすると、アティカスは、ひっくり返ったテーブルのような格好になった。言いたいことはだいたいわかった。だが、一緒に雪山を登るなら、ボディスーツは必要だ。

わたしはアティカスを抱きあげて立たせ、こんこんと言い聞かせた。言葉では説得できないとわかると、おやつで釣ろうとした。最後には、どうせ追ってくるだろうと考えながら店の外に出た。ところが、どこへいくときもついてきたあのアティカスが、はじめて追いかけてこなかった。なだめてもすかしても、頑として動かない。ミニチュア・シュナウザー本来の頑固さをふたたびのぞかせ、なにがなんでも自分の意志を押しとおそう、と決意したのだ。

最終的に、アティカスの〝ボディスーツ死後硬直問題〟は解決したが、それには数日かかった。はじめは、部屋の真ん中でスーツを着せ、変わった形のコーヒーテーブルのような格好を眺めているしかなかった。ようやく説きふせたのは、スーツを着せたアティカスを車に乗せ、剝製のように動かない彼をモーズリー州立公園へ連れていったときのことだ。アティカスは、ここで自由に走りまわり、リスを追いかけて遊ぶのが大好きだった。腕に抱えて松林の中を五十メートルほどいくあいだも、彼は、足をこわばらせていた。地面におろす。なにも起こらない。わたしは大声で言った。「ほら、リスがいたぞ！」それをきいたとたん、アティカスは、だっと駆けだした。ふわふわした小動物を首尾よく木の上に追いあげて初めて、アティカスははっとした。芝居がばれてしまった。あんなに頑張って、ボディスーツが鉛でできていることをわたしに教えようとしていたのに。

そのときアティカスの目に浮かんだ表情は、じつに見物だった。まさに、こう言っていた――「ヤバい！」

ペイジ・フォスターの言葉が脳裏に甦ってくる――「あなたたちは大丈夫」。またしても、そのとおりだった。アティカスは不満だったかもしれない。本人は決して認めないだろうが、冬になれば、暖かなスーツに感謝する日が何度となくあるはずだ。

AMCが定めた冬山のルールはシンプルだ。夏と同じ山を登るのはかまわないが、冬の登山に出かけるのは冬至まで待つこと。そして、雪が解けはじめる頃には、トレイルに近づかないこと。ということは、冬の登山ができるのは九十日しかないことになる。

ウェブサイトの登山家たちには、冬と夏の山登りは別物だ、と警告された。いろんな危険があるし、昼の時間が短いから、暗いうちに登りはじめ、暗い中で下山することがしょっちゅうある。ヘッドライトはふたつ以上持っていったほうがいい。「山で立ち往生して、気温はマイナス二十度にまで下がって、おまけに真っ暗闇でなにもみえないなんて最悪だろう？」

やる気満々だったとはいえ、不安はつきない。念のため、ヘッドライトを三つと、換えの電球と電池もいくつか用意した。

ウェブサイトのベテランたちは、ほかにも警告してくれた。冬と夏のトレイルはまったくちがってみえる、木にペンキで書かれた目印が雪や氷で隠れてしまう、一、二メートルの高さにある標識さえ雪に埋もれてしまうときもある。夏とくらべると負荷が大きくなるらしい。冬季は、ふもとへいくまでの車道が封鎖されるせいで、歩く距離が数キロ長くなるからだ。

すぐに、言われたとおりだったことがわかった。冬の登山はわけがちがう。身をもってそれを知ったのは、初日だった。当初は、冬至の訪れと同時に――午後一時三十五分に冬が始まり、この日、日照時間は一年で一番短くなる――出発する予定だったが、山のような服や用具を装着しようと格闘しているうちに、一時間近くたってしまった。ようやく準備を終えた頃には、山を登り終えたように大汗をかいていた。仕上げに大きなバックパックを背負ったとたん、重みでひっくり返りそうになった。何枚も重ねた服と、でかいバックパックのせいでふうふう言いながら、わたしはよろよろと木立の中へ入っていった。タイヤ会社の白いマスコット、ミシュラン・マンのような風体だった。

冬の登山の幕開けに選んだのは、テカムサ山だ。標高は約千二百メートルと一番低く、車道から山頂までは四キロしかない。

はじめの三分の一ほどは、小川をふたつ渡り、間隔の広い木々のあいだを縫うように進む。傾斜はゆるやかだ。中盤に差しかかると、三本目の小川を渡ったあたりから勾配がきつくなってくる。木立に入る前に服を着るという準備運動はすませていたが、三本目の川を渡ると、ほんとうの運動がはじまった。雪はそこまで深くなかったが、そもそも、雪の中を歩くということに慣れていない。おまけに、痛むほうの足をかばっていた。夏の登山でアキレス腱を切り、数カ月間前から養生に専念していたのだ。そのせいで、夏よりも体がなまっているようだった。

ところが、長く険しい上り坂をとぼとぼ進んでなんとかひと息ついたときだ。うつむいていた顔をあげた瞬間、わたしは息を呑んだ。

――信じられないほど美しかった！

なぜ冬山を愛する人々がいるのか、理由がわかったような気がした。時々足を止め、木々や、枝葉に積もった雪に見惚れた。子どもに戻ったような感覚がふたたび襲ってくる。自分はいま、存在していたことさえ知らずにいた場所に偶然迷い込み、とても現実とは思えない光景を前にしている。後ろめたささえ覚えた。自分なんかが、ほんとうにここにいていいのだろうか。途中で、トレイルを下ってくる登山家が――この日に出会ったのは彼ひとりだ――、山頂には人ひとりいないよ、と教えてくれた。とたんに、胸が躍るような期待がわいてくる。初めて挑んだ冬山で、アティカスとふたりきりの時間を過ごせるかもしれない。

山を登っていると、ふいに心の中がしんと静かになり、自分は独りだという感覚に包まれる瞬間がある。登山が歩く瞑想になり、禅の修行でもしているような気分になる。無理に体を動かすのをやめると、心臓の鼓動や肺の動きに合わせて足が自然に動きはじめる。心がそれについてくる。

このときまさに、わたしはその状態に入り、心がよろこびに震えながら自由に飛びまわるのにまかせていた。心はやがて、なにひとつ疑わず、世界のすべてが不思議だった小さな子どもの頃へと、舞い戻っていった。床に寝そべって丸くなり、となりには、当時家で飼っていたスポットというビーグル犬がいる。家族みんなで『ルドルフ　赤鼻のトナカイ』というアニメを観ている。テカムサ山の木々の中にいると、あのアニメが自然に思いだされた。厚い雪におおわれた森のシーンがあったからかもしれない。

思っていた以上に順調に進み、冬の登山なんか簡単じゃないか、という気になりつつあった。そのとき、山頂の下から延びたわき道が目に入った。積もった雪に、踏まれた形跡はない。五百メートルほどのわき道を歩いていけば、ふたたび引きかえすことになるが、それでもわたしは、山で随一の景色が望める地点までいくことにした。雪は思っていたよりも深く、何度も休まなくてはならなかった。かがんで荒い息をついていると、しびれを切らしたアティカスがわたしの横をすり抜け、胸の高さにまで積もった雪の中を登っていく。見晴らし台に置かれた丸太のベンチに到達すると、あたりには三つの足跡だけがついていた――アティカスと、わたしと、野ウサギのものだ。

ちょっとした回り道が祟《たた》って、わたしはくたくたに疲れ、骨の髄まで体が冷えていた。快適な家が恋しくなってくる――大きな革の椅子に腰かけ、本を読み、ひざにアティカスをのせ、そばには湯気の立つココアのカップが置かれている。そこで我に返った。いきなり、頭皮が燃えているような感覚に襲われたのだ。指で髪をすくように頭に触れてみて、ぎょっとした。髪からつららが下がっている。バックパックから下げていた温度計をみる――気温は急激に下がり、マイナス十三度になっていた。

太陽も、日射しのぬくもりも、いったいどこへ消えたのだろう。

だれかがスイッチを切ったかのように、厳しくも楽しい登山は、いまやまったく別のものにすり替わっていた。少しずつ、夜が迫りつつあった。短い休憩を切りあげると、わたしたちは元きた道を戻った。同じ道を、今度はヘッドライトを点けて歩く。夜のハイキングもはじめてなら、闇に呑みこまれるような感覚もはじめてだった。体がさらに冷えてくる。アニメのように明るかった風景が、ホラー映画のような雰囲気を帯びはじめている。ヘッドライトのたよりない光が闇を照らすと、トンネルの中を歩いているような感覚になる。細い光が行く手を照らし、そのほかの部分はひとつ残らず闇に沈む。異様で、物悲しい光景だった。気づけばわたしは、世界中のぬくもりというぬくもりが消失したような、深い憂鬱の谷に落ちていこうとしていた。死とはこんな感じにちがいない――わたしは考えた。冷淡で、容赦なく、すべてが凍りついている。

本道に戻ると、アティカスのあとを追うようにして、山頂に続く最後の道をたどった。岩や木の根を踏みこえながら、山の西端の細い道をいく。登れば登るほど、あたりは不気味さを増し、わたしは夜の闇にいっそう深く呑まれていった。いや、わたしは、取りついて離れないいくつもの記憶の底へと、渦を描きながら落ちていった――そうした記憶は、意識下には絶えず立ちあらわれ、ごくまれに夢にみるようなことがあると、汗だくになり、大きく息を呑んで目を覚ますのだ。

歩くたびに、体の中から希望と活力が失われていった。下山したいという誘惑が次第に強くなる。だが、山頂まではあと少しだ。なんらかの力が、わたしたちを容赦なく山に引きつけていた。ヘッドライトの光が心を惑わす。影が躍り、木の枝が、わたしを捕まえようとする骨ばった無数の指のようにみえる。時おり、上着やバックパックを引っぱられたような気がして、だれかいるのかと急いで振りかえった。振りかえるたびに、光を浴びた木々が生き物のようにみえる。またしても暖かな家のことを考えながら、わたしたちはさらに家から遠ざかり、陰気で物憂い悪夢のような山を登っていった。

山頂にたどり着いても、すぐにはそうと気づかなかった。夏のときとは随分様相がちがう。混みあっているのは同じでも、ここにいるのは登山客ではなく、常緑樹だ。雪と氷におおわれ、巨大で峻厳《しゅんげん》で、不吉な印象さえ受ける。ほんの一時間前にわたしを笑顔にしてくれた、緑豊かな、牧歌的で美しい木立とはちがう。不気味な木々を前にすると、体のずっと奥のほうから恐怖が湧いてきた。絶望感は強まるいっぽうだ。こんなにも虚しく、絶望的な気分になることはめったにない。普段のわたしは楽天家で、たいてい笑っている。山の頂上では、いつにも増して穏やかな気持ちになったものだ。ところが、この冬山の頂上にいるときは、堪えがたいほどの悲しみを感じた。

人の気配を感じたが、あたりを見回しても人影はない。なにかに取りつかれたような雰囲気が漂い、木々は、不気味な悪霊のようだった。巨大な天使のようにそそり立っている――カードに描かれるような優しい姿ではなく、武装し、神のために戦い、惨劇と破壊と絶望を生み出す、残忍な天使たちだ。

だしぬけに、ヘッドライトの明かりが消えた。頭の中が真っ白になる。不器用にいじってみても、明かりは戻らない。わたしは地面にひざをついてバックパックを開け、必死になって換えのヘッドライトを探した。両手をバックパックに入れたまま、ふと、もう一度木々を見上げる。星のない夜空のもとでひざまずいていると、そびえ立つ木々の姿はいっそう大きくみえた。息ができなかった。胸を浸す絶望は堪えがたいほど強くなり、悲しみがどっと体の内からあふれ出す。わたしは悲しみに屈した。ヘッドライトを探す手を止め、両ひざをついたまま恐怖でその場に釘付けになっていた。どれくらいそうしていたのかわからない。やがて、アティカスが腕の中にもぐりこんできた。わたしではなく、頭上の木々を見上げていた。わたしたちは――男と犬は――そのまま、にらみつける木々の下で、じっとしていた。

木々はわたしを、心の奥底へと突き落とした。そこには、激しい感情をかき立てる記憶が眠っている。同じことは前にもあった。何十年もむかしのことで、このときと同様、クリスマスの前の週だった。わたしは七歳だった。夕食がすむと、父は子どもたちを集めた。いつもなら、これは折檻の合図だ。一列に並ばされ、おきまりの〝姿勢〟を取らされ、ベルトの〝鞭〟を食らう。わたしたちは、怯えながら父のもとにいった。末っ子のわたしが列の一番後ろにいこうとすると、父が手を引き、きょうだいたちの前に連れていった。そして、話しはじめた。

母は、少し前から入院していた。わたしを産んで多発性硬化症を患ってからは、車椅子から離れられない体になっていた。ひと月前、きょうだいのひとりが運転する車に乗って感謝祭のターキーを買いにいったとき、事故にあってケガを負った。退院が目前に近づいたある日のこと、母は火のついたタバコをベッドに落とした。炎が母を包み、助け出される頃には、皮膚全層におよぶほど重度の火傷を負っていた。母は、火傷が引き起こす合併症が原因で死んだ。クリスマスの六日前のことだ。

山の中で、わたしはその日に戻っていた。七歳だった。父ときょうだいと共にいた。ひざをついて木を見上げていた。この深い悲しみは、自分のためではなく、きょうだいのためでもなく、ほとんど知ることのなかった母のためでもなく、父のためのものだった。母が死んだあの日、父の中にわずかなりとも残っていた理想や夢もまた、死んだのだ。

以前の父は、二度と戻ってこなかった。二度と立ち直ることはなかった。子どもたちの知っていたむかしの父も、父自身が知るむかしの父も。父は自分をなんとかするだけで精一杯で、わたしたちに目を向ける余裕はなかった。

何十年もかかって、ようやくわたしにもわかった。父は残酷な運命に立ちむかうことはできなかったが、それでも父なりに頑張ったのだ。その夜、木々に囲まれてひざまずいていると、こんなにも長いあいだ苦しみつづけてきた、父というひとりの男に対する同情が、胸にあふれてきた。

雪にひざをついたまま、最近父が、家族全員でクリスマスを祝う恒例行事をやめたことを考えた。あれもまた、ひとつの降伏だったにちがいない。父は、疲れているし、みんなを招くのが面倒になったから、と理由を説明した。クリスマスをやめるという父の宣言について、わたしは、深く考えることをしなかった。だが、それはそれでしかたない。いま、木と、夜と、山が、これまで目を背けてきた感情を眼前に突きつけてくる。

悲しい記憶を思いおこしながらひざをつきつづけ、どれくらいの時間がたった頃だろう。頭上の常緑樹が、にらみつけるのをやめた瞬間があった。木々は、もちろん変わらずそこにある。見上げるように大きく、厳かにそびえている。だが、その木々が、ふいに美しく思えた。言うべきことを言いおえ、果たすべき使命を果たしたようだった。短く穏やかな時間が流れるあいだ、わたしはアティカスを腕に抱いたまま、自分が体験したことについて考えこんでいた。ふたりとも、木の天使から目をそらさなかった。

ひざまずいたまま、祈りの文句をつぶやく。兄と姉のために祈り、母のために祈り、そしてだれよりも、ジャック・ライアンのために祈った。

ようやく、ヘッドライトがついた。バックパックからソーセージを出して、アティカスと一緒に食べる。そのかたわら、荷物の中を探って、換えのヘッドライトをみつけた。念のため、下山をはじめる前に、上着のポケットにそれをしまっておいた。だが、なんとなく、ふたたび明かりが消えることはないだろう、という確信があった。

夜空はほのかに明るくなっていた。雲間に星がいくつかまたたいている。気温はマイナス七度にまで上がっていた。闇の中で山を下りるという体験もはじめてだ。登ってきたときより気楽で、足取りも軽くなる。困ったことも起きなかった。

家に向かって車を運転しながら、ベテランの登山家たちが言わんとしていたことを、以前よりもう少し深く理解していた。冬の登山は夏の登山とは別物で、不思議なことも時おり――とくに夜は――起こる。なにが起こってもおかしくない。

アベナキ族は、名峰とされるような山の頂には足を踏み入れない。精霊が棲んでいると信じているからだ。

その晩、無事ニューベリーポートにもどり、アティカスと共にベッドにもぐりこんだとき、ようやく、冬の登山に成功したのだという実感がわいてきた。山頂で起こったことは、うまく説明できない。だが、途方もない体験だったことはまちがいない。あんな時間を、もっと過ごしたい。まどろみながら考えた。自分たちは、ホワイト山地で過ごす冬のあいだに、どんなことを学ぶのだろう。

冬のあいだ、アティカスのマットラックスとボディスーツにどれだけ助けられたことか。零下何十度という気温にも、みたこともないほど深い雪にも、何度となく遭遇した。わたしも知恵をつけ、ボディスーツはバックパックにしまっておいて、アティカスが寒そうにしはじめた頃をみはからって、着せるようになった。あたたかなフリースの裏地にぴったり包まれると、アティカスはほっとした顔になった。

だが、わたしたちをなにより助けてくれたのは、買ったものではなく、すでに持っていたもの――常識だった。無理はせず、山が与えてくれるものだけを受けとった。よい条件がそろい、気温はあまり下がらず、空は澄みわたり、天候が変わる心配もない、というような日には、いつもより高く険しい山を登る。残念ながら、そんな日はめったにない。比較的危険ではない日には、安全な林の中をいくルートを選び、木もなく風雪にさらされるコースは避けるようにした。最悪の条件がそろうような日には、きっぱり諦めた。そんな日がよくあった。

たくさんの人が心配してくれたが、個人的には、わたしはふつうの登山家より恵まれていたと思う。自分ひとりなら、何度も危険を冒したかもしれない。だが、アティカスを、吹雪や、強風や、極寒の気温や、凍った道や、歩けないくらい新雪の積もった道に連れ出すわけにはいかない。アティカスを危険にさらしたくないという思いに、結果的にはわたし自身が守られていたことになる。

警告されたことも何度かある。犬は冬のトレイルにむかないとか、犬には悪い天気といい天気のちがいがわからないんだ、とか、犬はどこへでも飼い主のあとをついていくものなんだ、とか。だが、アティカスのことなら心配ない。わたしと共同生活をはじめて以来、彼にはどんなときでも発言権があった。登山にいく気になれないのなら、いかなくていいのだ。

その年の冬は、二度、アティカスの決定で登山を取りやめたことがあった。一度目のときは、ニューベリーポートから二時間車を走らせた。いざスタート地点に着いてみると、風が激しく、体感温度は零下何十度にも下がり、吹雪が小さな竜巻を作っていた。アティカスは車のシートからとびおりるなり、くるりとうしろを向き、すみやかに車へ退散した。意見を表明したのだ。

二度目のときは、文句なしの快晴だった。登山にはもってこいの日だ。だが、三日連続で山を登ったせいだろう、アティカスはつかれていた。スタート地点に車を停めてわたしが服を着替えはじめても、アティカスは助手席の上で丸くなったまま動こうとしない。おいでと呼んでも、白い眉をぴくっとさせるだけだった。〝戻ったら起こして〟と言っているように思えた。わたしは登山用具を外して車に積みなおし、家に帰った。大切なのは相手の気持ちだ。どちらか一方の気が進まないなら、その日の登山はやめればいい。

もうひとつ助けられたのは、アティカスに、ほかの犬にはない特別な才能があったことだ。渡らないほうがいい凍った小川があると、たとえ傍目にはわからなくても危険をかぎつける。安全な小川の場合は、どんなに危険そうにみえても平気だ。凍った坂道に出くわしたときも、同じ能力を発揮した。しっかりした足取りで、わたしの先をいくときもある。だが、わたしを先にいかせるときもある。抱きあげてくれと訴え、わたしに少しだけ運んでもらうこともある。道の状態と自分の限界を見極める能力には、ほんとうに助けられた。なぜなら、冬の山は、これまで登った山とはまったくちがうのだ。少しのミスも許されない。春と夏に登ったのと同じ山だというのに、見た目も、実際に登ったときに感じることも、まるっきりちがうのだ。

最高の条件がそろえば、冬のホワイト山地は奇跡のようにすばらしい。紺碧の空のもと、水晶でできているような木々の中を歩く。押し進み、山頂近くの雪におおわれた針葉樹林を抜けていくうちに、C・S・ルイスの『ナルニア国物語』に出てくる魔法の洋服だんすの中に迷い込み、服をかきわけているような感覚になる。この先にはきっと、胸の躍るようななにかが待ちうけている。木立が途切れ、尾根や山頂に出る瞬間、わたしはいつも、洋服だんすから、ほかにはだれも知らないナルニア国に出たような気分になる。そこは別世界だ。その世界には、わたしとアティカスだけがいる。

反対に、冬のもっともひどい時期には、木々がみすぼらしくなって森は精彩を欠き、くすんだモノクロの景色がいつまでも続く。夏の森のような甘く豊かなにおいは消え、鳥の声もきこえず、そもそも動物はめったにみかけない。あれほど荒涼とした場所はない。風は、幽霊が泣き叫んでいるような音を立てる。高いところで吹き荒れる風は、不吉な妖精が泣き叫んでいるか、ドラゴンが巨大な翼をはばたかせながら旋回しているかのように激しい。骨の髄にまで冷気がしみてくる。

たいてい、トレイルにはわたしたちしかいなかった。あれほどの孤絶感は経験したことがない。容赦なく牙をむく静かな世界にいると、心はあらぬ方へと漂いだす。そして、親しい友人たちのいるニューベリーポートへ飛んでかえりたくなる。

その冬、冬山で経験すべきことは、ひとつ残らず経験した。背すじが寒くなる危険も、すばらしい感動も、成功も失敗も体験した。滑稽なできごともあった。よく覚えているのは、ワシントン山を登ったときのことだ。ここは、世界に数ある山のなかでも、登るのが難しいとされている。これまで、百人以上の人々が、この山で命をうしなった。ワシントン山で測定された風速記録は、つい最近まで史上最高だったのだ――時速三百七十一キロだ。平均的な冬の風速が時速七十二キロだ。また、ワシントン山の平均気温はマイナス十五度だ。ＡＭＣホワイト山地ガイドブックによれば、これはニューハンプシャーよりも南極大陸に似た状況らしい。

計画を立てる段階では、はたしてアティカスを連れてぶじワシントン山を登りきれるだろうか、と不安に思っていた。ところが、時機をうかがって二カ月がたった頃、驚くような僥倖《ぎょうこう》に恵まれた。ワシントン山の天気が好転し、無風状態が五時間続くというのだ。登りはじめて四時間後、わたしたちは、風のない山頂にふたりきりで座っていた。気温は珍しくマイナス一度にまであがっていた。体がぽかぽかしていたので、フリースのウェアだけで上着はおらず、帽子も手袋も外してしまった。

しばらくして、男性の八人グループがこちらへ近づいてくるのがみえた。高い料金を払ったにちがいないプロのガイドに先導されている。知的な専門職についていそうな青年たちだ。鍛えた体にブランド物の真新しい登山用具を身につけている。手にはピッケルやザイルを持ち、エベレスト登山用の冬用パーカーを着込み、ゴーグルをつけ、ほかにも、ありとあらゆる高価な登山用具をどっさり装着していた。

強風吹きすさぶ極寒の嶮山《けんざん》に挑んでやる、と勇んでやってきたらしい。山の死神を鼻で笑い、月曜日に出勤したら、そのことを得意になって話すにちがいない。

ところが彼らは、死神よりも肝を冷やすものに遭遇した——山頂で、小さな犬と太った男が、一緒にピーナッツバターとジャムのサンドイッチを食べている。夏の陽気の中、ボストン・コモン公園でピクニックでもしているかのようだ。

近くまでくると、青年たちはぴたりと足を止めた。ゴーグルは、荒い息で真っ白に曇っていた。あたたかいと言ってもいい気温だというのに、厚い上着を着込んでフードをかぶり、目出し帽をかぶって、盛大に汗をかいている。わたしもアティカスも黙って座っていた。わたしは軽く会釈をした。アティカスは、落ち着きはらって新客を眺めながら、もうひとくちサンドイッチをかじった。

実に愉快な沈黙が流れた。とうとう、青年たちのひとりが、仲間を代表して沈黙をやぶった。信じられない光景を前に、つかえながら彼はたずねた。「あの……どうやって登ってきたんですか?」

わたしはもうひと口サンドイッチをかじり、はしをちぎってアティカスに食べさせた。青年たちが見守るなか、わたしはサンドイッチを飲みこんで答えた。「歩いて」

「歩いて?」目を丸くして、こちらの小さなバックパックをみる。小さな犬と太った男を交互にみる。「あなたと……そこの、小さい犬とふたりで……歩いて登ってきたんですか?」

わたしはうなずき、愛想よく笑ってみせた。

青年たちにさよならを言って山を下りながら考えた。彼らはたぶん、この話を同僚や友人にはしないだろう。しかし、わたしはよろこんで連中の話をする。いまのような反応はしょっちゅうだ。こんなに小さな犬が冬山を登るなんて、と面食らった顔をされる。

すばらしい季節だったし、わたしたちはよくやったと思う。だが、四十八すべての山を登るという目標は達成できなかった。とくに険しい山を、ふたつ諦めたからだ。それでも、冬山に挑戦しはじめた意外な二人組は、こちらの意図とは関係なしに人々の注目を集めるようになっていた。そしてまた、共有した経験を通じて、わたしとアティカスの絆はさらに強くなった。別の言い方をするなら、ふたりだけの小さな世界を形成したのだ。どんな災難が降りかかってこようと、〝わたしたちは大丈夫〟だ。ふたりで立ちむかえばいい。

冬が終わる頃、父に一通の手紙を書き、子ども時代のとくに好きな思い出のことをつづった。記憶の中では、父と兄のスティーヴン、ジェフ、デイヴィッドと共に、涼しい芝地に立っている。そこはラファイエットキャンプ場の前にある広場で、季節は初夏だった。夕闇が少しずつ下りつつあった。わたしたちは、荘厳なフランコニア山脈の尾根を見上げていた。このときのことも、このとき感じたまぎれもない幸福感も、よく思いだす。生まれてはじめて、世界がどれだけ美しい場所なのか知った。

この手紙を書いていた夜、わたしたちは、いつも借りている山小屋の暖炉の前で寄りそい、心地よく座っていた。アティカスは、いかにも気持ちよさそうにいびきをかいていた。骨の折れる登山を終えたあとだったからだ。その日登ったのは、子どもの頃、父と兄と共に眺めたあの山だ。標高は千五百メートル以上ある。気温はマイナス十度台。風があるので体感温度はさらに低い。尾根に着いたのは正午頃だったが、高度計に時計がついていなければわからなかったと思う。あたりは暗く荒涼として、生き物の気配はまったくなかった。木立を出ると、吹きさらしのなか、リンカン山と、その先のラファイエット山を目指した。容赦ない暴風が、雪や氷を全身に吹きつけてくる。ゴーグルと目出し帽で顔を保護しなくては、目も開けていられない。景色を楽しむこともできない状況のもと、危険な尾根を三キロ歩きつづけた。晴れていれば、こんなに美しい場所はない。ところが、こんなふうに天候が悪化する日には、岩の転がる寒々しい荒れ地にしかみえない。

つらくなってくると、ささやかな楽しみのことしか考えられなくなる。この冬の数カ月、何度同じ想像をしたことか――あたたかいココア、熱い風呂、おもしろい本、厚手のセーター、太陽の光。この想像はくせになっていた。だが、われに返ると、絶え間ない風になぶられながら、ほんとうにやり通せるのか不安になってくる。冬のあいだ、この不安は絶えず付きまとった。こうした瞬間が訪れるのは山頂でアティカスとふたりきりになり、人の気配が完全に消え、救いがたいほど自分が無力に思えるときだ。自分にあるとは思えない強さを探そうとすると、ガイ・ウォーターマンのことがきまって頭に浮かんだ。地元の作家であり登山家で、たくさんの人たちから尊敬されていた人物だ。ガイは、みずから選んでこの山の上に横たわり、一生を終えた。彼ほどの苦しみを抱えているわけではないにせよ、吹きさらしの大自然にいると、希望も判断力も失い、孤独と無力感にさいなまれる感覚が理解できるような気がする。ともすると、雪の上に座りこみ、風の吹きあれる闇の中でうずくまってしまいそうになる。だが、いったん座ってしまったら、ふたたび立ちあがるのは至難の業にちがいない。霧が体力と気力を奪っていく。自分に鞭を打つようにして、足を動かす。

くたくたに疲れ、体が鉛のように重かった。山の孤独を堪えがたく感じるのは、まさにこんなときだ。だが、だからこそ、わたしはこの冬の冒険に挑んだ。自分を試そう、もっと強くなろう、自分自身と向きあおう、と決意した。そのために、ずっと避けてきた厳しい自然と環境に飛びこんだのだ。わずかでも自分を変えられるかもしれない、と願って。

その日、トレイルは厚い雪におおわれ、ほかにはなにもみえなかった。道幅はせまかった。どちらを向いても、すぐそこに、霧に隠れた崖がある。目でわかる情報と言えば、それしかない。灰色の絶壁、それだけだ。高所恐怖症のわたしは足がすくんでどうしようもなかった。氷で少しでも足を滑らせればおしまいだ。登山靴を履いた足を一歩ずつ慎重に動かし、靴底のスパイクが氷を噛む音がきこえたら反対の足を前に出す。孤独感は強くなるいっぽうだった。強風と霧のせいで十メートル先がみえなくなったり、百メートル先までみえたりする。気力が萎《な》えていき、冬山になんか登るんじゃなかったという後悔がこみあげてくる。

太陽のやつ、どこにいった？　その日、山頂近くで天候が荒れるたびに、何度そうののしったことか。だが、太陽に罵声を浴びせるたびに、わたしは霧の中に目をこらした。十五メートル先をみる。ケルン［山道に道標として積みあげられた石］のあたりの雲がいきなり薄くなって、わたしの気力の源が現れる――九キロの犬の姿が。

小さなアティカスは先を歩き、吹き荒れる風をものともしない。暴風にも負けず、垂れた耳をはためかせながら頭を低くし、体を寝かせて――ジョン・ウェインさながら――前進を続けるのだった。

こんなとき、アティカスに対する愛情と尊敬の念はいっそう強くなる。彼は決してわたしを見捨てないヒーローだ。元気をくれ、感服させ、時には声をあげて笑わせてくれる。ミニチュア・シュナウザーは、吹雪に強い犬種ではない。だがアティカスは、その険しい山を登りつづけ、わたしを導いてくれた――安全な場所へと。迷いない足取りで前へと進み、ふたつの峰を目指しつづけた。わたしには、あとに続く以外の選択肢はない。このねばり強さに感銘を受けないわけがない。

わたしは、力強く自信にあふれて先を歩くアティカスを、ほれぼれと眺めた。小さな体は、激しい風にも険しい山にも、決して屈しない。その冬、小さなミニチュア・シュナウザーを――飼い主のひざの上や、自転車のカゴや、窓を開けた車の助手席のほうがよほど似合うはずの犬を――みるたびに、わたしは繰り返し同じことを教わった。限界を決めるのは、いつも自分なのだ。

ペイジとは、以前のような長電話をすることはない。当然だ。彼女には彼女の生活が、自分には自分の生活がある。わたしは内心、アティカスがここへきた年に、ペイジに電話攻撃をしたことを申し訳なく思っていた。あの頃は、山のように話したいことがあった。電話をかけるたびに、数分のつもりが数時間になってしまう。そのうちわたしは、ペイジから子犬を買った客は大勢いるのだから、彼女をひとり占めするんじゃない、と自分を戒めるようになった。だからといって、連絡を絶ったわけではない。冬のハイキングの様子をメールで知らせ、彼女が育てた小さな犬がブーツを履いて真っ白な山頂に佇んでいる姿を写真に撮って送った。ペイジからの返信は、うれしそうな声がきこえてきそうな文面で、「!」がちりばめられている。歌っているように明るく楽しげな言葉で、近況を報告してくれたことに何度もお礼を言ってくれる。彼女の南部訛りまでがきこえてきそうだった——「思い出を作って、どっさり送ってちょうだい!」

ペイジは、アティカスが夏に四十八峰を制覇したと知ると、ひっくり返りそうなほど驚いたものだ。だが、その仰天ぶりも、わたしたちが冬に成し遂げたことをきいたときとは、くらべものにならない。すべての山を登れなかったこちらとしては、いささか物足りなさが残っていたが、ペイジには十分すぎるほどだった。メールにはこんな文章があった。「アティカスが特別だとは思っていたけど、まさかそんなことまでやってのけるなんて! 次はなにをして驚かせてくれるのかしら!」

それはわたしにもわからなかった。だが、この夏と冬を乗りこえた経験が、次に待ちかまえていた出来事を耐えぬく力を養ってくれたのだ。それまでの成功が小さく思えてしまうような出来事——すべてを一変させた出来事を。

6. 子どもたちのために

何年もの間、私は自ら吹雪と嵐の監督官をもって任じ、務めを忠実にこなした。賃金は一セントも受け取っていない。

――ヘンリー・デイヴィッド・ソロー

わたしは、ニューベリーポートのヘンリー・デイヴィッド・ソローのような男だ。「自ら吹雪と嵐の監督官をもって任じ」「務めを忠実にこなし」、収入はあるものの、決して多くはない。だが、自分でこの仕事を選んだ。

そして町の政治に口を出し、個性的な人々を取材してきた。もちろん怒る読者もいるが、好意的な読者のほうがずっと多い。わたしは〈アンダートード〉紙のおかげでこの町の一員と認められ、ここがわたしの地元となった。そしてかけがえのない友人もできた。

なかでも、ヴィッキー・ピアソンはすばらしい。ヴィッキーの働く〝タナリー〟に顔を出すたびに、大量の仕事をこなす彼女の姿に感心したものだ。ヴィッキーは、デイヴィッド・ホールが展開する事業の大部分を任されていた。デイヴィッドは、個性的な店が並ぶ〝タナリー〟という名のモールを経営しているだけでなく、町に賃貸物件をいくつも所有していた。それらの物件をきちんと管理するのも、ヴィッキーの仕事だった。山のような仕事を、彼女は苦もなくこなしているようにみえた。だが、ビジネスウーマンとしての能力以上に印象深かったのは、深い思いやりに満ちた心だ。ヴィッキーをきらう人には会ったことがない。ニューベリーポートのように小さな町では、だれにもきらわれずにすむことなど皆無に等しい。結婚していて、前の夫とのあいだの息子がひとりいた。友人は大勢いる。わたしも、そのうちのひとりにしてもらった。〈アンダートード〉紙を気に入り、一号目から購読してくれた。だが、なにより特筆すべきは、犬に対する愛情の深さだ。わたしを編集者としてではなく友人としてみてくれるようになったのは、マックスを引き取ったときだ。アティカスには、文字どおり首ったけだった。

ある日、ヴィッキーの息子が電話をくれて、母がアンナ・ジャックス病院に入院していて、あなたに会いたがっているんです、と言った。病気だとはきいていたが、それまで、病状がどれくらい深刻なのかは知らなかった。

病室に入ると、わたしが愛してきた大切な友人は、変わりはてた姿になっていた。皮膚がたるんで骨が浮き出て、目は落ちくぼんでいた。疲れ、弱り、衰弱していた。だが、口を開いたヴィッキーは、たちまち以前の彼女に戻り、てきぱきと指示を出した。

「手伝ってほしいの。自分のお葬式の手配をしているところでね」そう言いながら、くすっと笑う。自分の誕生日会を手配しているような調子だ。ちょうど去年、彼女は自分が主役の五十歳の誕生日会を開いたところだった。

しばらくすると、わたしまでヴィッキーの言葉に笑うようになった。ふたりでいつものように話し、声をあげて笑った。残りわずかとなった彼女の人生を皮肉って、ジョークを飛ばしあった――やがて、〝現実的なほうの〟ヴィッキーが、ふと顔をのぞかせた。

「わたし、もうすぐ死ぬのよ」

わたしは、ごくりとつばを呑んだ。

「死期が近づくと得だって知ってた？　どんな約束でもしてもらえるの。相手は決して嫌とは言えない」

そう言うと、わたしにいくつか頼み事をして、すべて言われたとおりにするよう約束させた。なかでも念を押されたのは、葬式の段取りを手伝うことだ。ヴィッキーは、自分の人生から退場する段になってさえ、みずから采配をふるう人だった。こんなときでさえ家族の重荷になることは望まず、たくましく、勇敢に、優雅に振る舞っていた。だが、ヴィッキーの話は、とても現実のことだと思えない。これほど生き生きと話す人が、どうして死んだりするだろう。

よく晴れた次の日の朝早く、わたしはアティカスを連れてヴィッキーの病室を訪れた。わたしはベッドのとなりの椅子にかけ、アティカスはベッドの上に座った。以来ここへくるときは、かならずといっていいほど、ふたりできた。ヴィッキーは、モルヒネと脊椎を侵食しつづけるがん細胞の影響で、朦朧《もうろう》とすることが増えていた。だが、わたしたちがいくと、かならず重いまぶたを上げて言った。「アティカス、おはよう」

「ぼくには挨拶なしかい？」

「あら、おはよう、トム」

以前ヴィッキーの近所に住んでいた人が、こんな話をしてくれたことがある。その人の犬が庭から逃げだしたとき、ヴィッキーは通りをうろついている犬をみかけ、その人の家の犬だと気づいたらしい。飼い主とは仲が良かったが、それでもヴィッキーは犬を返すかどうか迷った。逃げだしてしまうような環境ならこのまま逃がしてやりたいと思ったのだ。

アティカスだけでなく、たいていの犬はヴィッキーに心を開いた。犬は、人が気づかないたくさんのものに気づく。ヴィッキーもまた、どんな犬の長所も見抜く才能があった。

ヴィッキーがほんとうにすごいのは、草木、花々、犬、自然界にあるものすべてに尊敬の目を向けるいっぽうで、自分にしか興味のないような人間には目もくれないことだ。これもまた、ニューベリーポートでは得難い性質だ。この町は、すべてにおいて自意識過剰なのだから。だから、ヴィッキーが商工会議所の取締役会の一員になったときには、なんて妙な組み合わせだろうと思ったものだ。会議所というものの例にもれず、商工会議所も、自分のことを偉いと思っている連中の集まりだ。だが、ヴィッキーほど地位や肩書に左右されない女性はいない。自分の本質も、他人の本質も、曇りのない目でみつめることができる。偽善者は嫌っていたし、彼女の葬儀に〝世間の目が気になるから〟参列するような輩のことは、空から眺めて笑うだろう。だが、だからといって、自分に関係ない限り、他人のことをとやかく言ったりしなかった。

ヴィッキーは、五十歳になると退職した。ゆっくり庭仕事でもしながら、特別お気に入りの二輪の花――ふたりの孫のことだ――と過ごすためだ。孫のひとりとはフロリダ州のディズニーランドへ出かけ、これまで味わったことのない自由を満喫したようだ。教育委員会の一員に立候補したのは、ちょうどその頃だ。選挙で掲げた方針は、じつにシンプルだった――〝子どもたちのために〟。ランチのとき、ヴィッキーは打ち明けてくれた。教育委員会に立候補した理由はいくつもあるけど、背中を押してくれたのは、あなたが〈アンダートード〉紙に書いてくれた記事なのよ、と。

「二週間おきに〈トード〉紙を読んで、思ったのよ。子どもたちの環境は改善できる、って。それで、有言実行することにしたの」

教育委員は労多くして益少ない仕事だ。三つある選出公職のなかでは、一番地位が低い。ヒエラルキーの頂点は市長、次に十一人の市会議員、最後に、六人で構成される教育委員会がある。市長をのぞくこれらの公職は、すべて、本業を別に持つ一般市民によって担われる。彼らの拘束時間は驚くほど長い。学校の教育資金が年を追うごとに減りつづけるせいで、教育委員会の一員になれば苦労することは目にみえていたし、なにかと文句をつけてくる保護者たちの応対に追われることになる。仕事に対する揺るぎない信念があり、心から子どもたちを愛している人でなくては務まらない。ヴィッキーは、どちらの点においても、申し分ない資質を備えていた。

選挙は楽勝だったが、その直後から胸の痛みを訴えはじめた。はじめは、心臓に問題があるのだろうかと考えたらしい。検査をいくつかすると、薬が処方された。やがて、手足がしびれはじめた。選挙から三週間がたち、感謝祭がくる頃、介助がなければシャワーを浴びることさえできなくなった。やがて、立つことができなくなった。医師には、薬の影響だときかされた。ところが、再検査をすると、背中に大きな腫瘍がみつかった。ようやく状況を把握した頃には、すべてが手遅れになっていた。ほんの一年前、リレー・フォー・ライフ［がん撲滅を訴えるチャリティイベント。参加者は長時間かけて競技場などを周回する］に参加し、三日間で百キロを歩きとおした活力あふれる女性は、下半身不随になった。手術は受けたが、二度と歩けるようにはならなかった。

みんなが、あの人ならきっと大丈夫だと考えていた。たとえ歩けなくなったとしても、ヴィッキー・ピアソンはめげたりしない、と。だが、脊椎のがんは広範囲に広がり、回復の望みは消えた。

ある日、ヴィッキーは自分の人生の思い出を語ってくれた。彼女が言うところの〝無修正版〟を。

「トム、あなたには、わたしの思い出をちゃんと話しておきたいの」

「どうして?」

ヴィッキーは唇をしめらせ、目を閉じて考えこんだ。やがて目を開けた。「なんて言ったらいいか……

〈トード〉紙のおかげだと思う。何年もあの新聞を読んできて、あなたほど事実をありのままに語る人はいないと感じた。だから、わたしの人生のことも、あなたにはありのままに伝えたい」

「それに」。一拍置いて、大事な言葉を口に出す準備をする。「あなたとアティには弔辞を述べてもらいたいのよ。わたしのお葬式で」

「なんだって？」

「きこえてたでしょう」

「ああ、きこえてたとも。だけど、そりゃ無理だ。ご主人とか、息子さんとか、友だちのだれかとか、候補はほかにもいるだろう」

「あなたたちも、わたしの友だちよ――あなたとアティ。これ以上の望みはないわ。友人の〈アンダートード〉紙の編集者と、甥のアティが、教会でわたしの人生について語ってくれる」

わたしはなおも拒みつづけたが、とうとうヴィッキーは、例のジョークを持ちだしてきた。「トム、死期が近づくと得だって知ってた？」

「ああ、きみの頼みは決して断れない」

だが、結局わたしは、友人との約束を守れなかった。そうさせてもらえなかったからだ。ヴィッキーは、わたしとの約束を書面に残していなかった。近親者のだれかが――詳しいことはわからない――彼女の計画をいくつか変更するなかで、ヴィッキーには銀行頭取からの弔辞のほうがふさわしい、と考えたようだ。なにかと騒ぎを起こす〈アンダートード〉紙の編集者よりも。

ヴィッキーに敬意を表して、葬式にはいかなかった。彼女は、この決断をよろこんでくれただろう。結局あれはヴィッキーの望んだ葬儀ではなかったのだから。その日、わたしとアティカスは、プラムアイランドの浜辺を散歩した。葬儀に参列しないことについてはちっとも悩まなかったが、どうやってヴィッキーを追悼しようかと頭を悩ませていたのだ。答えはしばらくしてみつかった。ヴィッキーを偲ぶには、「子どもたちのために」なることをすればいい。

毎年、ボストンのスポーツラジオ局WEEIは、スポーツに関するニュースを二日間休み、〈ジミー・ファンド〉［一九五二年に創設された小児がん基金］と、〈デイナ＝ファーバーがん研究所〉［ジミー・ファンドなどによって運営される、世界的に有名ながん研究所及び治療所］のために募金活動をする。意義深い四十八時間だ。この間、球界のスター選手たちはわき役にまわる。主役は、小児がんを患う子どもたちだ。

ニューイングランドで育ったレッドソックスファンとして、わたしもジミー・ファンドのことはよく知っていた。テッド・ウィリアムズ（一九一八〜二〇〇二年）が現役だった時代からいままで、レッドソックスの選手はデイナ・ファーバーがん研究所を訪れ、闘病中の子どもたちと会うことにしている。レッドソックスの試合を放送するWEEIは、チームと研究所の関係性を理解していたので、このラジオ局が四十八時間放送をするのはごく自然なことだった。

金曜日の午後、北の山地へ車を走らせながら、わたしはこのラジオ放送をきいた。驚くべき話が次々と語られた。がんと子ども——これほど残酷な組み合わせもない。それでも、子どもたちの話や、彼らの闘病の話に注意深く耳を傾けていると、気持ちを奮い立たされる。インタビューを受けた子どもたちは、人生に対して、はっとするような感覚を持っていた。

ハイウェイ九三号を走っていてプリマス近くにさしかかったとき、山のふもとでWEEIの中継がとぎれはじめた。子どもたちのすばらしい話をもっとききたかったので、わたしはがっかりした。ささやかでもいいから自分も力になりたい、という思いが胸にわく。ふと、夕闇のおりはじめた山々に目をやった。そこに、答えがあった。

数日考えてからジミー・ファンドに電話をかけ、募金活動に協力したいという希望を伝えた。応対してくれた女性はよろこんでくれたが、犬と一緒にハイキングをして募金をしたいと言うと、少しとまどったような声になった。詳しく説明すると、彼女はわたしの案を気に入ってくれ、こんな募金活動ははじめてだわ、と言った。

ヴィッキーを偲んでハイキングをするという計画は完ぺきなアイデアだった。ヴィッキー自身、あの三日間のリレー・フォー・ライフを、忘れがたい思い出として語ってくれていたからだ。あのときヴィッキーは、自分の限界に挑戦した。わたしも、アティカスと共に、限界に挑戦しようと決意した。夢にも思っていなかったような計画に乗り出すのだ。四千フッターの四十八峰をすべて登る——それも二度ずつ、冬の九十日のあいだに。「子どもたちのために」

7. 大冒険

わたしは自分の募金計画を〈ウィンター・クエスト・フォー・ア・キュア（がん治療のための冬の冒険）〉と名付け、計画の告知を、〈アンダートード〉紙と、登山サイトの〈ヴューズ・フロム・ザ・トップ〉と〈ロックス・オン・トップ〉に載せた。四十八の四千フッターを、二〇〇六年から二〇〇七年の冬のあいだに二巡する――九十日以内に、九十六の山頂に登るということだ。同じことをやり遂げた者は、これまでひとりしかいない。キャス・グッドウィンだ。

キャスは、ホワイト山地に挑んだ登山家のなかでも飛び抜けて精力的だった。春と夏と秋は造園業に専念し、冬になると山登りに専念する。一九九四年から一九九五年の冬のあいだに、キャスは、友人のスティーヴ・マーティンとシンディー・ディサントと共に四十八峰を制覇した。登山史上初めてのことだ。その後も同じことを何度か繰り返し、ついに二〇〇四年から二〇〇五年の冬のあいだに、四十八峰すべてを二度ずつ登るという快挙を成し遂げた。

わたしにとってもアティカスにとっても大きな挑戦になることは承知していた。身体的な負担が大きいことに加えて、アティカスの体の小ささを考えると、登山ができる日数は限られている。標高が樹木限界線を越える山は、好天気をうまく利用して登らなくてはならない。一般的には、冬の一日でワシントン山を登りきることができれば上出来だと考えられる。だがわたしたちは、ワシントン山に登頂したあと、そのままモンロー山、アイゼンハワー山、ピアース山を登ることにした。樹木限界線を越えるラファイエットとリンカンを登れば上等とされるなか、わたしたちはさらに、同じフランコニア山脈に峰を連ねるフルーム山とリバティ山まで足を延ばす。並んだ山はできるだけ縦走し、一日に制覇する山の数を増やした。一度下山したあと、改めて別の山をふもとから登る日もあった。

手始めに、夏のあいだに長めの登山をして、持久力をつけることにした。一度に歩く距離は三十キロから四十キロ。八月には、上級者向けとされる〝ペミ・ループ〟にも挑戦した。これは、ペミジェワセット自然保護区域の主要な十峰を縦走する五十五キロのコースだ。深夜一時に出発し、二峰目のリバティ山では、朝日が昇るのを眺めた。滑り出しは好調だった――ところが、十七キロ地点に差しかかったあたりで、ふいにめまいを覚え、体がほてってきた。携帯で友人に連絡をして登山を切りあげると、六キロ歩いて下山し、待っていてくれた友人の車でモーテルに戻った。そのまま、二十四時間ぶっ通しで眠った。そのときは、インフルエンザの初期症状だろうと思っていた。

それから四カ月、原因不明の体調不良は、表れては消えた。日を追うごとに症状は悪化し、表れる頻度も増えていった。激しい頭痛がし、視界がぼやけ、節々が痛み、両手は関節炎でも起こしているようにこわばった。少しずつ疲労が蓄積していき、朝七時にベッドを出ても、三時間後にまた横になるようなこともあった。山に出かけられる日は数えるほどしかない。二度ほど登山中に体調不良を起こし、気力だけで持ちなおしたこともあった。その後数日は、無理がたたってひどい倦怠感に襲われた。ヴィッキー・ピアソンを追悼するという計画は、失敗に終わってしまうのだろうか。

十二月が近づいても、病状は快方に向かうどころか、あきらかに悪化していた。アティカスと共に養った持久力も衰えてきた。山でマダニに嚙まれてライム病に感染したのではないかと疑い、血液検査を受けたが、結果は陰性だった。だが、ライム病の厄介なのは、たとえ罹患していても、必ずしも血液検査でわかるわけではないところだ。計画開始の予定日が刻々と迫るなか、わたしは、ライム病の治療をする専門医をみつけた。血液検査だけでなく、症状から診断してくれるらしい。彼に望みを託すしかない。医者は、薬を二種類、ビタミン剤とサプリメントを数種類、処方した。薬を飲みはじめた頃には、冬至はわずか二週間後に迫っていた。幸運を祈り、きっと治ると信じるしかなかった。

わたしは予定を組みなおし、冬季の大部分を山で過ごすための段取りをつけた。数日は町へ戻って〈アンダートード〉紙を作る。だが、読者たちには前もって、はじめのひと月は新聞を休刊することを伝えておいた。地元の実業家たちは、山小屋を借りる費用の足しにと寄付をしてくれた。マットラックス社は、アティカスのために犬用ブーツを六足贈ってくれた。また、ニューベリーポートで〈ナチュラル・ドッグ〉を経営するプライス夫妻は、アティカスの食糧とおやつを三カ月分寄付してくれた。

ブログも始めた。冒険を記録し、ジミー・ファンドとデイナ＝ファーバーがん研究所への寄付金を募り、どこまで達成できたか読者に知らせるためだ。募金の方法は、ごくシンプルだ――支援者は、四十八の四千フッターのうちひとつを、自分の知っているがん患者に捧げる。闘病中の人や、完治した人や、あるいはがんで亡くなった人たちのために。そして、ジミー・ファンドに小切手を送る。

冬至の日、わたしとアティカスは、計画に取り掛かるために北へと向かった。文句なしの体勢とは言いがたかった。ライム病の症状が表れませんように、薬がちゃんと効いてくれますように、と祈るような思いだった。もうひとつ、資金が尽きる前に冬を乗りきれることを祈っていた。

キャス・グッドウィンは、ウェブサイトでこの計画を知り、みんなで冬至にキャノン山を登るから、あなたも一緒にどうかと声をかけてくれた。わたしは誘いに応じることにした。こうして、十二月二十一日の午後七時二十二分、暦の上での冬がはじまった瞬間に、わたしたちは登山を開始した。暗く、凍えるように寒かった。だが、集まったのは冬山が大好きな人たちばかりだ。どの人も、浮き立つ気持ちを抑えきれないようだった。できることなら、わたしもアティカスも絶好調で、はじめに続く三キロほどの急な傾斜も難なく乗りこえた、と書きたいところだ。だが、それは半分しか真実ではない。アティカスは絶好調だったが、わたしはひどい有様だった。ひとり後れを取り、何度か地面にひざをついては息が整うのを待たなくてはならなかった。それでも、わたしたちはどうにか頂上にたどり着き、身を切るような寒風の中で達成感を味わうと、下山をはじめた。

夜にキャノン山を登ると、スキーのゲレンデを歩く楽しみがついてくる。スキー客のいる日中はゲレンデの立ち入りは禁止されているが、夜のあいだは、わたしたちと、雪をならす圧雪機しかいない。広々としたゲレンデを下りていくと、眼下には灯りのまたたくふもとの町がみえ、頭上には星のまたたく夜空がみえる。ふと、敬愛するソローの言葉が頭に浮かぶ。「天国は、足の下にも頭の上にもある」これから冬が終わるまで、息を吞むほど美しい景色を幾度も目にするだろう。神のいる天空と人々のいる地上にはさまれて立つことができるとは、旅をはじめるには実にふさわしい夜だった。これから三カ月、わたしたちは、まさにそのふたつの世界のあいだを歩くのだ。

翌朝は別のグループと合流し、キャリガン山の十五キロほどのハイキングへと出発した。この日も、前日と同じことの繰り返しだった。ひとりだけ取り残されてしまう。ライム病のせいなのか、調整不足なのか、原因は両方にあるのか、わからなかった。だがアティカスは、いつもと変わらずそばにいて、わたしの無事を確かめてくれた。頂上でほかの人たちに追いついてからは気分がましになり、帰りは楽に下山することができた。

三日目は雨だった。登山中、雨に見舞われるのがこれほどうれしかったことはない。その日は、雨を言い訳に毛布にくるまり、ほとんど寝て過ごした。クリスマスイブの朝は、キャス・グッドウィンとスティーヴ・マーティンと待ち合わせて、あまり高くないテカムサ山を登った。体調もよくなったような気がした。下山すると、メリークリスマスと言い交わしながらキャスたちと別れ、山小屋へ戻った。昼食をとって着替え、車に乗って、北のワウムベック山を目指した。

ここからは、アティカスとふたりきりの登山がはじまる。ワウムベックは、ふたりきりの旅で最初に登る山だった。ところが、トレイルの入り口に着いた頃には、とても疲れていて、車から降りる気になれなかった。アティカスも、できればこのまま、フリースの毛布の上で丸くなっていたい、と思っているようだった。ふたりきりの登山の難しいところだ——その冬も、外に出たくないという気持ちに負けそうになるときが何度もあった。ほかの人たちと一緒に登ればよかったのだろうが、そう頻繁に団体でハイキングをする気にはなれない。テカムサ山も、ワウムベック山も、難易度は低い。出発点と頂上の標高差もさほどなく、テカムサ山の往復コースはたった八キロ、ワウムベック山のほうも十キロほどしかない。だが、一日でふたつ登るとなると、その日のわたしにはとても無理だった——精神的にも肉体的にも。この冬の目的を考えてしばらく逡巡したあと、わたしはようやく車を降りた。

曇った午後で、空は重苦しい灰色だった。自分を奮い立たせながら歩いていく。バックパックも足も重い。この後何度となく味わうことになる訳もない悲しみが襲ってきた。知っている人たちはいま、家族や友人と共に休暇を楽しく過ごしている。だが、わたしたちはといえば、クリスマスイブの午後だというのに、氷に覆われた殺風景な山の中を孤独に歩いている。わたしは、重い足を引きずり、汗をかき、罵ったり祈ったりしながら、山麓の道を歩きつづけた。このときになって、やっと自分の計画の無謀さを思い知った。

気は確かか？　山を登りきれるわけがない。アティカスだって無理だ。

そんな考えが忍び寄ってきた瞬間、弾む足で先に立って歩く小さな犬の姿が目に飛びこんだ。この景色にまるでそぐわない垂れた耳や、細い足や、左右に揺れる小さな尻をみると、思わず大声で笑ってしまった。アティカスは足を止めてこちらを振りかえり、いかめしい顔でわたしを戒めた——笑ってないでちゃんとやれよ。彼なりの方法で、わたしを引っぱりあげてくれたのだ。

ワウムベックは不当に評価されている。景色がよくないという理由で、登山家たちからの人気は芳しくない。だが、わたしの感じ方はちがっていた。ふもと近くは急勾配だが、しばらくいくと木々が増えて、緑が豊かになる。枝葉の絡みあった木立は神秘的だ。山頂一・五キロ手前で、トレイルはスターキング山（約千二百メートル）の峰と交差する。

ここからワウムベックの山頂へと続く道は、忘れがたいほどの美しさだ。木の幹からは、その名に違《たが》わず豊かな白ヒゲのようなサルオガセ《オールド・マンズ・ベアード》が垂れさがり、木立には太古の雰囲気がただよう。アメリカの作家たちがくりかえし描いてきた南部の森と遜色ない。霜が下りたいま、木々は幽霊のようにみえた。ふたつの峰にはさまれた鞍部《あんぶ》では、吹きすさぶ風が悲鳴まじりの泣き声のような音を立てている。あたり一面に、枯れた倒木の残骸が散らばっている。にもかかわらず、その下に目をこらすと、これから育たんとする若木の緑がのぞいているのだ。ワウムベックに抗いがたい魅力を感じるのは、こんな瞬間だった。一・五キロほどのあいだに、生の始まりと終わりがある。そこが、たまらなく魅力的だった。

クリスマスイブの日、ふたつの峰にはさまれた鞍部は見通しが悪く、霧が薄くたなびいていた。風は、弱まったかと思うとうなりを上げて吹き、木々がみしみし音を立てる。わたしは上着のジッパーを首元まで上げて、寒さと寂しさを締め出した。ところが、山頂にたどり着いたときだ。ふいに風が止んだかと思うと、西の地平線の雲が晴れて、折しも沈もうとしていた金色の夕陽が、濃い色の常緑樹を照らした。山の雰囲気は一変した。疲労に負けずに歩きとおしたわたしたちを、山々が歓迎し、座って休んでいくといい、と言ってくれているような気がした。わたしはよろこんでそうした。倒木に腰かけると、アティカスが膝の上に座る。わたしたちは一緒にチキン・ソーセージとチーズを食べた。友人たちが家で食べているクリスマスのごちそうとは比べ物にもならないが、わたしたちはそれで満足だった。なによりも、からっぽの腹が満たされた。アティカスの無邪気な顔と、クリスマスらしからぬあたりの光景を眺める。

冒険はまだ序幕に過ぎなかったが、わたしたちふたりの人生は大きく変わっていこうとしていた。その予感はすでに兆していた。ライム病の症状は、その日二峰の登山を無事に終えられるくらいには落ちついていた。小康状態は翌日まで続き、南北キンズマンを登った。だが、その後は二日間寝込むはめになった。

ところが、それからほどなくして、ライム病などたいしたことはない、と思えるような事件が起こる。

8. 小さな巨人

わたしたちは慎ましく暮らしている。それは仮の住まいをみても明らかだ。借りているのは、リンカン町のごく小さなワンルームの山小屋で、フランコニア峡谷の南端にある。中には暖炉、ベッド、椅子、テーブル、洋服だんす、テレビ（点いていることはめったにない）、電子レンジ、小型の冷蔵庫、そしてノートパソコンが置かれている。登山用具や、食糧や、ゲータレードのペットボトルや、ビタミンやサプリの容器が無造作に散らばっている。それから、本だ。旅の仲間として、次のような友人を選んだ――ラルフ・ウォルドー・エマソン、ヘンリー・デイヴィッド・ソロー、ジョン・ミューア、トマス・マートン、アルフレッド・ロード・テニスン、ジョーゼフ・キャンベル。友人というのは得てしてそうであるように、彼らはじつにすばらしい旅の仲間になってくれた。だが、だれかと四六時中顔をつきあわせていると得てしてそうなるように、諍《いさか》いは避けられなかった。ある日など、ソローに罵声を浴びせたものだ。もちろん、ソローにはきこえていなかったと思う。そのときわたしはペミジェワセット自然保護区域の真ん中で、雪だまりの中にうつぶせに倒れていたからだ。一番近い道路から十七キロほど離れていた。

悪態をついたのは、ソローが書いたこんな文句のせいだ。「咆哮《ほうこう》する森林は咆哮してはいない――それは咆哮しながらいく者の想像なのだ」

ソローの名誉のために言っておくと、その言葉は、冬至から八日目までは正しかった。はじめの八日間は、恐れるべきことはなにもなかった。冬は優しかった。十二月だというのに、あまり冬らしくない。雪が少なく、雨が多く、氷がところどころに張り、骨まで凍りそうな一日をのぞけば、寒さは穏やかだった。

ライム病はちょっと気まぐれで、クリスマスのあと、二日間はベッドから出られなかった。そのあとは、冬が始まって以来はじめてと言っていいくらい元気になり、ウィリー山脈（トム山、フィールド山、ウィリー山）を登って、十五センチほど積もった雪の中を歩くことができた。翌日はガーフィールド山に登り、水晶のように澄んだ空の下に立った。気温はマイナス二十三度、顔に吹きつける風は刺すように冷たかった。二日間で三十五キロあまりを歩いたことになる。それまでの最高記録だ。体力が回復してきたのを実感していた。いい兆候だ。三日連続の登山には、持てる力すべてが必要だ。

冬の登山は、遠回りを強いられることがある。国の林野部が、多くの道路を閉鎖するからだ。このため、ジーランド山からボンド山脈の三つの峰［ボンド山、西ボンド山、ボンドクリフの三つ］を越えていくには、いつもなら三十キロのところを四十キロ近くも歩かなくてはならない。距離が長い上に、中ほどには風雪にさらされる六キロほどの場所があり、そのほとんどが樹木限界線より上だ。道路が閉鎖されているせいで、近道を使って下山することもできない。これらを踏まえると、この冬一番の無謀な登山になりそうだった。ボンドクリフの頂まで到達したあとは、引きかえすか前進するか、ふたつにひとつだ。こうした様々な理由から、わたしたちは、できれば絶好の登山日和を待ちたかった。最悪でも、天気が穏やかで風もあまり強くならないような日。見事な風景を望める日を。

ガーフィールド山の翌日は、まさにそんな日だった。理想的とはいえないが、まずまずの天候だ。総距離は約四十キロ。ルート三〇三からペミジェワセット自然保護区域を北へ向かい、南のカンカマガス・ハイウェイに停めた二台目の車へ戻る。この車の持ち主は、この日の登山を共にする、ニューベリーポートの友人トム・ジョーンズだ。

トムは長距離登山の相棒にはふさわしくないようにも思える。山登りの経験に乏しいからだ。登山をしたのはたった数回。いずれも、わたしとアティカスと一緒に登った。一度目の冬に三度、二度目の夏に二度だ。だがトムは、登山の経験より重要な資質を備えていた。この上なく誠実で謙虚で、体は健康そのもので頑健だ。なにより、登山で優先すべきはアティカスの安全と快適だ、と心得ている。だが、朝五時にふもとの森へと入っていくときには知る由もなかったが、この旅では、アティカスの安全と快適を守ることが困難を極めることになった。

天気予報では、気温は約マイナス一度、にわか雪になる確率は三十から五十パーセントだということだった。山頂付近の予報によると、風速五十キロから八十キロ、日没後はさらに強くなるようだ。だが、この予報は、ワシントン山の頂にある観測所が出している。ボンド山はそこより五百メートルほど低いので、実際の風ははるかに穏やかなはずだ。風が強くなる夕暮れには、下山できているだろう。

はじめの十キロほどは傾斜が緩やかで、暗く、比較的静かだった。ジークリフ山へ向かう途中、最初にして最難関の急勾配がある。そのあたりへ差しかかった頃、灰色によどんだ空から、小さな雪片がふわふわと散ってきたが、わたしたちはほとんど気にしなかった。

進むほどに、雪片の数も増えていく。だが、これまでを考えれば、たいしたことはない。順調と言ってもいい。ジークリフ崖の上に到達する頃には、雪は絶え間なく降り、少し積もりはじめていた。アティカスは本能的にうしろに下がり、わたしが雪を踏んだあとを歩きはじめた。ジーランド山の頂上に着くと気温は一気に下がり、食事のために足を止めているうちに、寒さで体が震えてきた。そこで、アティカスにブーツを履かせボディスーツを着せた。

これで、制した山はひとつ。残るはあと三つだ。

ジーランド山から、西ボンド山の手前にあるグヨット山へと続く道は、山頂まで木々に守られている。問題は足の置き場だった。積もったばかりの雪は崩れやすい。下がり続ける気温にも悩まされた。一度、グヨットの山頂の手前で足を止め、北西からの風に備えて、身につける装備を増やした。グヨットにはふたつの丘があるが、そこへいけば、風がまともに顔へ吹きつけてくるはずだった。そして、風の吹き荒れる頂上へいざ着いてみると、その厳しさは想像を超えていた。

巨大な野獣が目を覚ましたかのように、風はうなりを上げ、わたしたちに雪を吹きつけてきた。叫ばなくては会話もできない。話すときはそばにいき、耳元でどなるしかない。様子をたしかめようとアティカスのほうをみたが、この小さな犬は――いつ戻りたがってもおかしくないのに――、わたしの横を歩いて、吹雪の中を前へと進み続けた。進むべきか引きかえすべきか迷っていた人間たちのかわりに、アティカスは結論を下してくれたのだ。じきにアティカスは、首まで積もった雪の中を泳ぐように進むはめになったが、それでも諦めなかった。アティカスを待たせてトムと先へいき、雪を踏み固めて道を作ろうとした。だが、一歩進むたびに、風と雪が道を埋めてしまう。雪は腰の高さにまで吹きあげられ、強い風が起こるたびに、生き物のように暴れる。足を動かすのもひと苦労で、絶え間ない風に体をなぶられる。一歩も進めないことも度々だった。

考えている余裕はない――前進あるのみだ。遠くに目をこらすと、グヨット山と西ボンド山のあいだの木立がみえた。とりあえずそこにいって、ひと息つくことにした。

南へ進路を取ったとたん、暴風が横ざまに吹きつけるようになった。顔を反対側に向けていないと、横殴りのあられや雪に目をやられてしまう。ともすると道から押し出されそうになるので、ストックを使って体を支えた。

アティカスは苦心していたが、前進を続けた。顔にはびっしり氷が付いている。わたしは途中で地面にひざをつくとアティカスを抱きあげ、目のまわりの氷を払ってやった。

風がごう音を立てて吹きすさび、雪や氷に全身をおおわれているような状況だ。ふつうの犬なら、そのまま腕の中に収まり、吹雪から守ってもらおうとするだろう。ところが、一瞬目を離したすきに、アティカスはわたしの腕の中から飛びだし、敢然と歩きつづけた。

ようやく木立にたどり着くと、戦場の塹壕《ざんごう》に逃れてきたような気分になった。木々の上からは戦いの音がする。だが、長居はできない。動かないと、アティカスの体が冷えてしまうのだ。震えながら木陰で身を寄せあっていると、アティカスのブーツが三足なくなっていることに気づいた。深い雪に取られてしまったらしい。探してもみつかるわけがない。予備のブーツを履かせ、ひき肉を少し食べさせた。わたしとトムは、凍ってしまった手袋を脱ぎ、予備を出してはめた。帽子も同様にした。それから、スムージーを急いで飲んだ（キャス・グッドウィンから学んだ知恵だ。冬山の栄養補給には一番いい方法だった。歩きながら摂取できるので、アティカスを凍えさせずにすむ）。

次は西ボンド山の頂へいく。運よく、この道のりが束の間の休息になってくれた。山頂へと続く一キロほどのわき道は木々に囲まれていたため、風を避けることができたのだ。背中を休めるためにバックパックを枝にかけて歩きはじめる。傾斜もゆるやかで、山頂はほとんど風がなかった。寒かったが、そこまでの道行きの厳しさとは比べ物にならない。ところが、バックパックをかけておいたところへ引きかえしてみると、ストラップがガチガチに凍っていた。しばらく曲げたりもどしたりしてほぐし、ようやく腕を通すことができた。

ボンド山のてっぺんまでは、遅々として進まなかった。雪は深さを増していくいっぽうだ。アティカスを一番うしろへいかせ、トムとふたりで道を作っていく。今度は、作ったはしから雪に道を埋められることもない。うしろにそびえる西ボンド山が風をふせいでくれているのだろう。特筆すべきこともないような平らな道行きで、予定よりかなり早く山頂に到着した。そこで少し足を止め、トムと交代で写真を撮りあった。

これで、制した山は三つ。残るはあとひとつだ。

天気は思ったより穏やかになっていた。ようやく吹雪が静まったのかもしれない、と希望が湧いてくる。ボンドクリフには、一・五キロほど続く険しい尾根があるが、この様子なら無事に乗り切れるかもしれない。その尾根が終われば、あとは森になる。短くはないが安全なトレイルを下り、車まで帰りつけるだろう。

ところが、吹雪は恨みでもあるかのように、わたしたちを追いかけてきた。これまでの二・五キロはのんびり歩いてきたが、森から出て長く緩やかな尾根に差しかかったとたん、天気がすさまじく荒れはじめた。アティカスを自分のうしろへいかせてふたたび前を向くと、風にあおられてひっくり返りそうになった。トムもわたしも、話すときはどなり声になったが、どのみち相手の言葉はまったくききとれなかった。絶え間ない風の咆哮だけがきこえた。

雪はいっそう深くなった。腰まで高くなることもあれば、ひざあたりの高さになることもある。足もとは滑りやすく、登山靴のスパイクも歯が立たないほどだった。ボンド山の山頂から鞍部へと下る途中、わたしもトムも何度か足を滑らせて転んだ。先頭に立って、とくに急な坂の斜面を下りていたときのことだ。片足を岩のあいだに挟まれ、前に倒れこんだ。ボキッという、大きな音がする。うつぶせの姿勢のまま、なす術もなく斜面を滑った。太腿に堪えがたいほどの激痛が走る。

最悪の事態が頭をよぎり、体を動かすことができない。一番近くの道路までは、まだ十七キロもある。

激しい吹雪の中で顔をあげると、十メートル先はもうみえない。気持ちを静めようとする。腿はズキズキ痛む。大腿骨が折れたのではないかと、不安が押し寄せてくる。

時間が止まったかのようだった。眉とまつげに氷が付きはじめ、頬は焼けるように熱い。このままじっとしているわけにはいかないが、動く勇気が出ないのだ。大自然は獣のようになり、咆哮をあげている。

死ぬかもしれないというときに、妙なことを考えていたものだと思う。このときわたしは、本で読んで恐れていたとおりの危機に陥っていたのだから――人里離れた山奥で急に天気が荒れ、ようやく救難隊に発見された頃には、すでに手遅れになっている。だが、その危機的状況のなか、わたしの頭に浮かんだのは、ヘンリー・デイヴィッド・ソローの言葉だった。「咆哮する森林は咆哮してはいない――それは咆哮しながらいく者の想像なのだ」

わたしは胸の中で毒づいた――ヘンリー、ふざけんなよ。おまえになにがわかる。

それから、アティカスとトムのことが頭に浮かんだ。早く手を打たなくては。寝返りを打とうとしたとき初めて、ストックが折れていることに気づいた。ボキッというあの音は、腿ではなくストックが折れた音だったらしい。いい報せであると同時に、悪い報せでもある――ストックが二本なくては、吹雪の中でまっすぐに歩くことはむずかしい。脚のケガがどれくらい深刻なのかもわからないからなおさらだ。

アティカスの姿を探す。アティカスは、自分の背丈より深い雪の吹き溜まりの中を、懸命に歩いているところだった。顔は雪と氷に覆われ、間近にくるまで表情がみえなかった。アティカスは、無事を確かめようと、鼻でわたしの頬をつついた。体を起こして座ると、ひざの上に乗り、これでどんなケガだって治るんだとでもいいたげな表情で、顔をなめてくれた。震えている小さな犬をぎゅっと抱きしめる。

そのときはじめて、自分の上着と下に着ている数枚のフリースまで凍っていることに気づいた。動かなくては。

トムが両ひざをつき、必死で雪を掘りかえしている。折れたストックの残り半分を探そうとしているのだ。わたしは大声で呼びかけた。「トム、もういい！　みつかるはずない！」トムの青ざめた顔をみて、気の毒になった。ぜひにと言って今回の登山に付いてきたのは、彼のほうだ。だが、ふたりとも、旅がここまで厳しくなるとは想像もしていなかった。

アティカスとトムをみていると、わたしの中のなにかが変化した。なにか新たな力が湧いてきたのだ。恐怖心をぐっとこらえ、片方残ったストックをついて立ちあがり、足の具合をたしかめる。痛みで顔がゆがんだが、立つことはできた。あとになってトムは、このとき、わたしの顔つきが一変した、と語ってくれた。みたこともない表情になり、勝利を誓った戦士さながらだった、と言った。

ふたたびボンドクリフを目指しはじめると、吹雪はいよいよ凶暴に荒れた。獲物のにおいをかぎつけでもしたかのようだった。わたしたちは、大波にもまれる三艘の小舟のようだった。だが、嵐から抜け出すには、歩きつづけるしかない。山頂までは、のろのろと苦しい道のりが続いた。わたしが先頭をいき、トムとアティカスがうしろに続く。一刻も早く吹雪から逃げだそうと大またで歩いていたが、しばらくして、これではアティカスに負担がかかると気づいた。そこで歩幅を小さくし、雪を踏みかためて道を作った。

トレイルは雪に埋もれていたので、ケルンを目印に進んだ。次のケルンが見当たらないようなときには、過去二回の記憶を必死でたどり、トレイルがどちらへ続いているか見当をつけるしかなかった。体を横にして吹き荒れる風の獣に背を向け、一番小さな仲間を励ましながら、わたしたちは歩きつづけた。

このときのアティカスの勇姿を、わたしは一生忘れないだろう。雪の吹き溜まりをかきわけながら力強く歩き、時々は、道を作ろうとするわたしたちを押しのけて先をいった。決して大きな犬ではない。だがこの日、アティカスの心は、地球上のどんな生き物より大きかった。

　重い足を引きずって歩いていると、一瞬霧が晴れて急勾配がのぞき、ゴールがまだまだ遠いことを思い知らされた。振りかえり、がんばれ、とアティカスに声をかける。だが、その声は強風にかき消された。強風や雪がいくら声を奪おうと、わたしの歩みを止めることまではできない。そして、この小さな犬の姿には、ほんとうに勇気づけられた。たゆまず歩き、時には泳ぐように雪をかきわけ、時には首の高さまである吹き溜まりに体当たりする姿には、感服させられる。その一瞬だけは、暴風の音は消え、雪さえ宙で止まる。わたしは動けなくなる――尊敬と畏敬、そしてなにより愛情で胸がいっぱいになり、ただアティカスをみつめ続ける。

　わたしたちは、いま一度体勢を立てなおし、重い体でボンドクリフの山頂を目指した。この二時間というもの、ケルンをみつけるのが難しくなり、風はその日一番の荒れ様をみせていた。なにがなんでも、いますぐわたしたちを〝やっつけ〟、息の根を止めようと決意したかのようだった。たった一歩が千歩にも思える。だが、とうとうわたしは、山頂に高々とそびえるケルンに手を置いた。吹きつける暴風雪に向きなおると、そのままうしろへ倒れこみそうになる。わたしは雄たけびをあげた。風の吠え声に負けじと、腹の底から大声を出した。幾度も幾度も叫ぶ。やがて、トムとアティカスも頂上に達し、わたしと並んで立った。

　あと二百メートルほど尾根をいけば、あとは木立に守られた下り坂になっている。木立に入ったとたん、ふいに風が止んだ……だれかがスイッチを切ったかのようだった。山全体が、不気味な穏やかさに包まれる。さっきまでの吹雪は、わたしたちを試すためのものだったのだろうか。じきに夜になった。雲間からのぞいた月と星が森を明るく照らし、ヘッドライトは必要なくなった。ボンドクリフ・トレイルは、六キロほどの退屈なトレイルだ。細かい粉雪の下に隠れた岩を踏みはずすたびに、足首をひねりそうになる。闇の中、その六キロの道のりも、そのあとの十キロの道のりも、わたしたちは一列になって歩いた——男がふたりに、小さな犬が一匹。黙って夜の中を歩く。頭も体も、麻痺したようだった。言葉は必要なかった。どんな言葉も、わたしたちがその日体験したこと——ほんとうに長かったこの旅のこと——は言い表せない。

スティーヴ・スミスの店は、トムの車を停めた場所から数キロのところにある。わたしはスティーヴに、あらかじめ伝えておいた。自分たちの登山は十一時間から十二時間ほどで終わること。万が一、夜の九時になってもわたしから連絡がなかったら、なにかあったのかもしれないと考えてもらいたいこと。ふたを開けてみると、わたしたちは、登山開始から十六時間がたとうとする頃に、ようやくトムの車にたどり着いた。服はガチガチに凍っていた。時刻は、夜の九時になろうとしていた。

トム・ジョーンズは、期待どおりの相棒だった。少し特殊なこちらの期待に、これ以上はないほど見事に応えてくれたのだ。難所に差しかかるたびにアティカスを励まし、必要なときは小さな体を押しあげ、足を止めて休憩するときは、交代でアティカスを抱いて温めてくれた。

この登山から二日後、トムからこんなメールをもらった。「よく言われると思うけど、アティカスにはほんとうに感心したよ。体力の限界だったはずなのに、疲れた様子ひとつみせずに歩きつづけた。プロのボクサーも顔負けだね。あのタフさには惚れぼれする」

ペミジェワセット自然保護区の登山記録を登山サイトにアップすると、大冒険の噂は、またたくまに登山愛好家の間に広まった。それからの二日間、知り合いの登山家たちが次々とボンド山脈に挑んだが踏破できず、なぜあの三人は成功したのだろう、と首をかしげることになった。

わたしとアティカスが骨休めをしている数日のあいだに、ボンド山を制覇した小さな犬の伝説は広まりつづけた。登山家たちから次々にメールが届き、寄付金も順調に増えていった。ある女性がくれたメールには、こんな一文があった。「いつかぜひ、あなたと小さな巨人にお会いしたいです」

小さな巨人。すてきな言葉だ。

当の小さな巨人はというと、いつもと同じように過ごしていた。だが、わたしには確信があった。わたしたちは変わった。ふたりとも、新しい生き方をはじめようとしていた。冒険をするというのは、そういうことだ。わたしたちは成長しつつあった――ふたりで、共に。

9. 道を照らす星

あの日、風と雪の吹き荒れるボンド山で、なにかが死んだ——わたしたちのなかにあった、なにかが。困難な状況を乗りこえるということは、一種の通過儀礼だ。敷居を超えて大きな試練に挑み、そして、一度超えてしまえば後戻りはできない。わたしは、自分の変化を実感していた——以前よりたくましく穏やかになり、自信が深まった。寒風吹きすさぶ山にいても、自分を場違いに感じることもない。いるべき場所にいる、という確信がある。

だが、良いものであれ悪いものであれ、変化はいつも、受け入れるのがむずかしい。この先待ちうける冒険に胸を躍らせるいっぽうで、わたしは一抹の寂しさを覚えていた。それまで、ニューベリーポートは、自分の人生の基盤、いや、人生そのものだった。長い放浪生活のあとで、はじめて〝故郷〟と呼べるようになった町だった。わたしのアイデンティティは〈アンダートード〉紙と分かちがたく結びつき、〈アンダートード〉紙はこの町と分かちがたく結びついている。わたしが〈アンダートード〉紙を発刊しているだけでなく、わたしが〈アンダートード〉紙なのだ。だがいま、その前提が徐々に崩れつつあった。ニューベリーポートとわたしは、別れを予感しはじめた恋人同士のようだった。

ちっぽけな町の政治には、以前ほど夢中になれなかった。市役所での会議も、市長との面会も、欲深な実業家たちの悪事を暴くことも、かつてのようなよろこびをもたらしてはくれない。つまらない言い合い、意地の張り合い、ティーポットのように小さな町を揺るがす嵐は、日々の糧を得るために必要なものではあっても、実際に体験した嵐と比べれば小さくみえてしまう。優先順位が変わったのだ。ウォルト・ホイットマンの言葉は、実に的を射ている。「仕事、政治、宴、恋愛、それらから得られるものが尽き――結局どれも不満足で、すべてが無益に思えてしまうなら――、あとに残るものはなんだろう？最後に残るのは自然だ」

最後に残るのは自然なのだ。

町を出ようという決断は、考えて下したというより、もっと直感的なものだった。とはいえ、飛びだす準備が整っていたとは断言できない。怖れは感じていたと思う。なじみ深い安全な場所にしがみつき、メリマク川沿いの小さな町に心地よくおさまっていたい、知り合いに囲まれていたい、という気持ちはたしかにあった。

ボンド山脈で死んだものがもうひとつあった。ライム病だ。根治したとはいえないが、しつこい症状や倦怠感に悩まされなくなっていたのだ。なんにしても好都合だ――ゴールはまだまだ先なのだから。わたしたちは冬至から十五日目には十九の山を制覇していた。自信もついてきたことだし、天候に恵まれているうちに手ごわい山に挑むことにする。車で東へ向かい、ピンカム峡谷へ。そこからカーター山脈の三つの山を縦走し、カーター峡谷におりて、ワイルドキャット山脈に連なるふたつの四千フッターを攻める、という計画だ。先のボンド山脈縦走ほどの距離はないが、標高が高いため難易度は上がる。その登山で、新たな試練が待っていた。これはわたしの試練であり、アティカスには関係ない。

ワイルドキャット・リッジ・トレイルを登り、その日四つ目の山頂に着く頃には夜になっていた。それまで夜の登山はたいていだれかと一緒だった。数の多さは時に強みになる。わたしはそれまで暗闇を恐れたことはなかった。しかし、人里離れた森の中で孤独に経験する暗闇は、「黒」の定義を一変させる。それは、子どもの頃、闇に潜む怪物におびえていた記憶をよみがえらせた。かといってヘッドライトに頼れば、その光に照らし出される木々は、不気味に揺れる巨大な生き物と化す。なにかほかのことを考えて気をそらそうとしてもうまくいかない。どこをみても、不気味な手があり、わたしの帽子やバックパックをつかもうとしてくる。

足を速めてみたが、焦れば焦るほど、闇の動きは激しくなる——骨ばった手の影がしゅっと視界をよぎり、激しく揺れ、まとわりつき、追いつめてくる。

青ざめて息を切らしながら、わたしは暗闇を締め出そうと目をつぶり、声に出して言った。「頼む。助けてくれ……なんとか、切りぬけさせてくれ」だれに頼んでいるのかもわからない。

ふと、まぶたの裏にヴィッキーの姿が浮かんだ。病院のベッドで横になっているが、元気そうにみえる。片手でそっと、わきに寝そべったアティカスをなでている。

ヴィッキーと病院で過ごした日々の記憶がよみがえってくる。

彼女が耐えてきたことを思う。彼女の人生が、まさに始まらんとしていた瞬間に終わってしまったこと。それでも彼女が一度も嘆かなかったことを。人の死は、誕生と同じように、人生の一部だ。ヴィッキーは、自分の死を穏やかに受け入れた。受け入れられなかったのは、あとに残ったわたしたちのほうだった。

亡き友を偲ぶうちに、ふと、子どもじみた恐怖に囚われている自分が恥ずかしくなる。ヴィッキーのことを思いながら、わたしは歩きつづけた。恐怖が消えたわけではない。だが、恐れを制することはできた。

そのとき、この山にいるのは自分とアティカスだけではない、と気づいた。ここには、ヴィッキーがいる。ここで支えてくれている。

募金活動でわたしたちが担う役割は、ジミー・ファンドに寄付してくれる人たちを手伝うことだ。支援者はまず、愛する者たちに捧げる山を選ぶ。がんで亡くなった人、闘病中の人、がんに打ち克《か》った人。わたしはアティカスと共に山頂へいき、その山を捧げる人の名前を声に出して言い、しばしたたずみ、祈りを捧げる。それから、また先に進む。

墨を流したように黒い闇の中、くじけかけていたわたしは、ヴィッキーのことを思い、冬のあいだに踏破してきたすべての山のことを思った。ヴィッキーと山が、わたしを救ってくれたのだ。ほどなくして、その日最後の山の頂上にたどり着いた。この冬二十四番目の山だ。

二十四の峰、それらを捧げる二十四の名前。

数の多さは時に強みになる。山を登りはじめたときと同じことを考えた。声に出して言う。「数は強みだ」

いつものように、アティカスを抱きあげた。この山を捧げる人の名前を口にする。短い祈りを唱える。しばらく静かに立ち、やがて、すべてを一から繰り返した。これまで登ってきた二十四の山をひとつずつ思いだし、そこへ捧げられた名前も、ひとつずつ思いだす。声に出して言う。がんと闘ったとき、患者たちが振り絞っただろう勇気を思う。愛情が湧いてくる。生に対して患者たちが覚えただろう愛情を思い、つらい時期に彼らを支えた人たちの愛情を思う。

それから数分後、わたしとアティカスは、ワイルドキャット山のゲレンデのてっぺんに立っていた。スキー客たちは何時間も前に帰り、山にいるのはわたしたちだけだ。ゲレンデを下りるあいだも、わたしは二十四の名前を声に出してくり返した。マントラのように。

カーター山脈とワイルドキャット山脈の総移動距離は二十五キロあまり。標高差千八百メートル――

山登りとしてはかなり厳しいレベルに入る。だが、これよりはるかに厳しい試練を堪えしのぶ人々のことを考えずにはいられない。わたしたちが代わって山を捧げた人々のことを。彼らを愛した人々のことを。彼らが挑み、勝ち、あるいは敗れた闘いを。彼らがくぐり抜けてきたたくさんの苦しみを。夜は、もう、あまり暗く思えなくなってきた。夜はもう、恐ろしくない。すばらしい仲間たちと共に、わたしとアティカスは、停めてあった車に戻った。

10.「M」をお忘れなく

ペイジや友人にかぎらず、アティカスをひと目みれば、だれもが特別だと気づく。可愛らしい見た目に惹かれて近づいてくると、たちまち彼の魅力のとりこになる。子犬の頃からずっとそうだった。

「名前はなんていうんですか?」通りすがった人がたずねる。

「アティカスです。アティカス・M・フィンチ」わたしは答える。

たいていの人はピンときて顔を輝かせ、こう言う。「『アラバマ物語』の?」

アティカスの名前は好評だった。みんな、ハーパー・リーが描いたあの登場人物が大好きなのだ。本で読んだにせよ、映画であの役を演じたグレゴリー・ペックを観たにせよ。だが、なかには由来がわからない人もいる。彼らの返事はおもしろかった。笑ってしまったこともある。たとえば、「やあ、アッティカ」これでは刑務所の名前だ。あるいは、「こんにちは、アバカス」これではそろばん《アバカス》だ。本か映画のキャラクターだというところまでは思いだし、結局こんなふうに答える人もいた。「『グラディエーター』でラッセル・クロウがやってた役だろ?」

正しく聞き取ってもらえないこともあるにせよ、アティカスという名は、アティカスにぴったりだ。特別な犬には特別な名前がいる。ところが、名前に反応する人がこれだけ大勢いるというのに、真ん中の〝M〟のことは決してきかれない。肝要なのはMなのだ。Mは欠かせない。命を受けつぐために付けた一文字だ。敬意の印であり、謝辞でもある。Mは、もちろんマックスのMだ。

Mという字をみるたびに、このか弱い子犬を大切にしなくては、正しく育てなくては、と自分を戒めることができた。この子犬は、マックスが経験したようなつらい目には――お下がりの服のように、人から人へと譲られるような目には――あわせない。犬が、まるでブレスレットやハンドバッグのように扱われ、人間の都合に振りまわされている姿をみるとぞっとする。はじめから、わたしにとってなにより大切だったのは、アティカスが――なんと言えばいいだろう……アティカスらしくいられることだ。アクセサリーにするつもりは毛頭ない。

〝M〟は望んだとおり、助けになってくれた。わたしの望みはアティカスをマックスのような犬にすることではなく、マックスからちょっとした助言をもらうことだった。そもそもアティカスは、生まれたときから、自分というものを持っていた。だからわたしは、すべきことだけをしよう、と心に決めた。安全と、食べ物と、水と、家と、たっぷりの愛情だけを与え、余計な干渉はしないで、自由にさせるのだ。

マックスには、別の方法でも助けてもらった。初日にアティカスがボストンに到着すると、生後八週間の彼をプラムアイランドへ連れていった。海と陸のはざまに立ち、雪を吹きつける寒風にさらされないよう、腕の中にしっかり抱きかかえた。

ニューイングランドでは、五月に雪が降る。ルイジアナ生まれの子犬は、さぞ驚いたにちがいない。だが、のちにわかるとおり、この子犬には雪の歓迎がふさわしかった。やがてアティカスは、冬山が大好きになるのだから。

あのときのアティカスは、ほんとうに小さく、弱々しくみえた。プラムアイランドで広い海を眺めていたときは、たったの二キロしかなかったのだ。だが、心細さではわたしのほうが勝っていたかもしれない。腕の中の子犬を大切にしたかった。それは、マックスを大切にするということでもあった。だれかが人生によい変化をもたらしてくれたら、どうやって感謝すればいいのだろう。わたしの知る最善の方法は、与えてもらったものをむだにせず、有効に使うことだ。

浜辺に立っていたあの時間は、別れと出会いの時間だった。マックスの遺灰の一部を海にまき、それから、ほんの少しだけ、アティカスの体にもすりつけた――足先、額、背中、胸。マックスがこの子を見守ってくれるようにと願ったのだ。

その日のことを思いだしたのは、ジャクソン山を登ったときのことだ。アティカスは先に立ち、降り積もったばかりの雪と、マイナス二十度の凍てつく寒気の中を進みつづけていた。あの小さな犬が冬のホワイト山地を登るなんて、あの頃は想像もしなかった。それを言えば、わたしが冬山に登ることさえ想像できなかったのだが。

ジャクソン山を選んだのには、いつもながら訳がある。ことのほか寒く風の強い日で、クロウフォード峡谷で車を停めてはみたものの、アティカスが車から出るかどうかわからなかった。だが、彼は外へ出た。

この山に決めたのは、風雪にさらされることをできるだけ避けたかったからだ。ジャクソンはぴったりだ。車から山頂までは、たった四キロ。最後の数百メートルをのぞけば、トレイルのほとんどは木立に囲まれ、風をよけられる。樹木限界線より上で過ごすのも、せいぜい五分程度だ。

予定より早く進み、途中でたくさんの登山家を追いこした。土曜日で、みんながわたしと同じ目論見を持って、ジャクソン山へやってきたかのようだった。こちらが追いこす人たちはみな、体を暖めようと苦心しながら道のわきに寄って休んでいた。だが、ブーツとボディスーツを身につけた小さな犬がそばを通っていくと、面食らったような顔でそちらをみるのだった。五、六人のハイカーはアティカスを知っていて、がんばれよと言ってくれた。だが、ほとんどの登山家は、あまりの寒さに挨拶をする余裕もなくしていた。

大勢の登山家を追いこしたということは、ひと月のうちに、それだけわたしたちが成長したということだ。わたしたちを追いぬいていく人があらわれたのは、山頂が近づきひと休みしているときだった。

わたしは手袋を厚いものに替え、目出し帽をかぶってスムージーを飲み、アティカスにおやつをやった。燃料補給がすむと、アティカスを抱きあげ、鼻に保護用のクリームを塗る。

そこへ、登山慣れしたふたりの男性が近づいてきた。こちらが挨拶すると、ふたりは足を止めてアティカスをじろじろみて笑いはじめた。「パジャマを着てスリッパを履いたワンちゃんが、雪山でなにしてんだい？　悪いことは言わないから、おうちに帰っておねんねしたほうがいいよ」。いかついほうの男がフランス語訛りでそう言うと、ふたりは笑いながらいってしまった。

ほんの数分後、また彼らに会った。ふたりが立っているのは、いじけた松の木立が途切れるあたりで、その先から山頂までは荒れた岩肌だけが続く。松にしがみつくふたりに、暴風が容赦なく吹きつけている。服は風にあおられてはためき、膨らんでいた。大声で会話をしているが、なにを言っているかはきこえない。近づくと、こちらを振りむいた。驚いて目を見開いている。「風が強すぎる！　おれたちは引きかえす！」。片方が大声で言う。そのとき、彼の視線が足もとに吸いよせられた。なにかを目で追い、目の動きにつられて首も動く。小さな犬をみているのだ。アティカスはふたりのわきをすり抜け、山頂をめざして歩きつづけた。頭を下げ、足を曲げて重心を低くする。体が小さいおかげで、強風をまともに受けずにすむ。わたしも急いであとを追った。そのとたん、風に背中を殴られた。大波がぶつかってきたかのような衝撃で、体がつんのめるように前へ出る。なんとか体勢を立てなおすと、アティカスにならって重心を低くした。

アティカスは、体を低くしたまま、岩のあいだを縫うように歩いた。狙撃手の攻撃をかわそうとしているかのようだ。迷いのない足取りでゴールを目指し、とうとう、山頂にそびえる大きなケルンにたどり着いた。本能的にケルンの陰に座り、風をよける。わたしは追いつき、アティカスをひざにのせると、身を寄せ合ってすべきことをした。ジャクソン山を捧げる方の名を声に出して呼び、アティカスがケガをしていないか確認する。もうひとつ、すべての山でひそかに続けてきた習慣があった。手袋を外してポケットを探り、小さなビニール袋を出して開ける。登山の掟、〝リーヴ・ノー・トレース［山の環境を守るための運動。「来たときよりも美しく」という意味］〟を破って、あるものをここへ残していくためだ。袋の中身を空けるのには、時間にして数秒しかかからない。ところが、空いた袋をポケットに押しこんで手袋をはめる頃には、指は寒さで真っ赤になり、冷たくて痛いほどだった。

わたしはアティカスに声をかけた。「帰ろうか、相棒」。ケルンの陰から出ると、殴りつけるような風が吹いてきて、動けなくなった。あまりの暴風に、一歩も前に進めない――立っているのが精一杯だった。服が引っ張られ、ちぎれそうだ。目が痛くてうるみ、寒気にさらされた部分が焼けるように痛い。苦心するわたしを尻目に、アティカスは健闘していた。真っ向から風に立ちむかい、小さな戦車さながら力強く歩きつづける。時間をむだにせず、安全な木立へと急ぐ。

ソローは書いた。「人間の獰猛な部分が消え失せることは決してない」。この言葉の意味を、わたしはまさに実感していた。このとき、風は時速八十キロから百三十キロで吹いていた。気温は氷点下だ。内なる獰猛さが解き放たれ、この冬二度目に、わたしは激しい雄たけびをあげながら、こぶしを宙に突き上げた。風が、黙らせようとするかのように体を揺さぶる。かまわず、ふたたび雄たけびをあげた。

このときほど、生きていることを実感し、荒々しい命の脈動を感じたことはない。

暴風にさらされていたのは、ごく短時間だった。だが、木立に戻る頃には、眉毛にもまつげにも小さなつららが下がっていた。わたしたちのすぐあとに登頂した登山家は、ケルンまでいってすぐに帰ってきたが、頬に凍傷を負っていた。

わたしたちは、木陰で形勢を立てなおした。アティカスを腕の中で温めると、わたしの顔についた氷をなめとってくれた。樹上では、風がうなりを上げて吹きあれている。だが、わたしたちには届かない。もう安全だ。

下山して車に到着したとき、ちょうど、例のフランス語訛りの男たちが、車を出すのがみえた。わたしたちが戻る前に立ち去りたかったのかもしれない。パジャマとスリッパ姿の犬に合わせる顔がないだろう。パジャマの犬が山頂へ到達したのに、自分たちは引きかえしたのだから。

この冬に山を登りつづけた理由はいくつもある。ジミー・ファンドの子どもたちのため。ヴィッキーのため。山を捧げられた人たちのため。そして、アティカスと出会うきっかけを作ってくれた犬のため。

親愛なるマックスウェル・ガリソン・ギリスは、アティカスが謳歌しているような自由は知らなかった。これほど多くの美しい景色をみることもなく、強風が吹き荒れるジャクソン山の中を突き進んでいくような経験もせず、雪と氷におおわれた山頂で、寂しくも美しい静けさに身を浸すこともなかった。だが、マックスは、山を登るときには必ずそばにいた。精神的な意味だけではない。この時点で三十一の山を三十一日で登頂していたが、頂上にたどり着くたびに、マックスの遺灰を少しずつまいてきたのだ。

自分でも、なぜあの日、プラムアイランドの浜辺で遺灰をすべてまいてしまわなかったのかわからない。心のどこかで、マックスにはもっとふさわしい場所があるとわかっていたのかもしれない。考えるだけで、しみじみうれしくなる。いつ、どの四千フッターに戻ろうとも、そこにはかならずマックスがいるのだ……ホワイト山地に宿る偉大な聖霊たちと共に。

11．「信仰心は時おりのもの」

冬は続いた。日々、様々な試練が待ちうけていた。あるときは距離に苦しめられ、あるときは標高に苦しめられ——両方に苦しめられることもあった。悪天候と闘う日もあれば、登山ができないほど天気が荒れる日もあった。最悪なのは山に登れない日だ。だが、九十の登山を九十日に詰めこむいっぽう、身の安全も確保しなくてはならない。身体的にも精神的にも、負担は重かった。

夜になると、小さな山小屋の暖炉の前に座る。わたしたちは慣れ親しんだ世界を去った者で、はるか彼方のその世界では、わたしたちのしていることを信じがたい気持ちでみている人々がいる。書き物をするわたしのそばで、アティカスは眠っている。床の上で丸くなり——犬というより猫のようだ——、わたしの腰のあたりに体を押しつけている。息をするたびに体が上下し、静かな山小屋の中にいびきが響く。日中になにをしたにせよ、気楽な一日だったにせよ、きつい一日だったにせよ、アティカスはいつも、すべて忘れたような顔で眠るのだった。

山小屋で過ごしているときにアティカスの寝顔をみると、胸がいっぱいになったものだ。大の男でもしり込みしそうな雪山を小さな犬が先に立って勇ましく突き進んでいく姿は、いつみても謙虚な気持ちにさせられる。わたしでさえ、自分のとなりでぐっすり眠っている小さな犬がほんとうにあんな偉業を成し遂げたのだろうか、と信じられなくなるときがあるのだ。こんな友だちがいて幸福だ。そして、驚くべきことが起こっている現場に居合わせることができるなんて。

子ども時代はホワイト山地の言い伝えに魅了されたものだが、その頃わたしは、別の伝説が作られようとしていることに気づきはじめた。

なにかで読んだことがある。世界でも指折りの長距離走者たちは、三十キロを過ぎるまでは、心を無にして走りつづけるという。三十キロ地点に到達したら、ゴール前の十キロに備えて気持ちを作っていく。わたしも、同じ方法で冬山に挑んだ。心を無にして、なるべくゴールへ近づく。その戦略に頼って、日のあるうちは、ひたすら山を登りつづけた。だが、日が沈み、心が夜のように静かになると、ゆっくり時間をかけて、自分たちの計画を記録した。そんなとき、わたしたちの冬は決して終わらないだろう、という感慨に襲われたものだ。この冬を忘れずにいられるくらいわたしの精神がすこやかであるかぎり、この冬はいつまでもわたしのなかで生き続けるだろう。

これもまた、アティカスとふたりで登山をしたい理由のひとつだった。だれにも邪魔されず、登山だけに集中したい。決して忘れずにすむように。

グループで山を登れば、会話が弾み、楽しい旅になる。だが、風も、木々も、小川も、いや、山のすべて、感覚のすべてが目立たなくなり、単なるわき役になってしまう。わたしは山の声をききたかった。だれかと話していると、風の音や木がきしむ音、山がささやく秘密をきくことはできなくなる。そして、物足りない気分が残る。

八人グループに加わり、ほかの山々からは少し離れたアウルズヘッドに登ったときも、そんな物足りなさを感じた。夏のあいだは往復三十キロだが、冬になると短くなって、二十五キロ強になる。森林地帯をいく冬のコースでは、小川を渡らなくてもいいし、急斜面を通らなくてもよくなるからだ。その日集まったのは楽しいことが大好きな人ばかりで、はじめから終わりまで、ジョークと笑い声が絶えなかった。グループに加えてもらい、こちらとしても助かった。ふたりきりだったら頂上までいきつかなかったかもしれないが、グループのみんなが厚く積もった雪を踏みかためて、アティカスの通り道を作ってくれた（去年の冬にふたりで登ったときは、山頂までの一・五キロを登るだけで三時間かかった。助けてもらって、ほんとうにほっとした）。

だが、効率よく登頂する代償は、小さくはなかった。たくさんの仲間とのおしゃべりのせいで、自分は目的を持って山を登っているんだ、目的を達成するために登っているんだ、という実感が薄れ、騒々しいカクテルパーティーにでも参加しているような気になったのだ。登山が終わってようやく、普段のように、ヴィッキーや、アウルズヘッドを捧げられた患者の方に、そして山のことに、思いを馳せることができた。今回のような、ただノルマをこなすような登山は、どうも好きになれなかった。

翌朝は遅くまで起きられなかった。北ハンコックと南ハンコックの登山口に到着したのは、十二時半頃だった。登りはじめて最初の三キロで、下山してきた人たちとすれ違った。なかには、引きかえしたほうがいい、こんな時間から登るなんて無茶だ、と忠告をくれる人もいた。

下山する頃には真っ暗になっているかもしれないが、気にならない。山をひとり占めできるのだ。穏やかな時間が、昨日の疲労を癒やしてくれるだろう。森の静寂に身を浸すことができるなら、登山にひと晩じゅうかけたっていい。

ハンコックは、この冬二度目に登る最初の山だった。前日の疲れが残っていたし、総距離数は十五キロにもなるが、こんな日に挑むにはぴったりの山だ。それほど厳しいコースではないからだ。コースのほとんどは平坦で、悪名高い一キロほどの急勾配を越えさえすれば、北の山頂にたどり着く。天国への階段、とでもいったところだろうか。以前ハンコックを登ったときは、このきつい勾配を長時間かけて這いあがり、自分はいま、アイスクリームを食べ過ぎたツケを払っているのだ、と忌々しく思ったものだ。二十歩ほど登っては止まり、ストックにもたれてぜえぜえあえぎ、汗が顔を滴り落ちていくのを感じながら、ジャンクフードは金輪際口にしないぞ、と誓った。それから次の二十歩に取り掛かり、まったく同じ誓いを繰り返す。祈りをささげるのにも似ていた——ただし罵声の連発だったが。足を止め、ストックにしがみついて上をみるたびに、いかめしい顔でこちらを見下ろすアティカスと目が合った——わたしの身を案じる一方で、どうしてこんなに遅いんだ、と訝《いぶか》しんでいるのだ。

今日に限らずどんな日でも、最初の斜面が一番つらい。わたしの体は上り坂には向いていない。太りすぎのせいだ。だが、酸素が足りなくなり、足を止めて荒い息をつくようなとき、きこえるのは、自分の息の音と心臓の鼓動、そして山の音だけになる。冬、風のない日には、山は静まりかえる。こんなとき、急斜面の強行軍は、得も言われぬ幸福な時間に変わるのだ。世界が近くに感じられる。隠れていたものがあらわになる。ソロー、エマソン、アインシュタイン、ワーズワースが身近な存在になる。彼らの言葉が祈りのように思いだされる。

これが、わたしなりの山との闘い方だ。去年の九月にはじめてガーフィールド山に登ったときも、ハンコック山を登っているいまも、つらいことには変わりない——どの登山も、わたしにとっては闘いだ。だが、古傷の痛みや、新たに負ったケガの痛みや、浅く苦しい呼吸は、突然のひらめき《エピファニー》をもたらしてくれる。エマソンはかつて、「信仰心は時おりのもの。悪徳は常なるもの」と書いたが、わたしが自分の信仰心を見出すのは、山登りが一番苦痛になるときだった。

わたしの場合、信仰心といっても気軽なものだ。自分に合うものを自由に信じる。だが、こんなやり方に渋い顔をする人もいる。

わたしにとって、山とは信仰の対象、唯一の宗教だった。そのことに気づいたのは、消耗しきって一歩も動けなくなり、あたりを見回すときだった。体がそんな状態になるとき、くたくたに疲れて、自分の呼吸と心臓の音しかきこえなくなるとき、人はすべてを感じとる。そして、自分もまた、すべての一部なのだ、と知る。

北ハンコックの山頂に近づく頃、アティカスはわたしを待たずに先をいっていた。だが、居場所はわかる。雪をかぶった松の木立を抜けて左にいくと、岩棚に座っているのがみえた。よく晴れた日で、暖かくのどかだった。アティカスは、夏山に登ったときと同じように、小さなブッダ然とした姿でオシオーラ山を眺めていた。傾きかけた陽が、山を黄金色に染めている。邪魔をしないように、しばらく声はかけなかった。

小さな犬が、冬山の頂上でゆったりと座っている。慣れ親しんだ生活からはるか離れ、自分はここにいて当然だと言わんばかりにくつろいでいる。あることに思い当たったのは、そのときだ――わたしたちの冒険には、九十六の山を登り、重要な募金活動をすること以上の意味がある。これは、わたしたちのための冒険でもあったのだ。ふたりで共有するための、一緒に同じ景色を眺めるための、共に変わっていくためのものだ。生きていると、ふと、いまは人生最良のときだと気づく瞬間があるが、このときもそうだった。

やがて、アティカスが振りむいてこちらをみた。目が合うと、山頂で浸っているあの深い穏やかさが、こちらにまで伝わってくる。それは、昨日のような登山でも、ほかの仲間たちとする山登りでも、決して味わうことのできない静寂だった。急ぐ必要のないときや、そしてたいていはふたりきりのとき、こんな貴重な瞬間が訪れた。

アティカスは、こちらを見つめたままぴくりとも動かず、わたしがとなりに座るのを待っていた。アティカスが、そっと体を寄せてくる。ふたりとも、互いの顔はみていなかった。わたしたちは、息を呑むような光景に目を奪われていた。こんなとき、時間は消え失せる。

二日前、トマス・マートンの講演をなにかで読んでいて、ある言葉にはっとさせられた。「もっとも深いレベルのコミュニケーションとは、コミュニケーションではなく、一体《コミュニオン》になることです。言葉は必要ありません。言葉も、対話も、概念さえ超えて、一体となることです。新たな結びつきを探すというわけではありません。古くからあった結びつきを見つめ直し、自分たちはひとつなのだと知ることです。ところがわたしたちは、そうではない、と思いこんでいる。取り戻すべきは、元からある調和です。目指すべきは、あるがままの姿です」

　アティカスと山を登っていたとき、まさに感じていたことだ。お互いを仲間だと考えている男と犬は、このコミュニオンを共有していた。さらに言えば、これは友人同士が共有するコミュニオンだった。ふたりとも、昨日のアウルズヘッドでくたくたに疲れ、体力を絞りとられ、喉はからからだった。ところが、木立の中を歩き、岩棚に並んで座っているうちに、昼過ぎに出発したときの倦怠感が嘘のように消えていた。

　北の山頂をあとにすると、南ハンコックを登り、帰路についた。最後の数キロは、晴れやかな気分で弾むように歩き、時々気楽にじゃれ合った。遊び友だちの少年と犬のように。日がかげりはじめる頃、赤紫色にそまったオシオーラ山を見上げながら、わたしたちは山をあとにした。山頂でしばらく過ごしたというのに、まだ夕陽も沈んでいなかった。

　どの山にも、貴重な教訓があり、語るべき物語がある。ありふれた日曜の午後に改めて気づかされたのは、自分の相棒のすばらしさと、木立の静寂に身をひたすことの贅沢さだった。

　この日から、冬山の登り方が変わった。これまでも、登山は基本的にふたりでするものと決めていたが、これ以降は、そのスタイルをより慎重に貫くようになった。機会があればグループでも登るが、仲間は慎重に選ぶ。わたしたちにとって、山で過ごす日々は人生の一部なのだから。

12. アティカスを隠せ

わたしは、〈アンダートード〉紙とふたつの登山サイトに〈ウィンター・クエスト・フォー・ア・キュア〉の告知を載せるかたわら、ブログも開設していた。ブログは毎日更新し、時々、登山サイトにも旅の記録を投稿した。数こそ多くはないが一定の読者がいる。

だが、冬も半ばに差しかかった頃、わたしたちのささやかな冒険は、思いもよらなかった注目を浴びるようになった。

その日わたしたちは、アイソレーション山［孤独の山、の意］という名がいかにもふさわしい山へ向かった。体感温度マイナス三十五度の厳寒で、二十キロの登山に臨むのだ。世間の人々が家でスーパー・ボウルの観戦に興じるこの季節、ニューベリーポートのわたしの読者たちは、〝小さな巨人〟の魅力にいよいよとりつかれていた。ブログの閲覧数は増え、おかげでジミー・ファンドへの寄付金も順調に増えていった。

ニューハンプシャーの新聞各社はわたしたちの募金活動に注目し、時々、長い記事で取り上げてくれるようになった。まもなく、様々な方面からメールが届くようになり、アティカスにはファンレターやおやつの詰まった小包が届きはじめた。困ったことに、アティカスへの注目は、登山にまで影響を与えるようになった。〃アティカスへの注目〃とわざわざ書いたように、わたしとちがって、アティカスは簡単に目につく。登山家たちがわたしに気づくのは、アティカスを連れているからだった。そして、いくら知恵を絞っても、アティカスの姿は隠せない。山が人で賑わうような週末には、彼に気づいた登山家たちが足を止め、話しかけてくる。そのうち、一緒に登らないかという誘いを数えきれないほど受けた。こんなメールまで届いた。「登山はしないけど、今度三人でコーヒーでもどう？　あなたのことを知りたいの。ちなみに、わたしは独身よ」

一周回って、元きた場所へ戻ってきたらしい。最初の夏、ニューベリーポートを後にして山へと向かったのは、ひとつには、自然の中でだれにも注目されない解放感を味わうためだった。山は、平和と静寂を与えてくれる。ところが、ハンコック山で取り戻したはずの平穏は、徐々に失われていった。わたしは、決して厭世《えんせい》的な男ではない――ニューベリーポートの住人なら証言してくれるはずだが、しょっちゅう町に出かけていき、たいていはだれかと話している。ただ、山にいるときは、別の生活を送っているのだ。

ニューハンプシャーは、いつのまにか、わたしたちの聖域になっていた。慌ただしい生活から逃げだすための避難所なのだ。逃げ場所を失いかけていることを知り、わたしは少々戸惑っていた。

モライア山を登っていると、またしても遅いスタートを切ったわたしたちは、下山してきた五つの登山グループとすれちがった。そのうち四つのグループがアティカスに気づき、一緒に写真を撮らせてほしいと頼んできた。大よろこびする彼らを前に、アティカスは平然としていた。子犬の頃から、相手が自分の名前を知っていることが当たり前の環境で育ってきたからだ。アティカスは、みなさんに会えたのはうれしいのですが、軽く体をなでてもらえばもう十分で、自分としてはできれば先を進みたいんです、と思っているようだった。だが、むこうは延々とアティカスを褒めたたえ、できるだけ長く引き留めようとする。わたしも、嫌な気分にこそならなかったが、やはり先を進みたかった。応援はうれしいが、いまのところ、プライバシーへのこだわりは捨てられない。

モライアの登山は、四日間連続登山のうちのひとつだった。四日連続は初めてだ。タイミングもよく、わたしたちのコンディションは最高で、足取りは軽く、気分も上々だった。アティカスも跳ねるように歩きつづける。晴ればれとした気持ちで、いつまででも歩いていられそうだった。どの峰も、夏季よりも短い時間で登りきることができた。ライム病は記憶の彼方だ。人生はすばらしい。

この時点で、四十九の山を登っていた。目標到達には、四十七の山を三十九日で登ればいい。この調子でいけば十分に間に合う。

ところが、残念ながら、雪の脅威が近づきつつあった。

13. アジオコーチフックの不思議な力

わたしの父は、めったに笑顔をみせなかった。外では愛想もよく、冗談も飛ばす。薬局やスーパーや役場へ出かけるときなどは人当たりがいいのだが、家の中では別人のようになる。自分に厳しく、子どもたちの粗探しばかりする。なんでも器用にこなすくせに、だれかと親しい関係を築くことに関しては不器用だ。前年の夏にわたしとアティカスが登山を始めた頃は、これまでにないほど父に近づけたような気がした。ところが、冬に山登りを再開すると、父はまたしてもわたしとのあいだに壁をつくった。よそよそしい父に戻り、わたしを避け、時には小バカにしたような態度になった。

わたしには理解できない変化だったが、友人のエド・メトカーフには理解できた。父と同年代のエドは、こんなふうにみていた。「息子が夏山に登ったときには興奮したんだ。自分にもできそうなことだからな。夏の登山は特別でもなんでもない。ところが、息子が冬の山に登りはじめると、とたんに距離を感じた。自分にはとてもできそうにもない。それで、劣等感をあおられたんじゃないか」

エドの見方が正しいのだろう――残念ながら。

はじめの冬が終わりかけた頃、四十八の山を制覇できる見込みが失われたのを知ったわたしは、がっかりして父に電話をかけ、計画が失敗しそうなんだと伝えた。

「成功するとは思ってなかった」父は言った。感情のこもっていない、淡々と事実を伝える口調だ。だが、毒を塗っていない矢でも人を殺すことはある。

父を愛すには、緩衝材を使うしかない。春や夏に実家を訪ねるときは、レッドソックスの試合がある時期か、アメフトのシーズン中なら地元のチームの試合があるときを選んだ。ゲームの前と後の三十分程度なら、父も機嫌よくしゃべり、子どものひとりが顔をみせにきたことをよろこぶ——だが、試合が終わればわたしはさっさと帰るし、試合のあいだはほとんど話さない。

もうひとつの緩衝材は〈アンダートード〉紙だ。父は毎号を楽しみにしていた。本人は決して認めようとはしなかったが、息子が記者になったことを誇りに思っていた。ただし、やけに熱心にスペルミスを探したり、広告の数をかぞえて息子の経済状況を把握しようとしたりする癖もある。

かつて新聞記者を目指した父は、プロの書き手には決してなれないというコンプレックスを抱えていた。熱意あふれる地元紙への投稿だけは頻繁に取りあげられたが、活字になった文章といえばそれくらいだ。

〈ウィンター・クエスト〉に取りかかった頃、わたしと父は、数カ月ほど口をきいていなかった。最後に話したのは、九十日で九十六の山を登るつもりなんだ、と知らせたときだ。だが、手紙は二週間おきに送った。父は手紙をもらうのが好きなのだ。年を取るにつれ、父に個人的な便りを送るのは、素敵な文章を書く義理の娘のイヴェットと、わたしのふたりだけになった。

父は熱心な読書家で、毎週のように図書館で三、四冊借りてきては読破した。好きなのはテンポのいいミステリーだったが、若い頃は古典をよく読んでいた。むかしは例の高圧的な態度で子どもたちに本を読ませようとしたが、わたしは頑なに父の命令に逆らった。活字には魅力を感じたものの、本を読めば父に屈することになる。父親の頑固な面を、みごとに受け継いでいた。ようやく、エマソンやソローやテニスンやフロストの世界をのぞいたのは、家を出たあとだ。名前だけはよく知っていた。父が崇拝し、彼らの傑作を読んでいたからだ。

人生というのはおかしなものだ。愛し、嫌った父のような男にはなるまいと決意したにもかかわらず、結局は新聞記者になり、父の崇める作家の本を読み、ちっぽけな町の政治に口を出す男になり、さらには、父の好きだった山に登るようになった。できるだけ父とはちがう人間になろうと努めるうちに、いつのまにか父と同じ夢を追うようになっていた。こんなやり方で、わたしは改めて父の息子になったのだ。

わたしが送る手紙が、親子のあいだの架け橋になっていた。話をしないときでも、手紙がふたりを結びつけた。この年のバレンタインの日、低気圧に襲われたホワイト山地からニューベリーポートへ逃げ帰ると、わたしは父に手紙を書き、ニューハンプシャーの山々には神がいるんだ、と綴った。山の神は、ギリシャ神話の神によく似ている。善悪をおもちゃにして、気晴らしをするのだ。勘弁してほしいが、神々は、わたしとアティカスのこともおもちゃにしていた。

まずは、山の神がしかけたライム病でペースを落とされた。次に、樹木限界線を越える山に初挑戦した日をわざわざ狙って、ボンド山脈に吹雪を巻きおこした。それから、ジャクソン山では、ほかの登山家たちが逃げ帰るほどの極寒と強風を送りこんできた。やっと調子が出始め、計画を立てたとき抱いた理想どおりに動けるようになった頃、神々は、その冬最大の吹雪をぶつけてきた。

ニューベリーポートのアパートの三階になす術なく閉じこもっているあいだも、春は刻々と近づいてきた。いま北へいっても、なにもできない――アティカスが雪に埋もれてしまう。だから、わたしたちは待った。ひたすら待った。とうとう、動けないまま八日間が過ぎた。計画を成功させる見込みはほぼなくなったように思えた。戦いから下りる気にはなれないが、厳しい現実は変えられない。たった三十一日というわずかな残り時間で四十七もの山を登らなくてはならない。高く、険しく、危険な山がいくつも残っている。二度挑まなくてはならない山もあった。
たとえ時間が味方してくれなくても、わたしには信念があった。信念には少なからぬ力がある。そして、山の神たちは、親切な面も持ち合わせているのだ。神話学者のジョーゼフ・キャンベルはこう述べている。「わたしの所見では、人間が神に向かってたった一歩近づきさえすれば、神々は十歩近づいてくれる。その一歩は、旅をはじめる勇ましい一歩であり、その旅は自分の外へ出て自分を超える旅なのだ。多くの場合、考えるよりも先に、踏みださなくてはならない」

　信じて飛びこむ《リープ・オブ・フェイス》のだ。

　この冬は信じて飛びこむことの連続だったが、わたしたちは、ふたたび飛びこんだ。計画を諦めなかった。この冬はじめて、風が止みますようにと祈った。そして、祈りは聞き届けられた。

　わたしたちは、それまでとは段違いのペースで計画を再開し、九日間のうち六日を登山にあてた——登山という言葉は生易しいかもしれない。あれは、ホワイト山地のなかでも際立って険しい山々との闘いだった。一日でふたつのオシオーラ山を両方登り、翌日は四つの連山からなるフランコニア山脈を制覇した。三日目は休み、四日目も控えておいた。寒さと強風が厳しく、アティカスを連れだすのはとても無理だったからだ。五日目、南北トゥインズ山とゲイルヘッド山を登った。次に待ちうけていたのは、北プレジデンシャル山脈に連なるアダムス山、ジェファソン山、マディソン山だ。それぞれ、ホワイト山地のなかでは、二番目、三番目、五番目に高い。じつは、十二月にボンド山を登っていたあと、ひと冬に四十八峰を登るという目標を達成するには、残すところこの三山のみになっていた。今回の四十八峰の登頂と、去年成し遂げたことを併せて考えれば、わたしと、そしてなによりアティカスは、希少な登山家たちに名を連ねたことになる。

二カ月ぶりの快晴だった。ジェファソン山のてっぺんに着くと、アティカスを頭にのせて、成功を祝った。ふつうの犬なら、そんなふうに高く持ちあげられたら暴れたかもしれないが、アティカスは例によって落ちつきはらい、特等席に腰をすえると、左から右へゆっくりと頭を動かして、みごとな景色を堪能した。山頂に着くたび、わたしはアティカスを右腕に座らせ、ペイジの言葉を嚙みしめた——どこへいくときも連れていきなさい。

じつに爽快な気分だった。この計画に取りかかったとき、ひと冬ですべての山を制覇した犬は、体重七十二キロのニューファンドランド、ブルータス一匹しかいなかった。いま、九キロのアティカスが、彼の記録に肩を並べたのだ。

翌日はこの冬一番と言ってもいいほどの天候に恵まれ、樹木限界線以上の山を登るには絶好の機会だったが、山にいくことはできなかった。わたしたちを取材する予定だったニューハンプシャーのテレビ局が、直前でキャンセルしたのだ。取材よりも登山を優先させたかったが、友人たちは口をそろえて受けたほうがいい、と言った。テレビに出れば、ジミー・ファンドへの支援が増えるかもしれないからだ。ただでさえ予定より遅れていたところに、手ごわい山に挑むには文句なしの一日をむだにすることになった。これが命取りにならないことを願うしかなかった。

次の日、ふたたび風は勢いをまし、厳しい寒さも戻ってきた。ワシントン山の観測所の予報によれば、この日の風速は三十キロメートルから四十キロメートル、気温はマイナス十度台になるだろう、ということだった。わたしたちにしてみれば——ぎりぎり——好天だったので、ワシントン山の頂上を目指して出発した。偉大な精霊、アジオコーチフックの住まう地へ。

どこか現実離れした、風の強い日だった。北東部の最高峰に到着したあとは、そのままモンロー、アイゼンハワー、ピアースへと歩を進める。全部で二十キロ以上の行程だ。

この日は、雲の様子がいつもとちがった。ここがニューイングランドのどこよりも高い場所で、環境がとりわけ厳しいということを考え合わせても、この世のものではないような雰囲気がただよっているのだ。足もとの渓谷から細く立ちのぼってきて幽霊かとみまがいそうになる雲もある。厚く真っ白な雲もあり、頭上を勢いよく流れては、数秒、あるいは数分、太陽を覆いかくす。いっぽう、雲に隠れていない空は青く澄み、雪の上を濃い影がいくつも走っていく。雲に限らず、この日は、すべてがどことなくいつもとちがっていた。空気には手で触れられそうなほどのエネルギーが満ち、目に映るものすべてが忘れがたく神秘的だ。生命の始まりと終わりがいっせいに背後から忍びよってくるような、地面が揺らいで倒れそうになるような、人生が思いもよらなかった方向へ舵を切りはじめたような、そんな感覚に襲われた。

アティカスのうしろ姿がみえる。風によってマイナス三十度にまで下がった極寒のなか、ブーツとボディスーツで身を固め、頭を低くして強風をかわし、耳をはためかせている。小さな体で、勇ましく毅然と歩く。わたしたちは、ワシントン山のどっしりしたドーム形の山頂を下り、モンロー山へ向かわんとしているところだった。トレイルを荒々しい風が吹きぬけ、足もとの雪は、その下に隠れている岩ほども硬い。アティカスは硬い雪の上をやすやすと歩き、ブーツの底がぴたぴたと音を立てた。わたしの雪靴も、スパイクがしっかりと硬い雪を噛んでいた。夏にきたとき、このあたりの中腹は、重なり合った岩が複雑な影を作っていたものだが、いまは雪で一面平らになり、ところどころに突き出た黒い岩をのぞけば、みわたすかぎり純白だ。

わたしはアティカスのあとを追い、アティカスはケルンをたどっていった。トレイルに並ぶケルンは、兵士たちのなきがらのようにみえる。大昔の戦いで倒れ、荒涼としたこの山中で永遠に凍ったままなのだ。ケルンは道しるべだ。天気がとくに荒れ、雲が厚く垂れこめて行く手がほとんど見えなくなったときに、登山家たちを導いてくれる。風上は霧氷におおわれ、風下は霜ひとつついていない。この目印がなければ、トレイルを正確にたどるのはむずかしい。ほかの標識は、吹きあれる風と雪に、ひとつ残らず覆いかくされるからだ。

なぜアティカスがケルンをたどっていけるのかはまったくの謎だが、最初の登山のときからそうだった。道がどこに向かっているか常にわかっている。どの季節でも、どの山でも、この日のワシントン山のように、トレイルが雪と氷に完全に覆われているときでも。

この世のものとは思えない雲が流れてきては去っていき、そのたびに息を呑むような景色が消えては現れる。それほどの標高に立っていると、世界の頂点にいるような錯覚に陥る。何度も足を止めては写真を撮った。カメラをしっかり摑むためにぎこちない手つきで手袋を外し、写真を撮りおえると、急いではめなおす。そうしないと、刺すような冷気であっというまに感覚がなくなるのだ。立ちどまると、とたんに寒さが戻ってくる――幾重にも重ねた服の下で汗が背中を伝い、体が一気に冷えこむ。目だし帽をかぶり、風を防ぐためにサングラスをかけていたが、それでも、まつ毛と眉には小さな氷柱ができた。

山頂をあとにしてしばらくすると、進路が急に右へ変わった。この先には、ジェファソン、アダムス、マディソンが連なる。三峰はいずれも雲に隠れているが、時おり雲のカーテンがふたつに分かれると、三頭の巨大な獣がにらみ合っているような姿が垣間見えた。息が止まりそうなほどの存在感がある。

アティカスは頭を低く下げて風から目を守り、揺るぎない足取りで歩きつづけている。冬のはじめから、わたしはいつも、アティカスの二十メートルほどうしろにいた。六十回以上も同じうしろ姿をみているのだから、そろそろ慣れてもいいはずだが、小さな相棒がひるまず突き進む姿には何度でも胸を打たれた。自分の任務はわたしを然《しか》るべき場所へ連れていくことだと信じているようだった。

ワシントン山にいるあいだ、めずらしくこの日は、ただの一度も別の登山家をみかけなかった。このことが、非現実的な感覚をいっそうかき立てた。

あるとき、道がいきなり途絶えているような地点にさしかかった。はっきりとはみえないが、深い裂け目ができているようにみえる。そこを越えなければむこうの世界へは渡れない。むこうへいかなければ、登山は続けられない。山にいると時々、みる角度によって目の錯覚が生じる。わたしはそのたびにすくみあがるが、アティカスは決してひるまない。ためらうわたしを尻目に、信念――あるいは、山の住人なのかと思ってしまうほど優れた勘――にしたがって、進みつづけた。道が途切れたところで、一瞬その姿が消えた。ぞっとして駆けよる。だがアティカスは、世界の縁から転げ落ちたわけではなく、急な岩の斜面を下りているだけだった。ごつごつした急勾配を平然と下っていく。

この冬、アティカスと考え事だけをお供に山を歩いていると、心があらぬ方向へ漂っていくことがよくあった。このときは、死について考えていた。どんな感じだろう――死が訪れる日のことではなく、死の瞬間の話だ。光へ向かって歩いていく感じだろうか。天使がみえ、音楽が流れるのだろうか。それとも、堪えがたいほどの恐怖と衝撃に襲われるのだろうか。

わからない。

今日のような日であったら、と思った。苛酷で圧倒的な美に包まれて死ぬことができたら、どんなに幸せだろう。風の歌がきこえ、雲がどこかへ向かって青い空を駆ける。世界の頂点が――世界の終わりが――至上の平穏に深く沈む。わたしは、自分の知るすべてのものとすべての人々から遠く離れ、奇妙と言っていいよろこびに浸る。想像の域をはるかに超えた場所にいるという興奮が体を駆け巡る。天国にいるのかもしれないと思うと、胸がかすかに震える。

これが、ワシントン山を登るということだ。一度死に、別の次元で生き返ったように感じる。人の気配ひとつ、生き物の気配ひとつしない。建物も、街路も、町も、とにかく文明の片鱗をうかがわせるものはひとつとしてない。いるのはただ、信頼し合ったふたりの旅人だけ。風と雲だけが生きる世界で、山の尾根を歩いている。

ワシントン山にいるアティカスをみると、気持ちが奮い立った。冬の登山をはじめて以来、くじけそうになるたびに元気をもらってきたが、この日はとりわけそうだった。雪と氷と風に支配されたこの山は、これまで大勢の死者を出してきた。だが、アティカスは、わたしから強さを引き出してくれた。以前のわたしなら、怖気づいていたはずだ。小さな犬がこんな嶮山《けんざん》を登り切れたのなら、自分にだってできる。アティカスが険しい斜面を下っていけるなら、自分にできないはずがない。

ふと、たゆまず進みつづけていたアティカスが、思いもよらないことをした。急に立ち止まり、わたしが追いつくのを待ったのだ。

この冬、足を止めてわたしを待つようなことはめったになかった。たまにあるとしたら、流れの激しい小川にさしかかり、むこう岸まで渡してもらわなければならないと判断したときや、小川に張った氷が薄すぎるときや、下り坂が凍っていて、わたしを先にいかせたいときだ。そんなときはいつも、わきへどいて、お先にどうぞと合図をする。そのあいだ、視線はしっかりと前にすえ、そわそわと口のまわりをなめる。だが、この日アティカスがぴたりと止まったところは、小川も流れていなければ、道がそう険しいわけでもなかった。風は依然としてあったが、アティカスをひるませるほど強くはない。不安そうな様子もない。ともかく先にいってほしいのだろうと考えて、前にいこうとした。ところが、わきへどこうともしない。かわりに、こちらを向いて座り、まっすぐにわたしを見上げた。冬のあいだ、言葉を介さないやり取りを何日間も続けてきたが、こんなことは一度もなかった。

そばへいくと、うしろ足で立ちあがり、両方の前足をわたしの腿のあたりに置いた。抱きあげてくれ、と言っているのだ。小さな体をすくい上げ、いつものように片方の腕の上に座らせ、顔をみた。アティカスは、ほんの少しわたしをみつめ、すぐに、その視線を行く手へ向けた。わたしたちがこの仕草をするのは、いつも山頂と決まっている。だが、ここは、真っ白に凍ったトレイルだ。

ワシントン山の頂上まであと少しという地点だったが、そこでさえ、これから登る予定のほかの連山より高い。むこうに連なる山々は、疾風に流されていく薄い雲間に現れてはまた消える。不思議に思ってアティカスの顔をみると、遠くに目をこらしている。落ちつき、リラックスしているアティカスの視線の先を追ったとき、この日はじめて、雲という雲が残らず払われ、山脈の上の抜けるように青い空があらわになった。山々は目を射るほどの純白で、日の光を浴びてまばゆく輝いていた。

雷に打たれたような衝撃だった。声が出なかった。どのような言葉でも決して言いつくせない光景を前に、胸がしめつけられ、目には涙があふれた。中年男と犬は——冒険と孤独で結びつけられたふたりは——、寄りそい、人類のほとんどが目にしたことのないだろう光景をみつめた。

雲がふいに晴れたその瞬間、なにかが変わった。外にあるものではなく、わたしたちの内にあるものが。人生が変わってしまった。頭ではなく心でそう感じた。そのとき、その場所で、アジオコーチフックの不思議な力のもとで、わたしははっきりと悟った。いままで馴染んできた価値観は永遠に私たちの元を去った。ひと冬かけて成功と困難の両方を共にしてきたいま、それまでの価値観は、もう二度と戻ってこないのだ。

人生には時おり、あまりに強大で、鮮烈で、すべてを一変させ、文字どおり忘れられない体験がある。そしてその体験は死ぬまでその人と共にある。それが起こった瞬間から、その体験がその人を形成することになる。わたしたちがいたのは、そんな瞬間、そんな場所だった。ふたりで共に、そこへたどり着いたのだ。こうして築いた絆ほど純粋なものを、わたしはほかに知らない。多くの山を登るうちに、一生分の経験を共にしてきたのだ——過去に戻って、それをほかの人と分かち合うことはとうてい無理だ。

きっと理解されない。きっと理解できない。これはわたしたちふたりの絆、ふたりに与えられたものだ。だが、呪いでもある。なぜなら、ほかの人とは決して分かち合えないからだ。

一緒に立っているわたしたちの前には、山々がどこまでも連なり、まるで大海のようだった。そのむこうに、地平線がある。

いま思えば、このときみていたのは山々だけでなく、想像もつかない未来だった。わたしたちはいま、未知の領域に足を踏み入れたのだ。恐ろしくはあったが、正しいことをしているという確信がある。ふたりで成し遂げたことだからだ。

地面におろすと、アティカスは何事もなかったかのように歩きはじめ、わたしもあとを追った。これから、となりに連なる三つの山に向かう。だが、その後、わたしたちがどこに向かうのかは想像もつかなかった。なぜかはわからないが、アティカスはその先のことをちゃんと心得ているようだった。少し前とまったく同じだ。視界から消えたアティカスを青ざめて探すと、当のアティカスは進むべき道を進んでいる。わたしが弱気になるようなときも、彼の信念は揺るがない。信念の強いほうではないわたしを、アティカスは根気よく助けてくれた。

翌日は、南北のキンズマン山を登ってから、ニューベリーポートへ戻った。こうして、強行軍は一段落した。残り二十日間で二十九峰を登ればいい。一日でいくつも踏破できる山ばかりだったので、この冬初めて、不可能に近いと思っていた計画にひとすじの光が射したような気がした。きっとやり遂げられる。

ところが、山の神たちは、またしても意地の悪い気分になってきたらしい。ふたたび大吹雪の用意をはじめたのだ。

14．「五日間の強行軍」

わたしたちはニューベリーポートで足止めを食らうことになった。山に積もった数メートルにも及ぶ新雪のせいだ。日々がむなしく過ぎていくなか、雪が解けるのをただ待っているしかない。一日に二度、モーズリー州立公園へ散歩に出かけると、わずかでも心が慰められた。いつものように散歩に出たわたしは、メリマク川のほとりに座って、心の中でヴィッキーに謝った。ある日、この冬は、何度も彼女に話しかけたものだ。臨終の床で託された頼み事を、ほんとうはすべて叶えてあげたかった。だが、残念ながら、そのうちのいくつかはわたしの力が及ぶことではなかった。せめて、彼女を偲ぶための計画は成功させたい。しかし、この天候で、自分たちが山の神に翻弄されるしかない存在だということを、あらためて思い知らされた。

吹雪のせいで七日間がむだになると、計画は失敗に終わったかにみえた。二十九の山を十三日以内に制覇するなど、不可能に近い。それでも、続けよう、と決意した。金曜の早朝、ふたたび北をめざすと、十番目に高いムーシローキー山に登った。木のまばらな山で、ホワイト山地の南西に位置し、ほかの山々とは離れている。気温は低く風も強かったが、晴れわたった青空が寒さを和らげてくれた。この日も、山にはわたしたちしかいなかった。

風は容赦なく吹きすさんでいたものの、危険なほどではなかったし、体力を消耗させるほどでもなかった。激しい疲労を感じたのは、むしろ車に戻ったときだった。いきなり、全身の力が抜けていった。ライム病が唐突に再発したのかもしれないと思った。

当初の計画では、ムーシローキー山を下りたあと、キャノン山へ向かうつもりだった。だが、とても無理だった。そのまま山小屋に戻り、午後四時にベッドに倒れこんだ。ぐっすり眠って午前三時前に起きだすと、朝食をかきこみ、車でキャノン山へいって登りはじめた。あまりの寒さに、ベッドに戻りたいという誘惑に負けそうになる。だが、この機会を逸すれば、計画はまちがいなく失敗だ。

空気は澄みきり、インクのように黒い夜空には星々がきらめいていた。その美しさにだけ神経を集中させ、ひどい倦怠感は気にしないように努めた。足をもう片方の足の前に出し、ストックを利用してゲレンデの斜面を登る。山頂までまっすぐに続くこのルートは、傾斜がひときわ急で、いまの体には大いに堪《こた》える。何度となく足を止めては息を整えた。自分を呪い、山を呪い、夜を呪い、計画を遅らせた悪天候を呪った。それほど苦しい道行きであったのに、今回もまた、山頂の展望台に立ったとたん、すべての苦労が報われた。夜明け前の凍てついた闇の中、わたしはアティカスを腕に抱き、一緒に景色を眺めた。冬の登山に取りかかったあの夜と同じように、足もとには町の光が、頭上には星の光がまたたいていた。最初の夜とよく似た光景へ――天と地のあいだへ――ふたたび戻ってきたのだ。不思議で、幸福で、そして切ない、複雑な気持ちだった。

吹き荒れる寒風の音をきいていると、確信が胸に湧いた。この冬が終われば、わたしたちは、人生における新たな章をはじめることになる。だが、それがなにかは、まだわからない。だからわたしは、冬のあいだ、ずっとしてきたことをした。一歩踏みだし、アティカスと共に歩いたのだ。

軽くなった足でキャノン山を下ると、山小屋へ戻った。シャワーを浴びて二度目の朝食をとり、ふたたび車に乗りこんでワウムベック山へいく。ふもとに着く頃には、世の中の人たちもとうに活動をはじめていて、トレイルにはすでにたくさんの登山家たちがいた。この日は土曜日だった。次の週末が過ぎれば冬は終わる。だから冬山の〝収集家〟たちが、大勢つめかけているのも当然だった。

一日で、連山ではない山を三つ登ったのは、これが初めてだった。足は鉛のように重かった。体を引きずるようにして、約束していた夕食に出かけた。スティーヴとキャロルのスミス夫妻と、共通の友人のケンとアンのシュタンファー夫妻に招待されていたのだ。やっとのことで山小屋へ戻ると、服も着替えずにベッドに倒れこんだ。死んだように眠り、目覚ましが鳴るまで、ぴくりとも動かなかった。

目を覚ますと、真っ先に水をがぶ飲みした。喉がからからで、足はずきずき痛んだ。それから、疲労回復のために亜麻仁油を少し飲んだ。酷使した筋肉をストレッチでほぐし、アティカスの脚と腰もマッサージしてやる。昨日は一日で三つの山を制覇したが、今日は、二十五キロのアウルズヘッドをやっつける。前日の土曜にたくさんの登山家がやってきたため、トレイルは頂上まで踏みかためられていた。おかげで、前回よりもはるかに少ない労力で、長いトレイルを楽々と登っていくことができた。ふたりとも元気いっぱいだった。帰路につく頃には、朝よりもずっと清々しい気分で、気力にあふれていた。

翌朝、わたしたちはボンド山を目指した。十二月にトム・ジョーンズと乗りこえた連山に、ふたたび挑むのだ。今度はふたりきりで、さらに、その前にはヘイル山へもいく。あのときより距離も長く、標高も高くなる。だが、ほかに手立てはない――冬の終わりが近づいている。その日もよく晴れていて、あの絶景をまた拝めると思うと胸が躍った。ところが、早々に嫌な予感が兆した。その日最初のヘイル山の中腹で、突然めまいに襲われ、吐き気がこみあげてきたのだ。わたしはひざから地面にくずおれ、吐いた。引きかえすことも考えたが、山頂まではあと一歩だと自分を駆りたて、無理に進みつづけた。頂上に達する頃には、めまいはいよいよひどくなり、またしても吐いた。動けるようになるまでしばらくかかった。レンド・ア・ハンド・トレイルを通ってジーランド山とボンド山脈へいく予定だったが、とても無理だ。わたしは、元きた道をたどって車へ戻ることにした。

永遠とも思えるほど長い時間をかけて下山すると、登山口にへたりこみ、がっくりと肩を落とした。吐き気は治まらず、悔しくてたまらない。ようやくここまできたのに、あとほんの少しなのに、という思いでいっぱいだ。進みたい。だが、体の調子はかつてないほど悪い。

ヴィッキーのことが頭に浮かぶ。人生の終わりに彼女に降りかかってきたこと。彼女が耐え、人には決してみせなかった苦痛。いつも、自分より人の心配ばかりしていたこと。わたしは立ちあがり、バックパックを背負い直し、歩きはじめた。車ではなく、ボンド山脈へむかって。ヴィッキーは、あれほど厳しい状況にありながら、決して弱音をはかなかった。だから、わたしも進み続けられるはずだ。

ヘイル山を引きかえし、別のルートからジーランドを目指したために、ただでさえ過酷な旅が三キロ以上長くなることになった。ところが、ジークリフにむかう途中で急に体調が回復し、さっきまでの辛さは嘘のように消えた。

順調なペースでジークリフからジーランド山へいき、グヨット山を越え、西ボンド山の山頂に到達する。西ボンドとボンドのあいだで、二組の登山グループに出会った。知らない人たちだったが、むこうは親しげに挨拶をしてくれ、アティカスの名前を呼んだ。後日、とあるウェブサイトで、別の登山家の投稿をみつけた。二日間のボンド山での体験をつづった文章の中には、こんな言葉があった。「トム&アティカスに会った。おれたちなんかひよっこだ!」

この日、ボンド山からボンドクリフを歩いた登山家はひとりもいなかったようだ。少し積もった雪を踏み分けて歩かなくてはならなかったが、そこまできつくはなかった。二度目の冬のボンドクリフは、一度目のそれとはまるっきり違った。太陽がさんさんと照り、風はなく、上着も帽子も手袋も必要なかった。午後に下山するまでには、四十キロあまりを、たった十時間で歩きとおしていた。

それでも体力は残っていた。わたしたちは、連続五日目の登山にでかけた。天気がいいので、ここぞとばかりに樹木限界線を越える山を選び、フランコニア山脈に連なる四連山を踏破した。それを終えるとさすがに疲れていたが、充実感でいっぱいだった。この五日間で七つの登山口に入り、十五の峰を制覇し、百四十キロメートルを歩き切ったのだ。ふつうの登山家が一年かけて登る山より多い。冬のホワイト山地に最も似合わないコンビがこんなことをやり遂げるとは、自分でも信じられないほどだった。

ちょうどいいタイミングでたくさんの山を登ったおかげで、ふたたびゴールが射程内に入ってきた。残るはあと八日。あとたった四回の登山で目標達成だ。四回で、モライア、アイソレーション、三つのカーター山とふたつのワイルドキャット山、八つの峰が連なるプレジデンシャル山脈を縦走すればいい。これならきっとやれる。唯一の不安の種は、自分にはどうしようもないこと——天候だ。

ニューベリーポートに戻る道すがら、冬がはじまって以来の胸の高鳴りを覚えた。あと少しで、登山史を塗りかえることができる。だが、わたしたちが闘うべき相手は、時間のほかにもいた——雪だ。

15．「ありがとう」

詩人のロバート・フロストは書いている。「結びの言葉を決めて詩を書きはじめることは決してない。詩作は発見の行為なのだから」。わたしたちの冒険もそうだった。いや、冒険と名の付くものは、つねにそうなのだ。

はじめから、九十六の山を登るという計画が大きな賭けになることは承知していた。アティカスを守るという使命があるのだから、なおさらだ。樹木限界線を越える登山は、天気のいい日だけに限った。

冬がはじまって以来、きっとやり通せると舞いあがることと、できるわけがないと肩を落とすことの繰り返しだった。恐怖と孤独を感じる夜も、途方もなく無茶な試みをはじめてしまったと不安になる日もあった。

去年の十二月には十四の山頂に到達し、一月には二十四、二月には二十七の峰を制覇した。やがて、三月がきた。例年なら、冬季のなかでは一番気候が穏やかな月だ。ところが、今年は例外だった。冬登山のシーズンも残すところあと八日となったときには、あと四日で十五の山を登り切れば、九十六の山を制覇できるというところまで迫っていた。わたしには自信があった。だが、運の悪いことに、山ではふたたび雪が降りはじめた。そこで、アティカスが無事に山を登れるくらい天気が回復するのを待った。

日々は、ゆっくりと、無情に過ぎていく。

すると、この計画を応援してくれていた登山家カップルがメールをくれて、アティカスを置いてひとりで登山にいってはどうか、それとも、雪がやまないのならアティカスには少し無理をしてもらったらどうかと言った。だが、わたしはどちらの案にも反対だった。これはふたりの旅だ。一緒に成功するか、一緒に失敗するか、ふたつにひとつだ。

結論から言うと、目標達成に必要だった山には登らなかった。雪がやんでいれば、カーター山脈とワイルドキャット山脈にいくつもりだった。やめる決断をしたのは、山頂の天気予報と長期予報をみたときだった。危険だ。この悪天候では、冬が終わる前にプレジデンシャル山脈の八つの峰を越えることはとうてい不可能だ。こうして、わたしたちの計画は、八十一峰を登ったところで終わった。

九十六峰を登るという目標を掲げてはじまった計画は、達成できなかった。八十一峰で終わろうが、八十六峰で終わろうが、八十八峰で終わろうが、同じことだ。九十六峰に達しなかったという事実は変わらない。

これ以上山小屋に残っていても仕方がない。わたしたちはニューベリーポートへ帰った。そして、立春の日になると、潮の引いたプラムアイランドの浜辺を歩いた。春の訪れを肌で感じる。すでに冬は、彼方へ遠ざかっていた。

アティカスは、ぬれた砂の上をはしゃいで走り、風の中で耳を旗のようにはためかせていた。

むこうのほうに、犬を何匹か連れたグループがいた。犬たちはぼんやりとうろつき、飼い主たちがなにか始めるのを待っているようだ。だが、飼い主たちは、すでに始めている。スターバックスのカップ片手に携帯を熱心にいじり、仲間とおしゃべりをしている。

アティカスは急に方向を転じてそちらのグループに突進し、『くまのプーさん』のティガーさながら、彼らのまわりで跳びはねた。〝ただいま！　帰ってきたよ！〟と挨拶しているのかもしれない。ところが、むこうの犬たちは、申し訳程度に鼻をふんふんさせただけだった。アティカスは彼らを追いこして全速力で浜辺を走り、くるっと向きを変えると、こちらへ駆け戻ってきた。すぐそばまでくると、からかうようにいきなり背を向け、引き潮であらわになった小さな突堤のほうへ走っていく。突堤のごつごつした大きな岩によじ登り、岩から岩へと飛びうつりながら水際をめざしている。わたしはあとを追いながら、マディソン山や、アダムス山や、ジェファソン山を登っていたときのことを思いだした。

水辺にたどり着くと、アティカスはふわふわした尻を岩の上に落ちつけて、水平線を眺めた。

小さなブッダが戻ってきた。

わたしもうしろに座り、物思いにふけった。この一週間のことを——冬の最後の一週間のことを——考える。記憶というより夢のようにおぼろげだ。アティカスの視線をたどって、水平線を眺める。そのとき、おぼろげな記憶が、ふいに鮮やかになった。記憶は、確かにわたしの一部なのだ。

サム・キーンは『讃美歌と未知の神（未邦訳）』の中で、こんなふうに書いている。聖職者であり心理学者でもある彼の意見では、多くの人間は、自分がひれ伏す存在を切望しているのだという。自分より偉大な存在に身を委ねたい、と望んでいるというのだ。

この三カ月間のわたしとアティカスの姿を的確に表現した言葉だ。政治家や個性的な人々との付き合いをやめ、いつもの生活を保留して、登山を最優先した。それは、冒険であり、友人を悼む行為であると同時に、冬のホワイト山地という偉大な存在に屈することでもあったのだ。与えようとして始めた旅で、いつしかわたしたちは、与えられていた。

冬のはじめには、たくさんの目標があった。ヴィッキーを悼み、ジミー・ファンドのための寄付金を募り、九十六の山を九十日で登り、去年の冬にいけなかった山へいく。だが、なによりも大切な目標は、たったひとつだった。アティカスを守り、安全に冒険を楽しんでもらうことだ。なにがあろうと彼の心身の安全を優先できたことだけは、誇りに思いたい。そしてアティカスは、どんな困難も冷静に乗りこえてくれた。

今回の登山では、すでに学んだことを、しっかりと学びなおす機会に恵まれた——たとえば、冬の登山は楽しくも厳しい闘いだということを、改めて思い知った。天気は、気まぐれな女のようなものだ。先を予測する術はない。できるのはただ、みて、学ぶことだ。だから、そうした。山の神と天気の神が与えてくれるものを慎ましく受けとるべきだと学び、我慢することを学び、アティカスをこれまで以上に信頼することを学んだ。アティカスは自分の限界を知っていて、こちらが注意を払っていさえすれば、重要なことはしっかり訴えてくれる。もうひとつ学んだことがある。頂上で祈りを捧げた人たちとの絆は永遠に続くだろう。山を捧げた相手が顔も知らない人たちであろうと。

目標まで十五峰足りなかった——登山四回分だ——が、以前よりもたくましく、我慢づよく、自信がついたという実感はあった。がんと闘う人たちへの寄付金は当初の想定を上回った。そして、これだけは言っておきたい。暗く、寒く、不安と恐怖と孤独でどうにかなりそうだったとき、わたしを守ってくれたのは、際立ってすばらしい小さな犬の、友情と、愛と、誠実さだったのだ。

突堤の岩に座って、知りたがり屋の小さな犬が広大な海を眺める姿をみているうちに、この冬の計画が失敗してしまったことへの未練がましい後悔は、きれいに消えてしまった。元気で幸せそうなアティカスの姿がみられるなら、目標が達成できなかったことくらい、なんでもない。

九十六の山……。

八十一の山……。

わたしは二年前まで、町を歩くだけでくたびれていた。九十六も八十一も似たようなものだ。

自分たちが成し遂げたことを思うと誇らしくなる。なにもかも、アティカスがいてくれたおかげでできたことだ。そもそも、登山を始めようなどという気になったのも、三年前の九月に兄たちとガーフィールド山に登ったとき、アティカスが楽しそうにしていたからだ。当時のわたしは、アティカスと一緒にできることを探していた。このときは考えてもいなかったのだが、結局わたしは、自分よりもアティカスにふさわしい場所へアティカスを連れていったのだ。

わたしたちはそのまま静かに座りつづけ、おだやかな波の音に耳を澄ましていた。帰る時間になると、かがみこんでアティカスのひたいにキスし、言った。「ありがとう、相棒」。いつもなら、わたしが話しかけるとこちらを向く。ところがこのとき、アティカスは、水平線をみつめたままぴくりともしなかった。二週間ほど前、ワシントン山の頂上でそうしたように。迫りつつあるなにかの気配を感じ取っているかのようだった。

このときはまだ、なにもわかっていなかった。だが、この先わたしたちが挑む困難は、この冬に経験してきたことよりもはるかに大きかったのだ。

第二部 闇を照らす光

Part II
Light over Dark

底知れぬ闇をいくときにこそ、わたしたちは人生の失った宝を見つける。つまずくとき、足もとには宝が埋まっている。

——ジョーゼフ・キャンベル（神話学者）

わたしもアティカスも、自分の限界を自分で定めたりしない。
アティカスはただ、淡々と冬山を登った。

16. 事態の急変

〈アンダートード〉紙の成功の秘訣は、ニューベリーポートへきたとき、ここに住む個性的な面々に魅了されたことが大きい。こんな町があるのか、と思った。だれもかれもが、戦前の白黒映画に登場するわき役のようなのだ。容姿がいいわけではないが、正直で、気骨があって、最近の映画のわき役とはひと味ちがう。わたしはわくわくしながら彼らの一挙手一投足を観察し、そのうち、当の本人は意識していない次の行動を予測できるようにまでなった。大好きな映画を四回目か五回目に観ているような感じだ。そのほとんどは、仕事ではなく個人的な楽しみのためだった。

もちろん、新聞が成功した一因には、信頼できる情報提供者の存在がある。いつも貴重なネタをくれて、町の情勢を教えてくれた。わたしは熱心に学んだ。目をしっかり開き、耳を澄まし、口は閉じて、彼らの話に聞き入り、適切なタイミングで目と耳と口を使う術を身につけていった。だがほどなくして、多彩なわき役の揃ったこの舞台の主人公は、ニューベリーポートの町そのものなのだとわかった。

〃彼女〃は美しく、夜明けや夕暮れのやわらかな光の中では、その優美さがひときわ際立った。〃彼女〃は謎めいていて、夜の暗がりで秘密を打ち明けた。蠱惑的《こわくてき》な彼女は、彼女を愛する者たちの胸を揺さぶり、嫉妬心や怒りや支配欲をかき立てた。彼女を閉じこめて自分だけのものにしたいと願う者もいれば、自由にさせて、外の世界に触れさせるべきだと思う者もいた。町をめぐる議論の場には町民それぞれの言い分があり、それがわたしには魅力的だった。むかしからの住人のあいだに長年くすぶっている確執にも興味があったし、ニューベリーポートという町のすべてがおもしろかった。

この町は、ずっとむかしから分断されてきた。何世代にもわたる怨恨を抱えた古くからの住人は、以前は風紀が乱れていたサウス・エンド（土地の言い方では〝下のほう〟）にいることが多く、ノース・エンド（〝上のほう〟）に住んでいる人々から見下されている。両方を下にみているのが、風格あるハイ・ストリートに住む人々だ。三つの地区の中心に、ダウンタウンがある。〝上のほう〟に住んでいるなら〝下のほう〟にはいかないほうがいいし、逆もまたしかりだ。わざわざ厄介を起こしにいくことはない。

ジョン・バティスは、信望の厚いギリシャ系アメリカ人だ。彼が新聞社に宛てて書く手紙は人気で、政治的な意見はいつも的を射ていて、サックスの演奏はみごとだ。そのうえ詩的なところもある。そしてなにより、この町のことをよく知っていた。そんなジョンにこう言われたことがある。「〈アンダートード〉紙なんて出しながらここで無事に暮らせているなんて、あんたも珍しい人だよ。学校に通うような年の子どももいないし、町の職場で働いてるわけでもないし、女房がいるわけでもない。嫌がらせしたくても、その材料がないんだな」

〝嫌がらせ〟はニューベリーポートの伝統的なやり口だ。悪口製造機がうなりをあげて動きだし、裏で根回しがされ、〝嫌がらせ〟をしている相手に大胆にも部屋を貸している大家に圧力をかける。味方でなければ敵なのだ。敵に回れば、彼らはあらゆる嫌がらせをして警告してくる。そして、たいていの場合は、首尾よく敵の人生をみじめなものにする。

土地の歴史はジョン・バティスをはじめとする町の人々に教わったが、ここへ越してきた人たち——いわゆる〝新参者〟——からも学ぶことが多い。わたしのような立場の人間には、古参者と新参者の両方がみえる。

グランド・アーミービルの三階にある根城から町の情勢をみていると、ふたつのことがみえてくる。まずは、住んでいる期間の長さにかかわらず、だれもがニューベリーポートを愛しているということ。ふたつ目は、議論の火種は毎週のように生まれるということだ。ほかの町なら俎上にも載らない些末《さまつ》な問題が、食うか食われるかの町では一大事なのだった。

毎週、新たないざこざが起こった——戦線が引かれ、敵か味方にわかれ、論争がはじまり、中傷が飛び交う。だれかが賛成の側に立てば、反対の立場を取る人間の名が頭に浮かぶ。俎上にあがった問題などどうでもいい。反対するのは、ただ相手のことが気に食わないからだ。下院議長のティップ・オニールはかつて「すべての政治は地域的なものである」といったが、ニューベリーポートでは、すべての政治は個人的なものなのだ。

詮索好きで活気にあふれたこの町を、わたしはほんとうに愛している。物書きにはおもしろいエピソードが必要で、おもしろいエピソードには対立の緊張感が欠かせない。美しい女性のようなニューベリーポート自身も、わたしに劣らず、その緊張感を愛していると思う。その魅力的で美しい外見とは裏腹に、ニューベリーポートの内面は機能不全に陥っている。彼女がなにより望むのは、自分をめぐる争いだ。そうすれば愛されていることを実感できる。そして、それが現実だった——住民たちは町をめぐって争い、町を愛した。

そんな彼女——ニューベリーポート——にとってがまんできないのは無関心な恋人だ。だが、わたしの心は徐々に彼女から離れていった。

アティカスと共に町へ戻ったのは、登山をはじめてから三カ月後だった。そのあいだも時々帰っていたが、いつもせわしなかった。〈アンダートード〉紙の最新号を出すためだとか、吹雪から避難するためだとか、そういう用事や事情を片づけるためだったからだ。体は町にあっても、頭の中は山を登ることでいっぱいだった。そういうわけで、冬が終わって家に帰ると、言い知れない虚脱感に襲われた。燃え尽き症候群に苦しむ長距離選手のような状態だった。目標を大切に育て、守り、全身全霊を傾けてきたので、いざ計画が終わると……すべてが終わってしまうと、ぐったり疲れ、魂が抜けたようになる。ほかに追いかけるものはなく、鮮烈に輝く目標もなく、自分を圧倒してくれる偉大な存在もない。

身体的な限界に挑み、魂を満たす冒険を終えたいま、ありふれた日常が戻ってきつつある。出発地点に返ってきたというのに、以前のような心地のよさは感じられない。わたしは、鬱々《うつうつ》としていた。

虚無感に襲われていたのは、わたしだけではなかった。アティカスもまた、もとのリズムを取りもどすのに苦労しているようにみえた。プラムアイランドへでかけた翌日から、どこか様子がおかしいのだ。足取りが頼りなくなり、頭を深く垂れていることが増えた。自分と同じように落ち込んでいるんだろうと考えて、あの手この手で元気づけようとした。日に何度も散歩へ出かけ、友人のもとに立ちより、好きなおやつをやった。だが、元気は回復しない。

アティカスは、前にもましてわたしから離れなくなった。奇妙なくせもはじまった。濡れた冷たい鼻を、しきりにわたしの脚にくっつけてくる。外へ出ると、鼻を押しつける頻度は明らかに増えた。通りを歩くときはかならず横に並び、以前のように先を歩こうとは決してしない。通りを渡るときは精一杯くっついて歩き、人が多くなると、鼻先で何度もわたしの脚に触れた。机に向かうと抱きあげてくれとせがみ、わたしが原稿を書いているあいだ、パソコンのとなりに寝そべった。SOSを出し、保護を求めているようにみえた。

もちろん心配はしていたが、原因は把握しているつもりだった。自分と同じ気分なのだろうと思っていた。わたしもまた、かつては隅々まで知りつくしていた町で、よそ者のような居心地の悪さを感じていたからだ。いまの自分にあるのは、アティカスと共に山で得た経験だけなのかもしれない。

だが、彼を苦しめているのは、気分の落ち込みよりはるかに深刻なものだった。ある朝、アティカスのほうへクッキーを放った。クッキーが毛布の上に落ちる。わたしははっとした。アティカスは、十センチ先にあるクッキーのほうをみもしない。拾ってもういちど投げる。結果はやはり同じだった。

目に、なにか問題があるのだ。美しい、何物にも代えがたいアティカスの目に。

ジョン・グリロの病院に電話をすると、すぐに診察をしてくれた。

ジョンはアティカスを診察して言った。「白内障だ。白内障にかかってる」

「だけど、まだ五歳ですよ」そう返したとたん、雪山を歩きつづけた去年と今年の冬のことが頭に浮かんだ。「登山のせいでしょうか？ 雪山の照り返しで目に負担をかけていた？」

ジョン・グリロは気の毒そうな顔をして——マックスの最期が近づいたときと同じ表情だった——、雪が原因ではないと慰めてくれた。だが、不安はぬぐえない。ジョンは続けて、アラスカの犬ぞりレースを考えてみたらいい、あのレースで目の病気にかかった犬はいない、と言った。それから、スーザン・ヘイワードという、眼科専門の獣医を紹介してくれた。

それからの二十四時間で、アティカスの視力は急激に低下した。家具にぶつかり、通りの縁石につまずき、人混みにいくとはぐれそうになった。

次の日の夜、電話があった。ジョン・グリロからだ。血液検査の結果に異常がみつかり、白内障よりそちらのほうが深刻だという。アティカスは、甲状腺中毒症にかかっている可能性があった。

「どういう意味です？」

ジョンの重苦しい口調に、嫌な予感が湧いてくる。

一瞬の間を置いて、ジョンは説明をはじめた。犬が甲状腺中毒症を起こすことは極めて稀だという。

話は続いたが、耳に入ってこない。口の中で返事をしながら、どうにか気持ちを落ちつけ、たずねた。「なぜそんな病気に？」

また間があった。ジョンは、気力を振りしぼったような声で答えた。「犬に甲状腺中毒症がみられる場合、甲状腺がんを患っていることが多いんだ」

再検査を頼むと、ジョンは承諾してくれた。それを最後に、視界が真っ暗になった。会話は続いたが、言葉のすべてが靄に覆われているかのように、なにもきこえない。アティカスはわたしのひざに座り、頭を胸にもたせかけていた。きっと、胸が張り裂ける音がきこえていただろう。

ひと月前までわたしを率いてホワイト山地を登っていたアティカスが、なんの前触れもなく、いきなり視力を失おうとしている。がんと闘う人々のために数千ドルの寄付を集めたこの小さな犬は、いま、みずからがその病に冒されつつあった。

噂は瞬く間に広まった。自分たちを冒険譚で魅了したあの小さな犬が、病気になったらしい。ニューベリーポートの大事な仲間が苦しんでいる。その相棒も、苦しんでいる。

大勢の人々が心配し、留守番電話はあっというまにメッセージでいっぱいになった。電話に出る気になれなかったからだ。返信をしていないメールは数百件にもなった。だれもが、大事なアティカスの具合を気にしていた。

アティカスの前では元気に振る舞ったが、ほかのことになると、ほとんど手につかなかった。人と話すのが苦痛になり、冬のあいだと同じように、近況報告は一斉返信ですませた。

登山コミュニティの人々も噂をききつけ、連絡をくれた。彼らは、メールで、カードで、電話で、できることはなんでもする、〝小さな巨人〟に必要なものがあればなんでも届ける、と言ってくれた。

アティカスは、生まれてはじめて途方に暮れていた。とにかくわたしから離れず、しきりに抱っこをせがんだ。一日に二度も三度もモーズリー州立公園へ出かけ、お気に入りの木立で座って過ごした。アティカスはそのあいだも、絶えず鼻でわたしの脚を探していた。しょっちゅう体の向きを変えてやり、木にぶつかったり茂みに突っこんだりしないよう気を配った。公園のリスたちは、この五年ではじめて追いかけられる心配をせずにすんだ。

二度目の血液検査も、結果は同じだった。

ジョンの助手が電話をかけてきて、超音波の専門医が特別に出張してくるので、携帯用の機械で検査をしてもらえますよ、と教えてくれた。機械を使って、アティカスの体に発生した——あるいは、巣食っている——腫瘍がみつかるかもしれない。

その日の午後、わたしとアティカスはジャバウォッキー書店に寄って、友人のポール・アブラジに会った。ポールだけでなく、支配人のスー・リトルも、ほかの店員たちも、いつもアティカスをあたたかく迎えてくれる。ポールは、もしかしたら役に立つかもしれないと前置きをして、思ってもみない提案をした。

およそ二年おきにチベット仏教の僧侶の一団がここを訪れ、数日かけて砂のマンダラを描いていくのだという。ポールは、僧侶たちはちょうど今週やってくるから、アティカスを会わせてみてはどうかと言った。「ゲシェ・ジャンダン［ゲシェはチベット仏教学の学位で、博士号に相当する］にはぜひ会ってほしい」

ゲシェ・ジャンダンが何者なのかはわからないが、アティカスの助けになるならなんでもよかった。

ゲシェ・ジャンダンのことはひと目で好きになった。優しそうな丸顔で笑みを絶やさない。誠実で穏やかそうな雰囲気があった。どんな人生を送ってきたのだろう。年はわたしと同じで、一九六一年にチベットで生まれたあと、六三年には中国政府の弾圧を受けていた母国からインドへ亡命し、まだ八歳だったときにチベット仏教に入門した。ダライ・ラマから叙任されて僧侶になったのが、一九八一年のことだという。そしていま、ルイジアナ生まれの垂れ耳の小さな犬と、向かいあって座ることになった。ゲシェ・ジャンダンは椅子に座り、鮮やかな色のローブをまとっていた。その足もとで、アティカスはスフィンクスのように腹ばいになっている。ふたりとも、とても静かだった。ゲシェ・ジャンダンは温かく微笑み、アティカスは、白濁した目で僧侶をまっすぐに見上げていた。

僧侶がなにか話しはじめたが、こちらにはきこえないほど小さな声だ。なにごとか秘密をささやき、アティカスは、完全に理解しているような顔で、その言葉に耳をすましている。ゲシェ・ジャンダンは、アティカスの喉と肩のまわりで両手を動かし、それから、そっと体に触れた。二分ほどが過ぎると、この会合は、始まりと同じくらい唐突に終わった。ふたりは、おのおのの場所に戻った――アティカスはわたしのところへ、ゲシェ・ジャンダンはマンダラを作っている僧侶たちの監督へ。終わりを告げる言葉はひと言もなかった。僧侶は、むこうへ遠ざかっていく途中、わたしのほうを向いて軽くうなずいた。すべてを心得たような目をしていた。

正直に認めると、ゲシェ・ジャンダンとアティカスのあいだになにが起こったのか、そもそもなにか起こったのか、わたしにはまったくわからない。記者としての自分がこの種のことにためらいを感じるいっぽうで、自然の神秘を再発見し、特別な犬と強い結びつきを得た者としては、どんなものでも頭から否定するわけにはいかない、と考えていた。それに、チベットの高僧もまた、アティカスのために祈ってくれる人々――この頃には、町の半数にものぼっていた――となんら変わりはないのだ。

二十四時間後、前回とはまったくちがう状況で、わたしの胸はふたたび張り裂けることになった。目の前で、ジョン・グリロの助手ふたりが、アティカスを寒々しいスチールの診察台に押さえつけている。ジョンと超音波の専門医が診察室に入ってくる。

「こんなに早く対応してくださって、感謝いたします」。わたしは専門医に言った。「ふつうはもっと待たされますよね」

「ええ、そうですとも」。専門医は、どことなく弾んだ声で言った。「今回は珍しい症例ですから、ぜひともこの目でみたかったんです」

話しながら、アティカスの喉と胸と腹の毛を部分的に剃っていく。ほかの者たちは押し黙り、少し緊張していた。

専門医は機械のスイッチを入れ、毛を剃ったあとの皮膚に短針をすべらせていった。ジョンと助手たちが、腫瘍をみようと前のめりになる。専門医は得意げに顔を輝かせ、わたしたちは黙ってみていた。なにがみつかるのか心から心配していたのは、わたしひとりだったかもしれない。ジョン・グリロと助手たちは、心配よりも好奇心のほうが勝っているようにみえた。そう思いかけて、わたしは自分を叱りつけた。ジョンたちは、アティカスの体に潜伏している敵をやっつけようとしているんだ。

専門医の短針はアティカスの喉をなで、次に胸へ移り、最後に腹を調べはじめた。

わたしはてっきり、とんでもないものがみつかるにちがいない、と思い込んでいた。ところが、専門医はどこか困惑顔だ。機械が正常に動いているかどうか疑いはじめたのか、つまみをいくつかいじる。期待に満ちた笑顔が、徐々にこわばっていく。なにかみつけたと思って別の角度を試し、なんでもなかったとわかると、がっかりした顔になった。毛を剃った部分に、何度も何度も短針をすべらせる。そのあいだ、ずっと実況中継をしていた。「なにもなし……ここも、なにもなし……おや、ここはどうかな？うーん、なにもない。こっちもだ」

専門医は検査を続けたが、目当てのものをなにひとつみつけられなかった。あきらかに失望した顔だ。アティカスの検査をすぐ引き受けてくれたことには感謝していたし、腫瘍がみつからなかったこともうれしかった。だが、そのいっぽう、医者が落胆する顔をみせるたびに、殴りつけてやりたい衝動が強くなっていった。ほんとうに、殴ってやりたかった。

この専門医はまじめに仕事をしていただけなのだろう。だが、こんなふうに言ってやりたかった。あんたが相手にしてるのは、腫瘍と機械だけじゃない。魂と感情を持つ生き物だ。小さな犬の命だ。あんたが相手にしてるのは、わたしの親友の命なんだ、と。

しぶしぶ検査を終えた専門医は、キツネにつままれたような顔をしていた。

「異常なしですか?」わたしはたずねた。

専門医はまだ信じられないらしい。「ええ、異常なしです。いや、じつに不思議です」

殴ってやりたいという衝動は消えていた。いまはただ、一刻も早くアティカスを診察台から解放してほしかった。安堵が押し寄せてくる。腫瘍はみつからなかったのだ。胸をなで下ろしているわたしは、ジョンのひと言で我に返った。がんではなかったが、アティカスが甲状腺中毒症であることに変わりはない。最高の治療が受けられる病院をきくと、タフツ動物病院と、エンジェル動物病院を勧められた。わたしは、エンジェル動物病院へいくことにした。名前の響きが気に入ったのと、ジョンがそこの医者を紹介してくれたからだ。

費用がいくらかかろうと、アティカスには最高の治療を受けさせる。心配のあまり完全に忘れていたが、ひと冬の登山を終えたいま、わたしはほぼ無一文になっていた。だが、金のことはまるで頭になかった。このとき考えていたのは、ゲシェ・ジャンダンとアティカスが向かいあって過ごした、あの短い時間のことだけだった。アインシュタインの言うとおりだ。「神秘的な体験こそ、得難く美しい」

17.「ひとりにするわけにはいかないんです」

アティカスが小さい頃、わたしはまだ、ソファで眠る生活を続けていた。心配になるほど小さかったので、寝返りでうっかり押しつぶしてしまわないように、枕に預けたわたしの頭の上側に寝かせた。こうしておけば安全だし、夜中にトイレにいきたくなったときも気づくことができる。子犬の身じろぎで目が覚めると、すぐに抱きかかえ、キッチンの床に敷いたトイレシートへ急いだ。少し成長してトイレをがまんできるようになると、真夜中にもぞもぞ動きだしたアティカスを外へ出すことにした。すると、ひとりで階段を駆けおりて、通りのむこうのちょっとした芝地へいき、そこで用を足す。

眠るときはかならず一緒だ。アティカスを迎えてまもなく、わたしはちゃんとしたベッドを買った。眠りにつく前、アティカスはそばにはくるが、いつもくっついてくるわけではない。だが、この頃になると、朝目を覚ますと、いつのまにかぴったりと体を寄せていた。病気になり、目がみえにくくなると、わたしに体をすり寄せることも難しくなる。病に冒されたアティカスは、背中をこちらに向け、わたしの胸のあたりで丸くなるようになった。おびえ、助けを求めているのが痛いほど伝わってきた。

獣医専門の眼科医、スーザン・ヘイワードと初めて会う日の朝だった。目を覚ますと、アティカスがわたしの頭のすぐ上に座り、胸が締めつけられそうなほど悲しげな顔をしていた。眠気でもうろうとしていたが、様子がおかしいことはすぐにわかった。跳ね起きてよくみると、右目が完全にふさがり、黄色がかったのりのような目やにがべったりこびりついている。普段みるような目やにとはまったくちがう。目を開けられないほどの量だ。

アティカスの表情はこう訴えていた。〝トム、助けて〟

わたしはタオルを取りに走ると、熱い湯に浸して絞り、アティカスの右目に当てた。少ししてタオルを取ってみると、目やには頑固に張りついている。一筋縄ではいかない。もう一度タオルを湯に浸すと、目やにに覆われた目をそっとこすった。五、六分かかってようやく、アティカスの目は開いた。

その日の午後、はじめてスーザン・ヘイワードの病院を受診した。多忙で学究肌な女性で、少し実務的なところがある。冷淡なわけではないし医者としても有能だが、患者を寄せ付けないような雰囲気がある。もちろん、物理的な意味ではない。ただ、心を触れあわせるような関係は望んでいないらしい。

ヘイワード医師が検査をしているあいだ、わたしはアティカスのことを知ってもらおうと、この冬にしていたことを少し話した。だが、ほとんどきいていないようだった。手際よくアティカスの目を調べると、診察室の中を歩きながら彼女の所見を話しはじめた。

両目とも白内障に罹患していて手術が必要です、とヘイワード医師は言った。右目の状態は特に深刻です。病状がかなり進行していて、さらに細菌に感染しています。ブドウ膜炎と呼ばれる症状です。膿が出たのもそのせいなんです。右目の治療はもう手遅れかもしれませんし、網膜剝離を起こしている恐れもあります。いまの状態での手術はできません。薬を処方しますから、炎症が鎮まるかどうか様子をみてみましょう。炎症が鎮まらない可能性もありますし、そうなると、右目の視力は諦めるしかありません。

医師は超音波で右目の検査をした。網膜は剝がれていなかったが、このあと網膜剝離を起こせば、視力を取りもどす手立ては尽きてしまう。

「いまのアティカスにはどれくらいみえているんでしょうか」わたしはたずねた。

すると、目を閉じて天井の蛍光灯をみてください、と言われた。言われたとおりにすると、白い光の中に、ぼんやりした影がいくつかみえた。だが、みえるのはそれくらいだ。

「それが、いまのアティカスの右目に映っている世界です。左目はもう少しみえていますが、あまり変わりません」

「なぜこれほど急激に？ 雪山を登らせたせいでしょうか？」

ジョン・グリロと同様、スーザン・ヘイワードも、白内障と雪は関係ありません、と言った。「犬には時々みられる症状です。急激に悪化したとおっしゃいましたが、間違いなく、アティカスが視力を失ったのはかなり前です」

わたしは、手術は受けるつもりですが、まずは費用を工面しなくてはならないんです、と伝えた。するとヘイワード医師は、それでは失礼とだけ言って、足早に診察室を出ていった。あとには、わたしたちと、必要事項を説明する助手が残された。「手術の際は二泊三日入院していただきます。手術の前の晩に来てください。手術の翌日には帰っていただけます」

なにか質問はありますかと尋ねられた。

「ええ、ひとつ。わたしはどこに泊まればいいんですか？」

若い女性の助手は声をあげて笑ったが、すぐにわたしが本気だと気づいて真顔になった。

「アティカスをひとりにするわけにはいかないんです。これまでだって離れ離れになったことはありませんし、いまの彼はわたしをすごく必要としているんです。こんなときですから」

「飼い主の方をお泊めするわけにはいかないんです」

「例外があったっていいでしょう」わたしは笑顔で言った。「アティカスのことを一番に考えていただきたいんです」

わたしは、病院の方針を説明しようとする助手の言葉をさえぎった。

「アティカスをひとりにするわけにはいきません」

微妙な空気が流れた。助手は、少しお待ちくださいと言って出ていった。五分後、ヘイワード医師がさっそうと診察室に入ってきて、手術当日にきていただくのでも構いません、と言った。手術が終わったら帰って、翌朝一番に検査にきてください。

このときのアティカスとわたしは、大嵐のただ中に放り出されたように打ちのめされていた。なにかに頼らなくては、とても切り抜けられない。そして、お互いの存在こそ、ふたりが頼れるものだった。唯一の強みを諦めるわけにはいかなかったのだ。幸運にも、ヘイワード医師はそのことを理解してくれたようだった。

病院の駐車場を歩きながら、ヘイワード医師はああみえて案外優しい人なのかもしれない、と考えた。アティカスは車に乗るのが大好きだ。だが、ふつうの犬のように窓から顔を突きだし、舌を風になびかせて間抜け面をさらすようなことはしない。もっと威厳がある。気が向けば助手席の窓から顔を出すこともあるが、たいていはシートの上でまっすぐに座り、フロントガラス越しに行く手をみている。前がやっとみえるかみえないかくらいの背丈しかないのだが。だが、眼科から家へと向かう車の中で、アティカスは座らなかった。腹ばいになって、シートのはしに力なく頭をのせた。疲れはて、失意の底にいるようにみえた。

手をのばして、そっとなでる。小さな体と柔らかい毛並みをてのひらに感じながら、わたしは、スーザン・ヘイワードの言葉をくり返し思いだしていた。医師はこう言っていた。『間違いなく、アティカスが視力を失ったのはかなり前です』。アティカスは、いきなり目がみえなくなったわけではなかった。それなら、どうやってあんなことができたのだろう。どうやって、山の中でわたしを導くことができたのだろう？

わからない。なにがアティカスを駆りたてたのかもわからない。わかっていることはひとつだ。アティカスは、登山がわたしにとって重要なことなのだと理解した。そして、山登りをはじめた初日から、わたしを導き、その安全に気を配ることが自分の使命だと確信していた。

だが、登った山はひとつではないのだ。八十一の山を、冬に、吹雪と、暴風と、厚い雪と、氷と、氷点下の厳寒と、闇の中を登った。しかしアティカスはただの一度も、ためらいや不安をみせなかった。いつも、どんなときも、わたしを見守ってくれた。幾度となく足を止め、わたしが安全にトレイルを歩けているかどうか確かめてくれた。

ボンド山を登っているときのことを思いだし、プレジデンシャル山脈の北を登っているときのことを思いだし、ワシントンとモンローとアイゼンハワーとピアースを一日で踏破したときのことを思いだした。フランコニア山脈の尾根を渡ったときのことを思いだした。アティカスが成し遂げてきたことを。

車を路肩に寄せた。いきなり、涙で前がみえなくなったのだ。涙があふれ、あとからあとから頰を伝う。わたしはアティカスをすくいあげて抱きしめ、小さな声で言った。「ありがとう、ありがとう……ありがとう、アティカス」

18. アティカスの仲間たち

ほんとうの友だちのためにできることとはなんだろう。たとえばそれは、その生きざまと死にざまで人生を変えてくれた友だちのために、岩に覆われた危険な冬山を登って、数百キロの距離と数千メートルの標高を踏破することだろうか。あるいは、愛する友だちのために、視力を失いかけているときでさえ、同じ距離と同じ標高を、ひとつの季節に乗りこえていくことだろうか。わたしはその答えを知っている。前者はわたしがしたことで、後者はわたしがしてもらったことだ。

そしてまた、一対の目にできることとはなんだろう。画家、写真家、読書家は、視力は何物にも代えがたいと言うにちがいない。だが、みえていないながら、あらゆることを見落としている者もいる。

では、犬の目はどうだろう。犬が白内障を患っても、四千ドルは高すぎるという理由で飼い主が手術代を払わないケースはよく耳にする。そこまで難しい手術ではないにせよ、かならず成功するという保証もない。手術代を払っても結果が芳しくなかったという例も知っている。視力を失った犬たちが、その後生きていく術を身につけたという話も、本や記事でいくつも読んだ。みえない目を鋭い嗅覚が補うのだ。視力より嗅覚のほうが重要だと考える人もいる。だが、アティカスにとって、視力は何物にも代えがたい。手術を受けさせるべきなのは、考えるまでもない。

だが、もしブドウ膜炎が悪化して手術を受けられなくなり、右目を失うことになったら？　左目にも同じ症状が表れたら？　仮に処方された軟膏で膜炎が治まり手術を無事受けられたとしても、結局失敗したとしたら？

アティカスは、こうなったいまでも山を登ろうとするだろう。においを頼りにトレイルをたどり、頂上にいけば、うれしそうに顔で風を感じるだろう。だが、彼の視力には、ほかの犬のそれとは一緒にできないなにかがある。アティカスは、山頂で座り、眼前に広がる景色を眺める時間を心から愛しているのだ。神から授かった贈り物をこれほど幸福そうに使う生き物は、アティカスをおいてほかにいるまい。しかし、いま、わたしの最愛の友人は——小さなブッダは——その贈り物を失う危機にあった。

わたしは、スーザン・ヘイワードに処方された軟膏を指示どおりに塗りつづけ、右目の炎症が治まって手術を受けられますように、と祈った。炎症が治まるのを待っているあいだ、神経は徐々にすり減っていった。ちょうど、家の中から降りつづける雪を見守り、いつになったら山へ登れるのだろう、とやきもきしていたときのような感じだ。できることはなにもない。座って、待って、祈るしかない。

待っているうちに、自分の財政状況が心配になってきた。手術の費用をどうやって捻出しよう？　貯金はあらかた使いはたした。がんと闘う人々のための募金活動に注ぎこんだからだ。新聞の事業は破綻しかけている。計画を進めているあいだ、事業のほうは手つかずになっていた。そもそも自転車操業だったのだ。

わたしは途方に暮れていた。

この頃はよく、アティカスの医療費をどう工面しようかと考えながら、自宅から郵便局までの二ブロックを歩いたものだ。すると、かならず私書箱にはなんらかの督促状が届いていて、自分が破産しているという現実を改めて突き付けられる。それでもわたしたちは、毎日欠かさず私書箱をのぞきにいった。

儀式のようなものだ。ひとつは仕事のためでもあり、ひとつはアティカスのためでもあった。アティカスは、たくさんの友だちに会える散歩が大好きなのだ。

二ブロックをふつうに歩けば、片道十分もかからない。だが、いって帰ってくると、短くても一時間は過ぎている。みんなが声をかけてきては、おしゃべりをはじめる。市役所の職員がちょっとした内部事情を耳打ちしてくれたり、実業家が町の問題点を訴えてきたり、その他色々な人たちが〈アンダートード〉紙最新号への様々な意見をきかせてくれたりする。わたしの職場は町の通りで、仕事の大半はここで片付く。

視力を失ったアティカスを導きながら、毎日わたしはこの二ブロックを歩いた。アティカスが山でわたしを導いてくれたように。郵便局に着くと、アティカスは外の階段に座り、わたしが郵便を取ってくるまで待っている。そばを通る人たちがアティカスに声をかけていく。お互いがお互いのことを知っている。アティカスはこの町の一員なのだ。ニューベリーポーターだ。

以前はアティカスも郵便局に入ることができたのだが、やがて、わたしのせいでとばっちりを食うはめになった。郵便局へ立ち入り禁止になったのは、〈アンダートード〉紙の編集者の仲間だからだ。ジョン・バティスが以前話していたのはこのことだ。わたしに〝嫌がらせ〟をするのは難しい。子どもも妻もいないし、会社で働いているわけでもない。そこで〝嫌がらせ〟は、それ以外の多方面に及ぶことになった。車のタイヤを切り裂かれ、ひどいデマを流され、匿名の脅迫状が届いた。信じがたいが、〝嫌がらせ〟が思ったほど功を奏さなかったことがわかると、その矛先はアティカスに向かった。こうして彼は、いくつかの場所で立ち入りを禁止されることになった。

あるとき、女性が電話をかけてきて、郵便局の事務所の者です、と言った。表示される発信者番号で、ヴァージニア州からかけてきていることがわかった。

「ミスター・ライアン、今後、郵便局にあなたの犬を入れた場合、逮捕される可能性があります」

「どうしてです?」

「犬はアメリカ国内のどの郵便局においても立ち入りを許可されていません。盲導犬は特例ですが」

「じゃあ、どうして郵便局のみなさんは、アティカスが入っていくと犬用ビスケットをくれるんです?」

女性は一瞬口ごもったが、すぐに尊大な口調に戻って続けた。「法律は法律ですから。今後は控えてください」

わたしは続けて、いったいどういう経緯で、ヴァージニア州にある事務所が、マサチューセッツ州の小さな郵便局の問題に対応しているんですか、と尋ねた。

「苦情が届いたからです」

「どなたから?」

「わたしの立場からは申し上げられません」

〝嫌がらせ〟の裏にいる連中だろう。

このこと自体はあまり気にならない。ニューベリーポートではお決まりのゲームだ。わたしは書きたいことを書き、連中はない知恵を絞って嫌がらせをしかけてくる。これは甘んじるしかないことで、この町で暮らすための税金のようなものだ。

だがアティカスには、なぜ郵便局に入れなくなったのかが理解できない。市役所の入り口のドアに突如として現れた、こんな札の字を読めるはずもない。〈犬はお断りさせていただく場合があります(訳:アティカス・M・フィンチという名前の犬はお断りさせていただきます)〉。またしても代替わりした市長の差し金で、こんな札が貼られることになったのだ。

だが、アティカスが表で辛抱強く座っている姿に行き会うと、町の人たちは、リードもつけずに待つ小さな犬に、うれしそうな顔を向けるのだった。

「おはよう、アティカス」

「いい天気だね、アティカス」

「ごきげんいかが、アティカス」

だが、アティカスが視力を失って以来、挨拶をする声の調子は、以前とどことなくちがっていた。がんを患った相手に会ったときのような口調だ。「調子はどう?」という決まり文句は同じでも、声の響きがどこかちがう。単なる挨拶以上のなにかがある。アティカスの調子がどうなのか、ほんとうに知りたいからだ。アティカスからの返事を本気で期待しているような口ぶりだった。心配していることを伝えようとしてくれた。

ある日、郵便局の表で待つ白濁した目のアティカスのもとに戻ったわたしは、二通の封筒を手にしていた。ならんで階段に座り、封筒を開ける。一通目の宛名はアティカスになっていた。中には手作りのカードが入っていて、幼い子どもの字でこう書いてあった。「あてぃかすへ。ままとぱぱに、あなたがびょうきだってきいたの。おいしゃさんにいかなきゃいけないんでしょ。だから、ちょきんばこのおかねをあげる」

カードは四歳の女の子からだった。両親がアティカスの話をしているのをききつけ、部屋を出ていくと、すぐに貯金箱を手に戻ってきて、助けてあげたいと言ったらしい。カードにはテープで硬貨が貼り付けてあった。全部で六十八セントあった。

もう一通の封筒には、五ドル紙幣が入っていた。年配の女性で、〈アンダートード〉紙を長く購読してくれている。「トムへ。ご存知のとおり、わたしには固定収入があるの。アティカスの病院代の足しにしてちょうだい。余裕ができたらまた送るわ」

翌日新たに届いた封筒には百ドル紙幣が入っていた。送り主の名はなかったが、パソコンで打った、フランク・キャプラの名画『素晴らしき哉、人生！』からの引用が入っていた。送り主は、引用にちょっとしたアレンジを加えていた。「アティカス、覚えておいてほしい。どんな人も（犬も）、友だちがいればどんな危機だって乗り越えられる。翼を与えてくれてありがとう、唯一無比の友よ。追伸‥この冬にきみが成し遂げた冒険の旅は、ぼくたちみんなに翼をくれた」

こうした手紙は完全なる不意打ちだった。病気に苦しむアティカスを差し置いてわたしが泣くわけにはいかなかったが、ほんとうは声をあげて泣きそうだった。こんな優しさに触れるとは、思ってもみなかった。手紙はこの三通だけでは終わらなかった。

それからというもの、手紙は毎日届き、とどまることを知らなかった。ニューイングランドのいたるところから届き、カリフォルニア、オレゴン、コロラド、ジョージア、フロリダ、ニューヨークからも届いた。途中で覚えていられなくなるほど様々な場所から届いた。だが、もちろん、一番多かったのはニューベリーポートからの寄付だった。

名前を明かさない現金の寄付もあれば、小切手の寄付もあった。ひとつひとつの額は高くない。ほぼすべての封筒に、アティカスへの手紙が同封されていた。どの手紙にも彼の回復を祈る言葉が書かれ、人生に変化を与えてくれた彼への感謝が書かれていた。ある人は、こんなふうに書いてくれた。「きみのおかげで、なんだってできるんだという信念を取りもどすことができた。きみが山で成し遂げたことは、絶対に忘れない」

農場に直売所を持っている人たちは、アティカスの写真を貼ったミルク瓶をレジのそばに置いてくれた。数週間のあいだに、瓶は五セント硬貨、十セント硬貨、二十五セント硬貨、紙幣でいっぱいになり、何度も中身を空けることになった。最終的には、アティカスが治療を受けるためのお金が数百ドルも集まった。

わたしのカイロプラクターをしているトム・マクファデンは、資金集めのイベントを開き、施術を受けに訪れた人たちにこう言った。今日お支払いいただく治療費の一部は、アティカスに寄付されます。〈エイブズ・ベーグル店〉のリンダも――彼女の店も、〝嫌がらせ〟の一環としてアティカスの立ち入りが禁止されている――、かなりの額の小切手を送ってくれた。アティカスのボディスーツを買ったペット用品店のパムも同じことをしてくれた。町のとある実業家は、千三百ドルの小切手を寄付してくれた。会ったことのないケンブリッジの女性は、ブログを読んでアティカスに感動させられたわと言って、二千ドルを送ってくれた。

〈ジャバウォッキー書店〉のポール・アブラジは、トム・ジョーンズの夫のテリー・バーンズと共に〈フレンズ・オブ・アティカス〉という支援団体を立ち上げてくれた。こうして、専用の銀行口座が開設された。

子どもたちはおこづかいを送ってくれた。がんを克服した人たちも、感謝の手紙と共に小切手を送ってくれた。登山仲間の人たちも募金をしてくれた。そのなかには、ワウムベック山で出会ったケヴィンとジュディとエマの名前もあった。

たった三週間で、九千ドルもの寄付が集まったのだ。

そのほかにも、間接的な援助があった。わたしが顧みなかったせいで存続が危うくなっていた〈アンダートード〉紙は、たくさんの広告で埋まりはじめた。様々な店が、アティカスに不自由をさせたくないという善意から、広告を出してくれた。すでに広告を出していた店は、サイズを大きくしたいと申し出てくれた。〈アンダートード〉紙にはめったになかった一面広告が、毎号のように掲載されはじめた。

おそらく、もう十分ですとわたしが伝えていなかったら、寄付はいつまでも続いただろう。これで、アティカスのブドウ膜炎が順調に鎮まってくれたら、白内障の手術を受けることも、術後の検査を受けに通うこともできる。それがすんだら、すぐにエンジェル動物病院へいって、甲状腺中毒症の治療を始めることになる。

支援してくれた人々には、またお金が必要になったらお願いするから、と伝えた。だが、これまでアティカスにできた友だちの数をみるかぎり、その必要はないようだった。

19. ソウルワーク

わたしには、友人にしてよき師がいる。名前はダグ・クレイといって、〈ニューヨーク・タイムズ〉の元記者だ。現役時代は、ケネディ大統領やジョンソン大統領を取材していた。〈アンダートード〉紙が危機にさらされていた時期、ダグはよく言ったものだ。「いまが踏んばりどきだ」

的確なアドバイスだが、時にはそのとおりにするのが難しいこともある。

たくさんの人々が手を差しのべてくれるいっぽうで、わたしは依然として虚無感を抱えていた。冬の終わりと共に訪れた喪失感のせいで、アティカスの病気と向き合うに足るだけの十分な気力が湧いてこない。破綻しかけた生活を元に戻すのにも四苦八苦していた。アティカスのために強くあろうとし、その点に関しては成功していたと思う。だが、それ以外の時間は、暴風雨の中、片足で立とうとしているような気分だった。

この頃はよくアティカスと共に座りこみ、電話が鳴る音と、かけてきた相手が残す留守電のメッセージをきいていたものだ。受話器を取って会話をはじめる気力はなかった。

持ちうる力のすべてを注いで、〝踏んばって〟いた。

だが、ひとりだけ話したい相手がいた。記者であるわたしは答えを求めていた。そこで、ペイジ・フォスターに電話をかけた。冬のあいだも、登山中に撮った写真を送って冒険の詳細はまめに伝えていたが、話をするのは二年ぶりだ。ペイジから元気いっぱいな返信がくることもあったが、あまり多くはなかった。わたしは、子犬を飼ったほかの客たちの応対に追われているのだろう、と思っていた。

彼女にききたかったのは、アティカスの両親が白内障か甲状腺中毒症にかかったことがあるのか、ということだった。

電話でペイジと話すのは、いつも大きな楽しみだった。こんな状況にあってさえ、久しぶりに彼女の声がきけると思うと心が慰められた。

ペイジは、自分の知る限り、育てた犬たちは一匹も目の病気や甲状腺の病気にかかったことがない、と答え、医者たちの治療法をきいた。わたしから詳しい説明をきくと、ペイジは言った。「あなたたちには、ほかのだれにもない強みがある。あなたたちには、お互いの存在があるの。それだけは忘れないで」

鼻にかかった南部訛りの力強い声は、きいているだけで心地いい。ペイジは続けた。「ルイジアナで生まれた犬がマウンテンドッグになるとは思ってなかった。でもね、山のてっぺんに座ってるアティカスの写真を眺めていて気付いたのよ。この子の居場所は山なんだ、って。トム、あの子を山に連れていってあげなきゃだめ。あそこは、アティカスが自分の魂と向き合うことができる場所なんだから。あの子が山の頂上に座るのは、そのためなのよ。魂と向き合うため」

「だけど、ペイジ、アティカスはほとんど視力を失っているんだ。みえていないんだよ。それに、もしかしたら、がんも――」

ペイジはわたしの言葉をさえぎった。「医者の言うことはどうでもいいわ。あの子の居場所に連れていってあげて。トム、アティカスは山を必要としているの」

こんな提案をしたのが別のだれかだったら、即座にはねつけていただろう。だが、ペイジという女性は、言ってみれば〝直感的〟な人で、ほかの人にはわからない事柄を見抜く力があった。ふつうの人なら彼女の提案を非常識だと感じるだろうし、そんな提案を受け入れるわたしのことも非常識だとみなすにちがいない。だがわたしは、心の奥で、ペイジが正しいとわかっていた。アティカスはこれまで以上に山を必要としている。こうしてわたしたちは、山へと向かった。手術の二日前のことだった。

ペイジの判断を信じていたことはもちろんだが、なによりわたしは、アティカスを信頼していた。それを証明してきたのはアティカス自身だ。これまでも何度か、アティカスの嫌がる素振りをみて登山を取りやめたことはあるが、回数はあまり多くない。いや、ほとんどない。重要なのは、アティカスには選択する権利があるということと、それをわたしに伝える術を心得ているということだ。必要なことはいつも伝えようとしてくれた。それに対してきちんと耳を傾けるのが、わたしの務めだ。

登山口に着いてすぐ、今回の決断は正しかったのだとわかった。老犬のような慎重さで車からおりるアティカスにはもう、数週間前のような五歳の犬の快活さはない。だが、ここへきてよろこんでいることは、はっきりとわかった。アティカスは駐車場のまわりを一周して地面のにおいをかいでいき、やがてトレイルをみつけた。こうして登山がはじまった。

これまでとは、すべてがちがっていた。

春になったとはいえ、森はまだ眠りから覚めていなかった。緑はなく、下生えは濃淡様々な灰色と茶色で、アティカスの目にはほとんどみえなかったにちがいない。そのせいで、トレイルを辿ることはいっそう困難になり、幾度となく脇へそれたり、岩や木にぶつかったりした。茂みに突っこんでは苦心して出てくるたびに、アティカスは目にみえて苛立ちを募らせていった。一度など、以前なら易々と登っていた岩棚の前で立ちつくした。高さを目で測ることができず、途方に暮れてしまうのだ。わたしはアティカスを抱きあげ、岩棚の上にあげた。

悪戦苦闘する小さな犬をみていると、もうやめさせたいと思ったり、どうかやめると言ってくれ、と祈るような気持ちになったりした。だが、アティカスは、自分のしたいことを心得ている。出会った当初からずっと、アティカスには自分が望むとおりに生きてほしいと思っていた。進む道は自分で決めてほしかった。そしていま、アティカスは、まさにそのとおりのことをしている。

この日、胸が張り裂けるような思いになったのは、一度や二度ではない。目の前にいる小さな犬は、ほんの少し前まで、なんの苦労もみせずにトレイルを小走りに駆けていた。アティカスに命を与えたなにか強大な力が、急に牙をむいてきたようにさえ感じた。不公平な気がした。これほど純粋な存在が、これほどまでに愛したものを奪われているいっぽうで、目がみえることに感謝もしていない人だっているのだ。

木立を抜けて最初の岩棚に差しかかる頃、アティカスはすでに、いやというほどたくさんの岩や枝にぶつかり、つまずいていた。わたしはそれ以上みていられず、引きかえそうとした。「アティカス、もう帰ろう」祈るような気持ちで声をかけ、元きた道を戻りはじめる。ところが、アティカスはついてくるそぶりもみせない。座りこみ、頑として動かない。

こうして、登山は進んだ。

岩棚のはしに立つと、数十メートル下に、ちらちらと陽光を反射するマッド川がみえる。風に乗って飛ぶ一羽のタカが、呼びかけるように鳴いた。アティカスは声のするほうを向いたが、みえてはいなかったと思う。

アティカスを抱きあげ、頬をなでていく風を感じる。これまで、同じことを何度してきただろう。だが、状況は変わった。信じがたいほどに。

「アティカス、どんな気分だい？」

アティカスは満足そうなため息をつき、わたしの胸に頭をもたせかけた。こんなにささやかな仕草ひとつで、大の男がこれほど胸を揺さぶられるものだろうか。できることなら、自分の視力をやってしまいたい。これまで与えてもらったものを思えば、ごく自然な願いだ。

アティカスに、なにかを与えたかった。なにか、価値のあるものを。そこでわたしは誓った。アティカスと神に、いまの難局を無事切り抜けることができたら、新聞社を売却して山のあるところに引っ越す。ふたりが一番幸せに暮らせる場所へ移るのだ。

もう一度、家へ帰ろうかとたずねた。ところが、地面に下ろすと、アティカスはさらに上を目指して岩棚を登りはじめた。わたしは驚かなかった。ここは山だ。そしてアティカスにとって、山は登るものだ。頂上へたどり着くまで、ひたむきに登りつづける――前がみえようがみえまいが、ただ登るのだ。

ウェルチ山もディッキー山も四千フッターではない。総距離数は七キロで、高さこそ四千フィートには遠く及ばないが、樹木限界線を越えたあとの景色はじつにすばらしい。岩棚さえ越えてしまえば、あとの道行きはそこまで辛くない。この山を選んだ理由は、ひとつには比較的楽だからだ。雪もなく、樹木限界線の上まで楽にいける。もうひとつには、これまでにも何度も登ったことがあって、アティカスが好きな場所だと知っていたからだ。だが、まさにその場所で、アティカスは苦しんでいた。木立もなにもない岩棚でも、なんとか歩かなくてはならない。しょっちゅう、わたしに方向を正してもらわなくてはならない。そして時々、鼻先でわたしの脚に触れて、そばにいることを確認しなくてはならなかった。二度、うしろから岩の上へ押しあげてやると、アティカスは勇気を出して乗りこえた。そんなふうにして、進みつづけた――以前のような素早さを失ってはいても。

時々、アティカスはわたしのうしろに回り、引きかえそうかと迷うような素振りもみせた。わたしのほうが、あまりのつらさに次の一歩を踏みだせなくなることもあった。アティカスが奮闘すればするほど、もう帰ろう！　と叫びたくなった。サングラスをかけた目からは涙があふれた。わたしはいつまでも泣き、泣いているうちに涙が涸れて、一滴も出なくなった。それも当然だ。目の前にいる友だちが、困難という困難に立ち向かい、愛した場所へたどり着こうと懸命に突き進んでいる。かつてはあんなに楽々とこなせた旅が、いまでは不可能に近い難業になっているのだ。

アティカスは這ってでも山に登っただろう。

アティカスは、鳥が空を飛ぶように、魚が水の中を泳ぐように、山を登った。これほど多くを奪われたいまでさえ、アティカスはただ一心に、望む場所へ向かって歩きつづけた。いや、あるいはそこは、目指さなければならない場所だったのかもしれない。

とうとう、ディッキー山の頂上にある岩にたどり着くと、アティカスは、ゆっくりと岩の上にあがった。そして、腰を下ろした。

岩の上に座り、みえない目を風の中へ向ける。盲目の王が、足もとに広がる王国の存在を感じ取っているかのようだった。そこからは、四千フッターを望むことができる。まちがいなく、アティカスには、山々の呼ぶ声がきこえているようだった。やがて、あの深いため息をひとつつくと、小さなブッダは落ちついた。

そして、わたしはまちがっていた――涙は涸れていなかったのだ。

そのまま一時間以上は座っていた――わたしは小さな犬の姿と、彼が自分の魂と向き合う姿をみまもっていた。ペイジは正しかったのだ。この日を境に、アティカスとわたしのなかに、新たな気力が湧いたように思う。アティカスは心を落ちつかせ、目の手術を受ける準備が整った。わたしも強くなり、闘う準備ができた。

白内障の手術当日、わたしの電話は延々と鳴りつづけた。留守番電話のメッセージはいっぱいになり、アティカスの様子をたずねるメールが大量に届いた。だが、返事のしようがなかった。わたしもまた、不安を抱えて待つしかなかったからだ。

その夜、アティカスを病院から連れてかえると、アパートのドアの前には、カードや花やおやつが山のように積まれていた。町のレストランからは、アティカスの好物のミートボールが届いていた。別の友人は、サイコロステーキを置いていってくれた。

アティカスをひざの上に寝かせると、みんなに一斉メールを送り、白内障の手術は成功したようだが、はっきりした結果がわかるまでにはしばらくかかることを報告した。スーザン・ヘイワードによると、数カ月待ってやっと、視力が戻りつつあるのかどうかわかるらしい。右目の状態をとくに心配していた。

アティカスは強い鎮静剤を打たれていたが、気持ちのいい夜だったので風に当たらせてやりたかった。そこで、抱えて階段を下りると、自転車のカゴに厚い毛布を敷いて寝かせ、涼しい夜の町にこぎだした。

鎮静剤でもうろうとしていたアティカスは、このダウンタウンのサイクリング中、きっと空を飛ぶ不思議な夢をみていたにちがいない。あるいは、ここは山の頂上なんだ、山の風が顔をなでているんだと考えていただろうか。

このあとすぐにペイジに電話をして、自転車で町を回ってきたんだと話した。すると、大きな魂の小さな犬にはぴったりよ、と言ってくれた。

大変なことが続いたこの時期、ペイジにはほんとうに助けられた。わたしたちのためなら大抵のことをしてくれる友だちが大勢いるなかでも、ペイジとの絆はとりわけ特別だった。はっきりと言葉で説明することは難しい。わたしとアティカスが一緒にいるところを実際にみた人たちはたくさんいる。だが、一度もみたことがないペイジのほうが、まちがいなくわたしたちのことをよく理解していた。白内障と甲状腺の病気を抱えていたこの時期、わたしとペイジはよく電話でしゃべった。そんなときはいつも、アティカスがここへきたばかりのときのように話したものだ。会話は何時間も続いた。ペイジは、山や、新聞や、ニューベリーポートや、友だちや、そしてもちろんアティカスについて、たくさんの質問をする。だが、わたしが同じような質問をすると、さりげなく話題をそらす。そんなことよりそっちの話がききたいわ、と言うのだ。

ペイジについて知っていることは少ない。農場で暮らし、子犬たちを育てていることは知っている。結婚していることも知っているが、夫の話はあまりしない。取材好きな記者の目には、なにか秘密があるように映る。だが、そんなことはどうだっていい。とにかく、彼女との会話は大切な時間なのだ。

ある日の電話で、ペイジがたずねた。「トム、教えてちょうだい。女性のお友だちが家にくると、アティカスはどんな反応をするの?」

わたしは、この二年、うちに女性がきたことはないんだ、と答えた。アティカスが小さかった頃は女性と付き合うこともたまにあったが、いずれも長続きしなかった。ホワイト山地に登るようになってから、恋愛には関心がなくなっていた。人生に満足していたのだ。

「ペイジ、誤解しないでほしいんだけど、いい人がいたらとは思ってるよ。ただ、積極的に探そうとはしていない。それに、アティカスと築いた関係を変えることになるんだから、よっぽど特別な人じゃなきゃ」

一瞬の間を置いて、ペイジは言った。「あなたにぴったりな人が現れたら、きっとアティカスが教えてくれると思う。でもトム、どんな形でも愛は愛よ。神様は、わたしたちの人生には愛が必要だと教えてくださる。でも、それが男女の関係だとはおっしゃっていない。わたしには、アティカスがあなたの望んでいた家族を与えてくれたようにみえるのよ」

例によってペイジは正しかった。だからこそ、わたしはアティカスを失うことが怖くてたまらなかったのだ。

20．パンくず

アティカスのおかげで、家族が欲しいというわたしの長年の夢は叶った。おそらく、だからこそわたしは、こんなに長い歳月がたったあとでさえ、父や兄たちや姉たちともっと仲良くなりたい、という望みを捨てなかったのだと思う。だれかと特別な絆を築く幸福を実感し、いつの日か、父親たちともそんな絆を結べるかもしれないと信じるようになった。

父の人生における最大の悲劇は、自分へ向けられた愛を信じられなかったことだ。時おりは愛情の気配を感じることはあっても、大抵は気づかず、信じることもできなかった。

父が自分への愛情に束の間気づいた稀有な瞬間は、たとえば、二〇〇三年の五月に起こった自動車事故のあとに訪れた。父は運転中に糖尿病の発作に襲われ、電柱と石塀に突っこんだのだ。肋骨を何本も折ったが、運よく一命は取り留めた。ふつうの男でも参るような大事故だが、翌月に八十三歳の誕生日を控えた老人にとってはなおさらだった。

事故から数カ月のあいだ、兄のデイヴィッドとエディは——九人きょうだいのなかでこのふたりだけが、いまも地元のメドウェイにすんでいる——たいてい日に二回様子をみにいってくれた。わたしも駆けつけたが、百三十キロ離れている上に新聞社も経営しなくてはならないとなると、兄たちほど頻繁には見舞えない。時間をみつけては、週に二、三回ほど実家へ車を走らせ、兄たちと交代した。ほかのきょうだいも、回数こそ多くはなかったものの、助けにきてくれた。

回復期に入った頃、わたしが実家に着くと父は眠っていた。ふと、ダイニングテーブルに置きっぱなしにされた黄色いメモパッドに目が留まった。開いたページは、父の走り書きでびっしり埋められていた。そこには、事故が起こったときに命を奪ってくれなかった神への怒りが書き連ねられていた。父は、なぜひどい苦痛を負ってまで生きなくてはならないのか、理解できずにいた。

気持ちはわからなくもない。父の体は、部品がひとつずつ壊れていく中古車のようだったからだ。心臓、肺、目、耳、歯、糖尿病、腰――ありとあらゆる部分に、なにかしらの問題を抱えていた。

だが父は続けて、神が命を助けてくださったおかげで、息子たちがそれぞれの生活を犠牲にしてまで面倒をみてくれる幸せに浴することができた、とも書いていた。ありがたいことだ、と。

〝愛〟という言葉は使っていなかった。うちの家族にこの言葉を口にした者はいない。だが、この時期の父が愛情を感じていたことはまちがいない。

自分が子どもたちの人生にどれくらいの影響を与えたのか、父が気づくことはないだろう。父が高圧的な態度に出たり、弱い者いじめに近いことをしたりして、わたしたち子どもに心を閉ざしたことを省みることもないだろう。そして父は、わたしが別のところで自分の影響を受けていたことにも気づいていなかった。家を出たあと、わたしは父の愛したたくさんのものに親しむようになった。物を書くこと、読書、クラシック音楽、政治、歴史的な偉人たち――ソロー、エマソン、彼らに比肩する者たち――の思想、そしてもちろん、ホワイト山地。

父は、そうとは知らずにパンくずを撒いて息子に道を示し、わたしはそれをたどって歩いていた。アティカスの白内障が回復しはじめると、父の示してくれた道から、また別のものを学ぶことになった。

母は多発性硬化症のせいで車椅子がなくては暮らせなくなっていたが、それでも父は、妻に精一杯人生を楽しませようと懸命になっていた。車椅子だから無理だという考え方は、決してしなかった。六十年代初頭ではは一般的なことではなかったが、母をどこへでも連れていった。子どもたちはみんなそれをわかっていたし、生涯忘れなかった。

わたしもまた、アティカスに同じことを教えたかった——目に異常があろうと、甲状腺に異常があろうと、できるだけ制約に縛られないようにしよう。だからわたしたちは、ぐずぐずしないで元の生活へすみやかに戻った。手術を終えて十日後、わたしとアティカスは、さっそく山へと向かった。

まぶしそうに何度も目を細めたり、目薬をささなければならなかったが、アティカスの視力は回復していた。跳ねるような足取りでうれしそうにトレイルを歩き、自分より大きい岩をかけ上がったり、景色を堪能したりする。〝小さなブッダ〟の復活だ。

アティカスは山登りを楽しみ、足の遅いわたしを辛抱強く待ってくれた。晴天が続き、景色はすばらしかった。土曜は、朝にペミジェワセット山へいき、午後にウェルチとディッキーへいった。手術の直前に登ったのと同じ山だ。日曜は、スクアム山脈の尾根をたどりながら、スクアム湖を眺めた。

ペミジェワセットもウェルチ&ディッキーも、登りが多少つらくても十分に報われる山だ。手術を終えたばかりのアティカスにあまり無理はさせたくなかったが、山の頂上からの景色を新しい目で味わってほしかった。土曜日は、頂上へ着くたびにのんびり過ごした。急ぐ必要もない。

日曜になると、のどかなダブルヘッド・トレイルを登り、ヘラジカが群れをなして通った痕跡の残る岩や木の根を越えていった。時おり、天使や鳥だけがみることのできる景色を望む機会に恵まれると、春の木々や深い湖の、得も言われぬ美しい緑や青を眺めた。完ぺきな一日。完ぺきな登山だ。

アティカスは、すっかり以前の様子に戻っていた。

アティカスは歩き、はい上がり、座り、元気に山を登りつづけたが、この週末、わたしをなにより感動させたのは、そうした行動とはまた異なる内面的な変化だったそれは、見落としそうなほど小さな生き物と出会ったときに、明らかになった。

上機嫌でペミジェワセット山を下っている途中、みたこともないほど小さな野ネズミがいた。トレイルの真ん中の岩に座り、恐怖で凍りついている。なにしろ、わたしのXXLサイズのトレッキングシューズが眼前に迫り、いまにもネズミの天国へいきそうな状況なのだ。ネズミの生殖器には詳しくないのでオスかメスかはわからないし、面と向かってたずねるわけにもいかない。これまでの経験から、性の有り様はとても複雑なものだと心得ている。便宜的に、〝彼〟をテンプルトンと呼ぼう（ご存知のとおり、わたしは本好きだ。こうして、本からもらった名を持つネズミと犬が、トレイルで顔を突きあわせることになった。いっぽうはE・B・ホワイトの『シャーロットのおくりもの』から、もういっぽうはハーパー・リーの『アラバマ物語』からもらった名だ）。

わたしは足を止め、アティカスはとなりに行儀よく座った。ふたりで、テンプルトンをしげしげと眺める。テンプルトンは震えるのをやめ、同じようにこちらを見つめはじめた。

アティカスとテンプルトンの写真を撮ってから、小さなチーズのかけらを差しだした。小さいとはいえ、大きさはテンプルトンの体と変わらない。うれしいことに、野ネズミはわたしの手からチーズを食べはじめた。

だが、顔を見合わせる二匹の写真を撮ろうと不器用にカメラをいじっていると、うっかり野ネズミを驚かせてしまった。すると、テンプルトンは、とんでもない場所へ逃げこんだ――アティカスの足のあいだだ。〝とんでもない〟と言ったのは、ミニチュア・シュナウザーが、ネズミ狩りをさせるために交配されたテリアの一種だからだ。だからアティカスは、モーズリー州立公園へいくと、きまってリスを追いかける。テンプルトンの選んだ避難所は、控えめに言ってもかなり皮肉だ。これがほかの犬なら、あっというまにおやつにされていただろう。いや、アティカスだって以前なら、おいしくて歯ざわりのいい獲物を迷わず平らげていたはずだ。

去年の十一月、アヴァロン・トレイルを登っていたときのことだ。アティカスは、ライム病でへたりこんだわたしの前方に立っていた。口には、ほとんど息をしていないネズミが、だらりとくわえられている。アティカスが山の生き物から命を奪うのをみると、不思議と悲しい気持ちになった。そこで、放してやってくれないかな、と頼んだ。アティカスがそのとおりにすると、ネズミは雪の上に落ち、痛みに身をよじった。わたしは厚い手袋をはめると、せめて冷たい雪の上で死なずにすむように、ネズミを手の上にのせた。アティカスはとなりに座り、それをじっとみていた。その日わたしたちは、生命に対して払うべき敬意について、一対一で話をした。いまのはあまり褒められた行いじゃないんだよ、と説明し、二度としないでほしい、と頼んだ。山にいるわたしたちは客にすぎないのだ。

バカみたいだと思われるかもしれない。ミニチュア・シュナウザーは、ネズミを狩るために交配された犬種だ。だがアティカスは、こちらが期待していた以上に、その日の穏やかな話し合いを理解していたらしい。テンプルトンに噛みつかなかったばかりか、テンプルトンが足もとに逃げてきても落ちつきはらって座り、興味津々といった表情でしばらくネズミを見下ろしていた。テンプルトンは、これでもう大丈夫だと安心したらしく、アティカスの足のあいだに平然と座り、食後の毛づくろいをはじめた。わたしたちは、かなり長い時間そうしていた。

この日のアティカスの振る舞いをどう解釈すればいいのか、実はよくわかっていない。ふつうの犬とちがうことはだれより知っているが、そのわたしでさえ、この一件には驚かされた。友人のパーキーに野ネズミとの出会いを話し、前年の十一月にアティカスに語ったことを教えた。するとパーキーは、話し合いは関係ないんじゃないかしら、と言った――アティカスは、みんなの優しさに触れて変わったんじゃない？　たくさんの人が、小さな犬に敬意を払って、視力を取りもどせるように寄付をしたんだもの。

どんな理由にせよ、アティカスは血統という鎖を断ち切ったことになる（エマソンはかつてこう書いた。「自分らしくありたいなら、世の中に迎合してはならない」。アティカスは〝一介の〟犬だが、エマソンも感心してくれたはずだ）。

アティカスのミニチュア・シュナウザーとしての気質は、何世代も前から受け継がれてきたものだ。リスやネズミを追いかけるのは、彼の本能なのだ。だが、この日ペミジェワセット山の木陰で、アティカスはみずからの意思でネズミを傷つけなかった。たいていの人間が失敗することをやってのけた――変わることを。

これは、ささやかな、しかし決定的な瞬間だったのだ。

何日もこの出来事について考えた。山で過ごしたあと、思考はいつも父のことへと漂っていく。アティカスがなし遂げたことは、父が、そしてわたしが、なし得なかったことだった。アティカスは、自分を変えたのだ。

父もまた、自分を変えようと努力したのだと思いたい。そうでなければ、だれがクラシック音楽やすばらしい文学を享受するだろう。ケネディきょうだいや、ヒューバート・H・ハンフリー［アメリカの政治家。1911～1978年］や、彼らが目指した変革に賛同しただろう。歴史上の偉人たちを崇めただろう。荘厳なホワイト山地に胸を打たれただろう。

父は美しいものを愛し、心を揺さぶられもした。自分の望みもわかっていた――父はただ、望みの叶え方を知らなかっただけなのだ。少なくとも、わたしは自分にそう言いきかせて、複雑な感情を乗りこえている。だが、ほんとうのところはわからない。父が語ろうとしない事柄はいくつもあった。いつになっても秘密に包まれている。

あるいは、人生に幸福を見出せなかった父の無念が、わたしを真の冒険へ導いてくれたともいえる。わたしは、父がいきたかった場所をいくつも訪れた。冒険をやり遂げられたのは、父が自身の旅で我知らず撒いてきたパンくずのおかげであり、唯一無二の小さな犬のおかげでもある。

北の山地で小さな野ネズミと出会って数日後、わたしたちはスーザン・ヘイワードの病院へいき、術後の経過をみる検査を受けた。検査がすむと、登山を再開する許可が出された。

21. フランク・キャプラとディナーを

一分。

一分で、モーリーン・キャロルを好きになった。モーリーンは、アティカスを担当するエンジェル動物病院の専門医で、甲状腺中毒症の検査をしてくれることになっていた。自信とプロ意識があり、魅力的で優秀、ユーモアがあって、いたずらっぽい笑みを顔いっぱいにたたえ、ふつうの人なら楽なテニスシューズを選ぶような職場でハイヒールを履いている。だが、好きになったのは、まったく別の理由だ。モーリーンに参ってしまったのは、彼女がこう言ったからだ――「こんにちは、アティカス」

たったふた言。これだけだ。

だが、このたったふた言を、スーザン・ヘイワードの口からは一度もきかなかった。記憶をたどっても、ヘイワード医師がアティカスに話しかけることはなかった。だが、モーリーン・キャロルは、検査のあいだずっとアティカスに声をかけつづけた。もちろん、わたしにも声はかけてくれたが、なんといっても患者は彼なのだ。

モーリーン・キャロルだけでなく、この日エンジェル動物病院で顔を合わせた全員が、わたしたちふたりに理解を示してくれた。受付で応対してくれた人も、挨拶をしてくれた用務員の人も、助手のアン・

ノヴィツスキーも。途中でアンは、採血と採尿のためにアティカスを診察室から連れだしていったが、すぐに戻ってきて言った。「あなたと一緒のほうがいいみたいよ」わたしたちの関係を理解してくれているのだ。

エンジェルは世界でも指折りの動物病院だ。建物は小さな町の総合病院より大きく、年間数千頭もの動物を診察している。実際に訪れる前は、流れ作業のような診療になりはしないかと心配していた。温かみに欠けるスーザン・ヘイワードの診察を受けた直後だったからだ。手術の腕は一流だったし、アティカスの目を治してくれたことには心から感謝している。だが、親身な態度をみせてくれたことはなかったように思う。

機械的な診療には、物足りなさが残った。エンジェル動物病院のモーリーン医師やアンたちが、その物足りなさを埋めてくれたのだ。

アティカスをわたしの家族だと認めてくれたばかりか、特別な犬だということにも気づいてくれた。アティカスの主治医ジョン・グリロへの手紙に、モーリーンはこう書いていた。「あんな犬にははじめて会ったわ」

モーリーンは、アティカスが伝えようとすることを完ぺきに読みとっていた。あとになって、わたしにこう言ったものだ。「アティカスは仕草で言葉を話すのね」

わたしは超音波検査の話をして、専門医が腫瘍をみつけられなかったことを伝えた。そして、血液検査が間違っていて、甲状腺中毒症にかかっていない可能性はあるのだろうか、とたずねた。

「それはちょっと考えにくいわね。いくつか検査をしてみましょう。結果が出たら、次にすべきことがわかるから」

わたしたちは、心温まるエンジェル動物病院をあとにすると、車に乗ってニューベリーポートへ帰った。あたりはすっかり暗くなっていた。検査の結果が出るまで、一週間かかる。だが、こんなふうに先の読めない不安を抱えているときでさえ、エンジェル動物病院の人たちの持つなにかが、わたしに力をくれた。たとえ長く暗い旅になろうとも、わたしたちには心強い仲間がいる。そんなふうに信じることができたのだ。

その晩遅く、アティカスと共にプラムアイランドへいくと、波の音に耳をかたむけた。浜辺に座り、星を見上げる。一週間は、待つには長い。

もちろん、検査結果を待っていたのは、わたしたちだけではなかった。ニューベリーポートに住むほとんど全員が気にかけてくれていた。

寄付金は、アティカスの医療費をまかなって余りあるほどの額が集まったので、わたしは、もう大丈夫だと伝えていた。だが、検査の結果次第ではわからない。終わりのみえない長い闘いがはじまることになれば事情も変わる。

ただし、このときにはすでに資金集めのイベントがひとつ計画されていたので、それは予定どおりおこなわれることになっていた。ブリーデン一家は、夫のポールと妻のポーラ、息子のマットの三人で、うちからステート通りを一ブロックほどいったところに、ボッテガ・トスカーナという雰囲気の良いイタリア料理店を構えている。ボッテガ・トスカーナが開いている時間に夜の散歩へでかけると、アティカスはうしろ足で立ってガラス戸から中をのぞきこむ。客があまり多くなければ、ブリーデン一家は中へ招きいれてくれる。するとアティカスは厨房へ走っていって、ミートボールをひとつもらうのだ。週末のように店が混みあっているときは、客は食事をしばし中断し、ポールかマットのどちらかが仕事の手を止めてアティカスにミートボールを持っていくのを眺める。そのあいだアティカスは、入り口の階段で辛抱強く待っているのだった。

少し前に、ブリーデン一家は、店を早めに閉めてアティカスの治療費をつのるイベントを開きたい、と申し出てくれた。ミートボールとスパゲッティとサラダとパンのセットを二十ドルで出して、十ドルを〈フレンズ・オブ・アティカス〉に寄付してくれると言うのだ。

わたしは、せっかく開いてくれるイベントに客がひとりもこなかったらどうしようかと不安になっていた。

イベントは、火曜日の午後四時に開始した。時間になると、アティカスは表に座り、お客さんがくるのを待った。ところが、ひとりも現れない。

五時になると、一組の夫婦が赤ん坊を連れてやってきた。だが、それっきりだ。四十五分後になっても、やはり店は閑散としている。ブリーデン一家に申し訳なくて身が縮む思いだった。せっかく、アティカスのために通常営業を休んでくれたというのに。わたしはマットに謝った。

「いやいや、やってみる価値はあったよ」マットは言ったが、なんとなく悲しそうな顔で、ひとりで座っているアティカスをみた。ところが、マットの言葉が終わらないうちに、ドアが開いた。

六時を回る頃、店に客が入りはじめた。

七時には席がいっぱいになり、外には行列ができはじめた。待っている人たちを中に入れるため、食事を終えた人たちには帰ってもらわなくてはならなかった。ところが、誰一人として帰ろうとしない！

八時半、店の食べ物が尽きた。それでも客足は途絶えない。だれもが留まり、店は笑いと愛であふれていた。

涙ぐんでアティカスに声をかける人もいたが、大半は心から楽しんでいるようだった。食事はしないでカウンターのカゴにお金を入れていく人もいた。ほとんどはニューベリーポートに住む人々だったが、わざわざボストンからきて、〝小さな巨人〟に寄付をしてくれた登山家も数人いた。ほかのレストランで働くバーテンダーやウェイトレスも、チップの一部を寄付してくれた。

賑やかなパーティーの真ん中では、一匹の小さな犬が、たくさんの友だちに囲まれて座っている。人々が代わるがわる声をかけにくるたびに、久しぶりにみえるようになった目をしばたたかせながら、相手の顔を見上げる。訪れた人たちは、アティカスをなで、話しかけ、ミートボールを食べさせた。

ほんとうにすばらしい夜だった。アティカスはまるで、フランク・キャプラの『素晴らしき哉、人生!』のジョージ・ベイリーのようだった。

とうとうイベントがお開きになると、店には、マットとアティカスとわたしだけになった。三人でテーブルを囲んで座ると、めまいがした。いま起こったことに頭がついていかない。町に住む大勢の人々が小さな犬に心を動かされ、「きみはひとりじゃない」と伝えにきてくれたのだ。マットとその夜のことを話していると、ふいに、警告灯を点滅させたパトカーが店の前に停まった。

「勘弁してくれ」わたしはつぶやいた。警察官がドアをノックするのをみながら、ひと悶着ありそうだと気を引きしめる。なんといっても、ここはニューベリーポートで、わたしは〈アンダートード〉紙の編集者だ。楽しい夜を終えたばかりだというのに、それを味わう間もなく現実が襲ってきた。

マットがドアを開けると、警察官がわたしたちのテーブルにきて、アティカスをちらっとみた。飲食店に犬を入れるのは、衛生規範違反だ。だが彼は、黙ってカゴに寄付金を入れた。

警察官はにっと笑って言った。「アティカス、おまえなら大丈夫だ」

もちろん、アティカスは大丈夫だ。彼には友だちがいる。大勢の友だちがいる。少なくとも、それがアン・ノヴィツスキーの見解だった。アンはこの日の夜、エンジェル動物病院から電話をかけてきて、甲状腺中毒症の症状はまったくみられなかった、と言った。血液検査の結果、アティカスは健康そのものだったのだ。甲状腺の異常などはじめからなかったかのように。

にわかには信じがたい話だった。

「いや、まさかそんな。キャロル先生は、以前の検査が間違っているはずはないと……」

「そうなのよ！　わたしも同じことを先生に言ったの」アンは言った。それから、友情の力だとか、祈りの力だとか、そんな話をした。だが、わたしにはほとんどきこえていなかった――大笑いしていたからだ。

アメリカ獣医眼科学会には、商標登録された標語がある。「闇をはらう光を」

この言葉どおり、わたしたちの闇はみごとにはらわれたのだ――いくつもの意味で。

22. 約束

できることなら、こう言いたい。翌朝目を覚ますと、すべてがうまくいきはじめた、と。だが、現実はちがった。

目を覚ますと、安堵と感謝が胸に押しよせ、明るい気分は二日間続いた。憂鬱はいきなり襲ってきた。当然といえば当然だったのだ。冬がはじまる前はライム病に苦しみ、冬がはじまれば山々で成功と失敗を重ね、ニューベリーポートへ戻り、アティカスが失明した。ジェットコースターのような日々だった。

アティカスの健康が回復したとわかったとたん、わたしはいきなり緊張から解放された。元の自分に戻ってしまったのだ。三月に町へ帰ってきたときと同じだった——くたびれ、なにをする気にもなれず、ただ機械的に動いているように思える。この先もずっと〈アンダートード〉紙を続けるつもりはないが、それで生計を立てている以上、しばらくはニューベリーポートで起こる出来事に集中しなくてはならない。気乗りがしなくても仕方がない。この町に対する執着が薄れたいま、わたしは先へ進みたかった。だが問題は、進む先がわからないということだ。

悪いことは重なるもので、アティカスの目がよくなったと思ったら、今度はわたしが、キャリガン山を登っているときに、ふくらはぎの肉離れを起こした。治すには休むしかない。わたしとアティカスは、ニューベリーポートに戻り、うんざりしながら登山なしの生活に甘んじた。

大胆な決意を固めたのは、そんな時期だった。わたしはニューベリーポートを愛していたし、ニューベリーポートも――一部は――わたし（とアティカス）を愛してくれていた。アティカスに差し伸べられた救いの手は、愛情を示すなによりの証拠だと思う。

〈アンダートード〉紙を作る以外のことをしたいと切実に思いはじめていたわたしは、敬愛する人々のアドバイスに従うことにした。市長選への出馬だ。

一部の人たちはこの知らせに色めき立った。市政を真っ向から批判してきた男が、選出公職に立候補するのだ。いや、市政のトップに立候補するのだ。格好の噂の種になり、予想どおりの反響があった。わたしに批判的な人々は攻撃をはじめ、支持してくれる人たちは歓迎してくれた。特定の考えを持たない層も一定数いる。だが、彼らの多くもわたしに投票するはずだ。市長になったわたしがどんなことをするか興味があるからだ。いい市長になれる自信もある。町のことをよく知っているし、ここに住む人々の意見にいつも耳をかたむけている。だが、仮に当選したとしても、一期を務めるのがせいぜいだろう。二年務めたら一般人に戻る。政界にどっぷりはまってしまったら、政治家として正しい行いをするのはむずかしい。

出馬するには、ニューベリーポート在住の登録有権者五十人から署名を集めればいい。署名は二日で集まった。

選挙に勝つ自信はあった。五人の対抗馬には、経験も知名度も欠けている。わたしに向けられる視線は好意的なものばかりではない――地域の問題に物申す人間の定めだ――が、知名度の低い候補者ばかりが並ぶ状況では、その弱点さえ有利に働くはずだった。政治に興味のない有権者でも、わたしの名前は知っている。予備選は九月に予定されていた。予備選で得票率の高かったふたりが、十一月の本選で一騎打ちをする。
わたしの選挙活動は、いたってシンプルだった。対策本部を立ちあげることもしない。アティカスとふたりで、町の家を一軒ずつまわっていく。そして、有権者ひとりひとりと話をする。自分の話をするのではなく、彼らの話に耳をかたむけた。〈アンダートード〉紙で成功したこの方法は、市長選の選挙戦でも功を奏するはずだった。

反響はすさまじかった。大勢が電話をかけてきて、ポスターをうちの敷地に貼るといい、と声をかけてくれた。週刊紙〈ニューベリーポート・カレント〉の編集者は、いまのところ首位はあなたですよ、と教えてくれた。予想どおり〈デイリー・ニュース〉紙の反応は冷ややかだったが、これはかえって有利に働いた。この新聞は保守権力の一部だとみなされていたし、この町にいるたいていの有権者はそれを嫌う。保守権力は古きよきニューベリーポートでは腐敗の象徴で、人々はなにか言いたいことがあれば、それをたたく。

必要書類の提出日を翌週に控えたある週末、わたしとアティカスは、フランコニア山脈の四つの峰を登った。旧友と再会したような感慨が胸に迫ってくる。時間をかけて、ラファイエットからリンカン、リバティ、フルームへと歩いていく。夏らしく気持ちのいい日で、ちょうどいい強さの風が虫を追いはらってくれた。

リンカンの山頂に到着すると、食事をした。食べおわったアティカスは、わたしから少しはなれて、ひとりでゆっくりと座った。新しい目でペミジェワセット自然保護区を眺めている。アウルズヘッドの緑の尾根から、ゲイルヘッド山を、南北ふたつのトゥイン山を、ボンド山脈を、ハンコック山を、キャリガン山を見渡す。足もとの谷から上がってくる弱い風に、長い耳が揺れている。その姿をみてどれほどうれしかったことか。また、こんなアティカスをみることができたのだ——山の風を顔に受け、自由のよろこびに身を浸すアティカスを。

数日後、ニューベリーポートに戻ったわたしは、市長選から撤退すると発表した。地元の記者は驚き、理由をたずねた。

「アティカスと約束したからです」わたしは言った。そう、約束をしたのだ。

〈アンダートード〉紙を売却し、山に移住するという約束だ。

だが、問題がひとつあった――〈アンダートード〉紙を買ってくれる相手がみつからない。儲かる商売ではない。情熱だけではじめたこの仕事では、食べていくのが精一杯だった。事実をありのままに伝え、お役所主義をそのままにしておかないわたしのやり方は、大口の広告主（銀行、保険会社、病院）に敬遠されていた。〈アンダートード〉紙自体は読むし、大半は定期購読してくれている。だが、ビジネスとなると、話は別なのだ。

最終的には、買収に興味を示した相手は二組現れた。どちらの提示した額も多くない。片方は、信頼のおける実業家グループだ。〈アンダートード〉紙があれば、町での存在感を高められるかもしれない、と考えてのことだった。だが、問題がひとつあった――信条のちがいだ。

父の生き方をいくつも身につけたわたしだが、共和党は疫病神だという極端な考え方にだけは賛成できなかった。わたしは特定の政党を支持してはいない。だが、保守かリベラルかといわれれば、リベラルを選ぶだろうとは思う。

一部にはそれを疑う人もいた。というのは、三年前から〈アンダートード〉紙には、元教師のピーター・マクルランドによる保守的思想一色のコラムが載っていたからだ。リベラルな読者や広告主から、あのコラムを載せるなら購読や契約を打ちきると脅されるたびに、わたしは、リベラルな立場を取るなら、たとえ自分の信条に反する内容だろうと、人がそれぞれの意見を紙面で発表する権利は尊重するべきだと思う、と答えた。

わたしは〈アンダートード〉紙の最終号にこう書いた。「ピーターの発言権を支持してきたことを誇りに思う」。だが、発行人であるわたしには、後から意見を述べる権利がある。ちょっとしたいたずらだ。ピーターはしょっちゅう同性婚をコラムのテーマとして取りあげ、きまって手厳しく批判した。わたしはピーターを同性愛恐怖症だと思っていたので、彼のコラムのまわりを、ゲイ産業の広告で囲んでやった。ちょっとやり過ぎたかもしれない。

買収を申し出てきた実業家グループは、ピーター・マクルランドを気に入っていたかもしれないが、彼らにしてみればピーターなど保守の内にも入らなかっただろう。彼らは宗教右派のさらに右をいっていた。ジョージ・W・ブッシュが大好きで、戦争支持派だし、女性には性と生殖に関する自由など認められるべきではないと考え、ゲイやレズビアンには生まれついての欠陥があると信じている。〈アンダートード〉紙を買い取りたいと申し出てくれたふたり目の相手は、残念ながら、やや難があった――いや、難だらけだ。町のお騒がせ者だった。四十代で、おびただしい数の前科がある。ほぼ年の数ほど逮捕歴があるといっていい。

決断にはかなり悩んだ。だが、迷う余地はあってないようなものだ。だからわたしは、自分の良心に従い、〈アンダートード〉紙の売却先として前科者の彼を選んだ。父は、さすがおれの息子だと言うだろう。その男は、現金で前払いした――こちらが出した条件はこの一点だけだ――直後、またしても逮捕された。〈アンダートード〉紙の次号は、二度と世に出ないだろう。

この一件を〈アンダートード〉紙にふさわしい幕切れだと捉える人は少なくなかった。わたしの新聞を嫌っていたわけではない。ただ彼らは、新聞はトム・ライアンの創作物で、他人の手に渡すべきではないと考えていたのだ。

売却金は決して多くなかったが、借金を返済して山へ越す支度を整えたあとも、一年は食べていけそうだった。これで、新天地でのスタートが切れる。

別れはつらく切なかった。さよならを告げる相手は〈アンダートード〉紙だけではない。第二の故郷にも、大勢の友人たちにも、別れを告げることになる。かつては、この町を去ることは決してないだろうと思ったものだ。だが、山が呼んでいた。そして、わたしとアティカスは、その声に応えた。

最後の四週間は毎日のようにお別れ会をした。いまでも、「ひと月でお別れ会を四十三回開いた」あのときのことは、よく覚えている。おおげさなさよならパーティー一回ですませるより、こぢんまりした回を何度も開いて、大切な人たちとゆっくり過ごしたいと思った。コーヒーを飲み、お茶を飲み、朝食会を、昼食会を、夕食会を共にした。ハグをし、キスをし、贈り物やカードを交換した。わたしとアティカスがニューベリーポートを離れることを信じられないと言う人たちもいた。うらやましいよ、と言われることもあった。

出発の日がくる頃には挨拶をすべてすませ、町を出る準備が整っていた。もう一度だけ町を車でまわり、最後にジョン・ケリーのガソリンスタンドに寄った。ジョンはむかしからの住人だ。

「みごとだったよ」ジョンは言った。「ここへきて、言いたいことを言って、町を変えて、最後に奇跡を起こしてみせた」

「奇跡?」わたしはたずねた。

「生きてここから出られたことさ」

わたしたちは笑った。

それから、北の山地へ車を走らせた。いったい何度目だろう。だが、この日はいつもと訳がちがう。ニューベリーポートに別れを告げて、リンカンにあるアパートへ居を移すのだ。このアパートも、登山のときに山小屋を借りていた家主のものだった。メリマク川の橋に差しかかる頃、アティカスが窓の外に顔を向け、モーズリー州立公園を眺めた。その姿をみたとたん、喉に熱いものがこみあげてくるのを感じた。

ニューベリーポートへの情熱は尽きた。十一年のあいだに、名を成し、この町を少なからず変え、そして、自分の意志で去った。このことを誇りに思いたい。

これからアティカスとわたしは、新たな冒険をはじめるのだ――いや、冒険はもう、はじまっていた。

第三部
元の場所へ

Part III
Full Circle

疲れ、心をすり減らし、文明に縛られた大勢の人々が気づきつつある。山へいくことは、故郷に帰ることなのだ。大自然は人間に不可欠なもの。国が保護する森林は、材木や灌漑の為に利用するためだけのものではない。森林は、命の源なのだ。

――ジョン・ミューア（作家、ナチュラリスト）

ジェファソン山の頂上で、青空をバックに。
２月にしてはめずらしいほど暖かく、帽子も上着も手袋もいらなかった。

23・新たな冒険

ホワイト山地のなかでも一番のお気に入りは、キャノンクリフのてっぺんだ。キャノン山の頂上より一キロほど下にある。この山頂は、キンズマン山脈トレイルの途中にある。キャノンクリフの崖縁のすぐ下には、変わった形の花崗岩、オールドマン・オブ・ザ・マウンテンがある。長らく州のシンボルだったが、二〇〇三年に崩れた。父の事故の翌朝のことだ。

オールドマンは、いくつもの花崗岩が複雑に組み合わさってできた有名な岩棚で、フランコニア峡谷から見上げると、老人の横顔にみえる。ダニエル・ウェブスター〔アメリカの政治家。1782〜1852年〕は、人の横顔をくっきりとかたどるこの岩を、こんなふうに表現した。「商売人は店に看板を下げるものだ。靴屋は巨大な靴を、宝石店は巨大な時計を、歯医者は金歯を——そして全能の神は、ニューハンプシャーの山に、〃われここに人を創造す〃と示したのだ」

オールドマンは、ナサニエル・ホーソーンが短編小説「大いなる岩の顔」を書くきっかけにもなった。

わたしたちきょうだいが子どもの頃、父がフランコニア峡谷やその付近をキャンプ地として選んだのは、このオールドマンがいたからだ。何度みても、鮮烈な印象は色褪せない。父はオールドマンを愛していたし、わたしたちきょうだいもみんなそうだった。父は、トラムに乗ってキャノン山の山頂へいき、周辺をハイキングするのも大好きだった。だが、わたしたちがキャノンクリフまで下りていったことはない。もし一度でも下りていったことがあれば、あの絶景を忘れているはずがない。

クリフは文字どおりの断崖絶壁だ。眼下の峡谷《ノッチ》から、むかいにそびえるラファイエットへと続く景観とその広がりはめまいを覚えるほどだ。生きている実感をこれほど噛みしめられる場所はほかにないが、そのいっぽう、壮大な景色の中にいると、自分の存在をちっぽけに感じる。地上を見渡す崖の上にいながら、命を持ち、息づく山並みの圧倒的な大きさを思い知る。クリフの上に立つといつも、高所恐怖症のわたしは、崖のむこうへ吸いよせられていくような感覚に襲われる。胃が飛びだしそうになり、足は震える。だが、アティカスは、どんなに高いところにいこうと怯まない――景色がもっとよくみえるところにきた、というだけのことだ。

とくに予定もなく、どこかへ急いでいるわけでもなく、景観のいいところまでちょっと足を延ばそうかというような日なら、クリフのてっぺんは昼寝をするのにちょうどいい。バックパックを枕にして寝転ぶと、となりでアティカスが腹ばいになる。ぼんやり景色を眺めていると、じきに眠気がやってくる。そよ風の吹く秋の午後にそうしていると、ほんとうに気持ちがいい。十月最後の週のある午後にも、わたしたちはそんなふうに過ごしていた。

ふと目を覚ますと、アティカスは、崖の縁のすぐ手前に座っていた。わたしはみているだけで怖くなるが、アティカスは、ラファイエットの頂上を一心に見上げていた。

景色に見入るアティカスの姿はいつみても心を捉えて離さないが、白内障の手術を乗りこえたこのときは、いっそう胸に迫るものがあった。目のことを思い、甲状腺中毒症と、それが消え失せたことを思い、つらい時期に手を差しのべてくれた人たちのことを思い、エンジェル動物病院――数千頭の動物たちを救っている非営利団体だ――のことを思った。そして、決心した。いまでは、毎日を山で過ごし、当面のあいだは差し迫ってやるべきこともない。それなら、アティカスとふたりで、もう一度あの計画に取り掛かろう。ひと冬で二度、四十八の山を登るのだ。今回も募金活動をする。二度目の冬の冒険は、エンジェル動物病院のためにする。

　エンジェル動物病院はこの計画に賛成してくれた。ブログで告知をすると、たちまち寄付が集まりはじめた。支援者たちは、わたしたちが登る山を、愛するペットや亡くなったペットに捧げる。山をひとつ選び、エンジェル動物病院を受け取り先に指定した小切手を送ってもらうのだが、時には、写真や、ペットの簡単な紹介文が同封されていることもあった。わたしは山頂へ着くと、そのたびに、寄付者たちから送ってもらったペットの写真をブログに投稿することにした。

　募金活動の準備が整うと、生活の激変ぶりを感じずにはいられなかった。十月最後のこの週、ニューベリーポートでは市長選が大詰めに入っている頃だ。翌週には市長が決まる。選挙結果を他人事として考えられるのは、一九九五年以来これがはじめてだ――すばらしい解放感だった。

　なにごとにも心を煩わされることなく、キャノンクリフで午後を過ごし、プレジデンシャル山脈の南を歩く。こんなに幸せでいいのだろうか。一日一日がまぶしいほど輝いている。これまで色々なことがあり、それを乗り越えるなかで多くのことを学んだ。そしていま、新たな冒険のはじまる予感に、胸を躍らせていた。

　アティカスが顔見知りのたくさんいるダウンタウンを恋しがるときには、登山客で混みあうような日を選んで山へ出かけさえすればよかった。トレイルにはアティカスを知っている人が大勢いる。これまでとは正反対の生活だ。地元で多くの人と交わり、トレイルで自分たちだけの世界を味わっていた生活が、逆になったのだから。

　借りていたアパートは簡素な住まいだった。フランコニア峡谷からは数キロしか離れていない。なんとなく、懐かしい感じがした。机に向かって窓の外をみると、小川くらいにせまくなったペミジェワセット川沿いに木々が並んでいるのがみえる。対岸には、小さな木立と、伸び放題の下生えがあった。時の流れに忘れ去られたような土地だ。かつてはあそこにも活気があり、賑やかに過ごす家族が訪れていたのだ。しかしいまとなっては、わだちのついた二本の土の道に、古タイヤや、打ち捨てられたトラックの残骸が散らばり、キャンプ場があったことなどほとんどわからない。

はじめて川の対岸へ目をやったときは気づかなかったが、実は、そこはわたしの知っている場所だった。忘れ去られたそのキャンプ場は、父が好んでわたしたちを連れていった場所だったのだ。むかしは〝キャンパーズ・ワールド〟と呼ばれていた。父は川のそばにトレイラーを停めた。子どもたちが岩の多い川べりで遊んでいるかたわら、父はピクニック用のテーブルに向かって、黄色いメモパッドに書き物をしていた。これまでの人生を振りかえっても、あんなに幸福な時間はそうない。だが、あれは三十五年もむかしのことだ。キャンパーズ・ワールドはいまやその命を失い、家族が楽しく過ごした場所をしのばせるものは、なにひとつ残っていない。思わず笑みが浮かぶ――どんな運命のいたずらか、この地へ戻ってくるとは。温かな気持ちがわいてくる。いま、自分が文章を書いているこの部屋からほんの三十メートルむこうで、父もまた、かつて山について文章を書き、作家になることを夢見ていたのだ。

そのことに気づいたときには、迷わず父に電話をかけた。最後に話したのは、一年以上も前だ。父の声は肺気腫のせいでざらつき、年齢の重みと疲労がにじんでいた。三十分ほど話すと、父はつらそうにしはじめた。だが、わたしも父も、互いの声がきけたことをよろこんでいた。

すぐに、もう一本電話をかけた。相手はペイジ・フォスターだ。近況を話したかった。アティカスはぴんぴんしているよと伝え、わたしたちはしばらく、声をあげて笑いながら穏やかで楽しい会話を続けた。

会話の途中で、わたしは以前から気になっていたことをたずねた。ペイジのウェブサイトに載っている子犬は、いずれも千二百ドルから五千ドルの値がついている。どうしてアティカスはたったの四百五十ドルだったのだろう。

人生最大の贈り物であるアティカスには、もちろん不満などかけらもない。単純な好奇心だった――ペイジは最初から、アティカスの健康に問題があると感じていたのだろうか？　だから、彼女自身がそう話していたように、一度は手元に置いておこうと考えたのだろうか。

いいえ、とペイジは答えた。値段を低くしたのは、あなたの経済状況にあまり余裕がないような気がしたからよ。そんな気はさらさらなかったけど、アティカスを別のだれかに売っていたとしたら、最低でも二千四百ドルにはなったと思う。わたしはただ、この子犬とこの人は、お互いを必要としてるって感じただけ。

わたしには、ペイジを責めるつもりも怒らせるつもりも毛頭なかったし、彼女も、それはわかってい ると言ってくれた。だが、言葉とは裏腹に、声の調子がどことなくぎこちなかった。触れてはいけない部分に触れてしまったような、後味の悪さが残った。

ペイジは、二度目の〈ウィンター・クエスト〉の様子も、ブログや、わたしが送る写真で見守ってくれていた。彼女がルイジアナで育てた小さな犬は、いまやニューハンプシャーの雪深い山の有名人だ。

父と電話で話しているとき、叶うことなら父も一緒に登山をしたいんじゃないか、わたしのような暮らしをしたいんじゃないか、と感じた。いったいなぜだろう――ペイジとの電話でも、彼女の声に、父とよく似た強いあこがれの気持ちを感じたのだ。

24. すぐそばにある魔法

ふたたび冬登山のシーズンが訪れる前に、山には早々と雪が積もりはじめた。冬至に南北のハンコック山を登ったが、その後は天候と相談しながら比較的易しい山を選ばざるを得なかった。それでも、吹雪のボンド山脈から生還したあの日からちょうど一年という記念すべき日には、ウィリー山脈を成す三つの四千フッター、トム山、フィールド山、ウィリー山に登ることができた。

九十六の山を登るという計画は遅れていた。

ウィリー山脈のあとは、降りつづける雪のせいで、またしても五日間家に閉じこめられた。金曜の夜には降雪量が増した。わたしは、翌日の土曜日、遅い時間からジャクソン山を登ることにした。ジャクソンを選んだのは、雪靴を履いた週末登山家たちが、日中に大挙して押しかけてくるからだ。そして、雪の厚く積もったクロウフォード・トレイルの真ん中に、平らな通り道をつけてくれる。

登っていると、下山中の登山家たち数人とすれちがった。標高が高くなると、トレイルのはしに積もった雪は深くなり、木々はいっそう幻想的な姿になる。異世界の生き物が凍りついたようにみえるのだ。何度も足を止めては、写真を撮り――そして、息を整えた。例によって、わたしが止まるとアティカスも止まる。歩きだすと、アティカスも歩きだす。ゆっくりと、わたしたちは山頂を目指していった。

頂上まであと一キロ足らずとなったとき、ばったり、下山中のシュタンファー夫妻に出くわした。ケンとアンは、わたしが登山を始めた年からの知り合いだ。『AMCホワイト山地ガイド』の編集者、スティーヴ・スミスに紹介され、すぐに親しくなった。ふたりのアティカスへの惚れこみっぷりは相当なものだ。

ケンは、なんの運命の巡り合わせか、眼科医だった。診るのは人間だけだが、アティカスの目のことで不安になると、いつも相談にのってくれる。アンは看護師をしていたので、甲状腺について色々なことを教えてくれた。平日はボストンのそばで暮らしているが、週末になると、登山をするために山小屋へやってくる。わたしとアティカスの住まいから、ほんの数キロしか離れていない。北へ移り住んだ最初の年に、ふたりはわたしたちの親友になった。救ってくれたと言ってもいい。知らない人ばかりの土地で、シュタンファー夫妻が近くにいると思うと気持ちが楽になったものだ。

親しい間柄だというのに、わたしも夫妻も、同じ日にジャクソン山を登っていることは知らなかった。どこか不思議な気分だった。公道から三キロ以上も離れた雪山の真ん中で、いきなり友人の笑顔が視界にとびこんできて、聞き覚えのある声がこう呼んだのだ。「アティカス！」

ふたりとも冬用の登山ギアを全身に装着していたが、アティカスは、友だちだとすぐに気づいた。弾むような歩き方がたちまち全力疾走に変わり、挨拶をしようと一直線に駆けていく。わたしたちは足を止めて話していたが、しばらくすると、冬山の冷気で体が震えはじめた。別れる前に、ふたりが、上にはもうだれもいないよと教えてくれた。

このひと言で湧きあがってくる幸福感を、どう表現すればいいだろう。頭の先から足の先まで、全身がうずうずするのだ——ひと晩じゅうおもちゃ屋さんに閉じこめられた子どもは、きっとこんな興奮を味わうにちがいない。

こんな質問をよくされる。「一番好きな山は?」

わたしの答えはこうだ。「アティカスと頂上でふたりきりになれる山ならどこでも」

実際そのとおりなのだが、なかには特別な山もあった。眺めがすばらしいからというだけではない。山にはそれぞれ個性があって、そこで感じるものも様々にちがう。どんなに苦しい登山だとしても、それなりにすばらしい発見をするのが普通だ。だが、そのよろこびがより豊かで、より意義深い山がある。なぜ、特定の山に感情を揺さぶられるのか、その理由はわからない。だが、現にそうなのだ。

ジャクソン山も、そんな山のひとつだった。平らな山頂であたりを見回すと、自分が小さなテーブルの上に立ち、世界が足もとから落ちていくような感覚に襲われる。山頂はクロウフォード峡谷をはるか下に見下ろし、崖と言ってもいいくらい険しい。西を向くと、見わたす限り山々が続いている。天に向かってそびえる峰がところどころ霞に隠れ、大海に立つ三角波のようだ。南にもよく似た光景が広がるが、西の眺望ほどの衝撃はない。南は山々が遠いせいだろう。だが、山々が果てしなく続くという点では同じだ。北と東の眺めはさらにみごとだ。ジャクソンは、八つの峰が連なるプレジデンシャル山脈の最南に位置し、また、標高は最も低い。

晴れた日にジャクソン山の頂上に登ると、全方位どこを向いても息を呑むような景色を望める。だが、そこからみる冬のワシントン山は、絶景という言葉ではとても言い尽くせない。山脈の一番奥にそびえるワシントン山は、ジャクソンより六百メートル高く、かがやく雪のガウンをまとっているのだ。

アティカスと共に山頂へたどり着いた頃、空はきれいな深い灰色に染まり、風はなかった。マイナス三度の寒さも気にならない。山頂でふたりきりになれるよろこびに浸りながら、眺望のみごとさに胸を躍らせ、カメラをあちこちへ向けて何度もシャッターを切った。空には、灰色の雲が美しくも不気味な綾を成している。アティカスを抱きあげ、しばらく静かに座った。冬山でこんなふうに過ごせることはあまり多くない。そのまま長い時間を過ごした。眺めを堪能するアティカスをひざにのせながら、幸福を嚙みしめる。この景観を一度も目にすることのない人々もいるのだから。いつものように、意識が自由に漂いはじめる。中年男と犬は穏やかに、それぞれの物思いにふけりはじめた。ジャクソン山は、ほかの山より考えごとをするのに向いているようだ。

空は次第に暗くなりつつあった（この日、ふたりで安全な家に帰りついてしばらくすると、嵐になった）。いつしかわたしの心は、一年前に起こったある出来事へと舞いもどっていった。当時、〈アンダートード〉紙を長く愛読してくれていたジョン・バーレットという男性が、アンナ・ジャックス病院のベッドで死を待っていた。その老紳士に直接会ったことはなかったが、新聞を届けにバーレット家の玄関口を訪れたことは何度もある。思い出せないくらい前からだ（というのも、わたしは配達員も兼ねていたからだ――ひとりで新聞社を経営すると、かくも優雅な人生を送れる）。

バーレット氏の臨終の時が近づいたある日、息子は父親に、なにかしてほしいことはないかとたずねた。大変光栄なことに、バーレット氏が唯一望んだのは、〈アンダートード〉紙の最新号だった。息子はわたしに電話をかけてきて、刊行前に買わせてもらえないだろうかとたずねた。わたしは、最新号はこれから印刷所へ持っていくところで、お届けできるのは二日後になりそうだ、と伝えた。

受話器越しにきこえる彼の声は、いかにも残念そうだった。そこでわたしは、新聞の原稿を病院まで持っていくから、お父さまにはそれを読んでもらうことにしましょう、と言った。

その日の午後、わたしは新聞の原稿を、ジョン・バーレット氏に読んできかせた。朗読が終わると、年老いた紳士は満足そうな表情を浮かべて礼を言った。そして、あなたの新聞はどの記事も大好きですが、とくにお父さまへの手紙が楽しみでした、と言ってくれた。その頃父へ送っていた手紙は、山でのアティカスとの冒険譚で埋めつくされていたものだ。

バーレット氏は、恥ずかしながら山のてっぺんには一度もいったことがないんです、と言った。ですが、あなたが山の話を書いてくれると、自分まで山登りをしたような気分になれました。

「アティカスと山の頂上へいくと、ほんとうにあんな心持ちになったんですか?」バーレット氏はたずねた。

「というと?」

老紳士は目を閉じ、とつとつと言った。「こんなふうに書いてらしたでしょう。山の頂上に座ってあたりの景色を眺めていると、神の顔をみているような気がしてくる、と」

わたしはバーレット氏の記憶力に感服した。その文章を書いたのは、一年半も前のことだ。

「ええ、ほんとうにそんな気分になるんです」

バーレット氏は、ひとつ頼みをきいてくれませんか、と言った。もしご迷惑でなければ、次にアティカスと山の頂上へ着いたとき、自分のことを思いだしてほしいんです。わたしは、よろこんでそうします、と答えた。

病室を出る前、わたしはバーレット氏に、奥さまと六十回目の結婚記念日をお祝いしたばかりだそうですね、と言った。長く続いた結婚にお祝いの言葉を述べ、こんな年ですから、わたしにはそんな快挙を果たす望みもないんです、と続けた。「すばらしいことだと思います。どんなご気分ですか?」

ジョン・バーレット氏は――老紳士は、この四十八時間後に死を迎えることになる。たるんで乾燥した皮膚からは骨が浮きだし、目はほとんど閉じて、乾いた唇はひび割れていた。命はいまにも尽きようとしていた――、少し間を置き、かすかな笑みを浮かべて言った。「山の頂上にいるような気分ですよ」

この日ジャクソン山の頂上で、日の光が薄れつつある赤く暗い灰色の空の下、アティカスとワシントン山を眺めながらわたしが考えていたのは、ジョン・バーレット氏と、ふたりで交わした会話のことだった。

魔法はすぐそばにある——大切なのは、それを探すことだ。魔法は、小さな犬の顔に浮かんだ驚きの表情かもしれない。あるいは、ひとりの老紳士との思い出かもしれない。

これまで幾度となく、なぜアティカスとふたりきりで登山をするのが好きなのかとたずねられた。それは、考えるためだ。山を登っているとき、山頂で過ごしているあいだ、鬱蒼と茂る木々のあいだを縫いながら山を下っているとき、気づけば金色に輝く太陽やきらめく星空の下で、物思いにふけっていることがある。話す相手がいないと、知らずしらずのうちに、歩きながら瞑想しているのだ。わたしは無宗教だが、敢えてひとつ選ぶとすれば、わたしの教会は森で、わたしの祭壇は山頂だ。

登山を終えて豊かな気分にならないことは決してない。九十六の山を九十日で登るという計画をはじめたものの、時おりこんな不安に駆られた。目標を達成しようと数を重視するあまり、それぞれの山がみせてくれる魔法を見落とすのではないだろうか。

山に飽きる日がくるなどとは、考えることもできない。山はわたしに、教えと、ひらめきと、越えるべき試練を与えつづけてくれる。続く数週間で、わたしはようやく、未完成だった自分と父との架け橋を築くことに成功する。それもまた、山の存在があったからこそだ。

25. フランコニア山脈の死神

この冬、わたしをなにより怯えさせたのは、ヘリコプターだった。

いつきいても、山に響きわたるヘリコプターのプロペラの音は、幽霊の泣き声のように耳を刺す。ヘリコプターは悲劇の前触れだ。だれかが遭難したか、最悪の場合は命を落としたか、ふたつにひとつだ。ヘリコプターは、救難機だからだ。恐ろしいプロペラの音をきくたびに、山の圧倒的な力を畏《おそ》れずにはいられない。

山への畏れがあったからこそ、わたしは登山計画を立てるとき、ノートパソコンを使って、トレイルの状態や天気予報、そして山頂の天気予報を入念に調べる。冬山では、わずかなミスも許されない。小さなアティカスにとっては殊《こと》にそうだ。山で遭難したとしても、体の大きいわたしなら生き延びるチャンスがあるかもしれない。だがアティカスは、どこかに隠れて助けを待つわけにはいかないのだ。体を動かし、中核体温［体表ではなく内臓など体の内部の体温のこと］を一定の高さに保つ必要がある。持っている衣類でくるんでやればいいというわけでもない。体が小さいので、とにかく動いていなければ凍死してしまう。だから天候のチェックは怠れないのだ。

安全を優先させれば、計画の遅れは免れない。冬山のシーズンがはじまって一カ月たつというのに、まだ二十峰しか登れていなかった。前年は、冬の前半にはあまり雪が降らなかったが、後半になってから二週間おきに吹雪に見舞われた。わたしは、今年はその逆になってくれるといいと願っていた。

低地と高地で雪の降り方が異なるのが、その年の特徴だった。夜中は雪が降らなかったからと思って出かけても、標高の高いところではしっかり雪が積もっていて、歩くのに苦労することもある。結果的に、低めの山をひとつずつ登ることになった。天候が変わって、樹木限界線を上回る山を登り、連峰を縦走できる機会が必要だった。

ようやく快晴になったので――とはいえ、嵐の前の一瞬を狙うのだが――フランコニア山脈の四つの峰を目指した。登山家が「冬山では死者が出る」というとき、かならず例に挙げる山の一つだ。〝三つの苦難〟という名にふさわしい難所を登るとき、わたしは思うように進めず、アティカスはいつものように根気よく待っていてくれた。〝三つの苦難〟を越えると、森を抜けたところに夏季限定営業の山小屋がある。わたしたちはそこで凍るように冷たい風をよけて食事をし、これから先をいくための防寒対策をした。

ラファイエットの山頂まではあと一・五キロ。わたしにはこの一キロ半がいつもこたえる。山に登るたびにこんな苦痛を味わわなければならないのは、これまでの人生で、なにか間違ったことをしたからにちがいない。だからわたしは、最後の行程に差しかかると、きまって罪の赦《ゆる》しを請うて祈る。

何万年も前の岩が露出した寒々しい場所を歩きながら、わたしは暴風になぶられていた。細かい雪片や氷片は、巻き上げられて砕けた波しぶきのようになり、風にあおられてわたしの顔にぶつかってくる。体の小さなアティカスは、風の下をくぐるように進み、トレイルを示す大きなケルンをみつけると陰に隠れて風をよけた。いまも、ケルンの陰にいる。わたしが近づいてくるのを確かめると、次のケルンをめざして勢いよく走っていく。アティカスには、いつもすばらしい知恵があるのだ。

風は当初の予想をはるかに上回る強さで、氷と雪を波のように巻き上げ、山頂の岩肌とわたしを打ちすえた。山頂を目前にしてふたたび風になぶられながら、恐れと高揚の両方を感じた。強大な存在を前にして途方に暮れ、息ができなくなるほどの高揚を覚えることが、人にはいったい何度あるだろう？ わたしたちは、人生から変化を排除しようと懸命になるが、山の上ではそんな努力も無意味だ。頼れるものは自分だけ。〈ニューヨーク・タイムズ〉紙の元記者、ダグ・クレイのアドバイスがよみがえってきた。「いまが踏んばり時だ」

変化や危険を恐れずに冒険をするのは価値あることだ。安全な道を歩むこともできるが、それでは退屈だ。アティカスとわたしは山に出会い、冒険を選んだ。おかげで人生は豊かになった。哲学者キルケゴールはこう言っている。「冒険は不安を生むが、冒険を諦めれば自分を見失う（中略）高次の意味での冒険とは、自分を知ることである」

ほどなくして山頂に到着した。急勾配を上がってきた体はつかれていたが、気分は爽快だった。ラファイエット山の——父がかつて、キャノン山の展望台から憧れをこめて眺めていた山の——頂上に立つと、四方八方へ世界が広がっている。ホワイト山地より高い山はいくらでもある。だが、ラファイエットの頂上にいるあいだは、とてもそうは思えない。東を向けば眼下にペミジェワセット自然保護区が広がり、西を向けばフランコニア峡谷が延び、南へ延びる尾根は彼方で霧にのまれていく。尾根は、太くなったり細くなったりしながら、どこまでも蛇のように続いていく。時おりわたしは、中国の万里の長城を思いだした。

この日、陰鬱な空のもと、生き物の気配さえしない不毛の地で小さな友だちとふたりで並んでいると、世界には自分たちしかいないのではないかという錯覚に襲われた。これもまた、山を登るよろこびのひとつだ。安全だが退屈な家から遠ざかり、恐ろしくも胸躍る人生を生きるのだ。

いつものように、アティカスの度胸と気力は元気をくれた。アティカスは、わたしが抱くような恐怖や不安とは無縁で、ごくシンプルに生きている。出かけていって、できると思うことをやる。頂上に着くと左右をみて山頂標識を探し、となりに座る。そして、暴風を物ともせずに、わたしが写真を撮るのを待つ。数年前から何度も同じ場所を訪れるうちに、手順をすっかり覚えてしまったのだ。ここへくると、わたしはかならずアティカスの写真を撮る。

わびしく寒々しいこの日、わたしに勇気をくれたのはアティカスだった。どれほど厳しい環境のなかでも動じることなく、自然と一体になっている。その姿をみていると、勇気がわく。気持ちを引きしめ、写真を撮り、そして先へと進む。木立がなくなり、身を隠す場所がどこにもない。吹き荒れる風と厳しい寒さにさらされながら、引きかえそうかと迷いはじめる。だが、アティカスを――わたしの判断基準を――みるたびに、いいや、続けようと思い直すのだった。アティカスが元気よく進んでいるなら、わたしたちは前へ進むのだ。

ラファイエットの尾根に沿って南へむかい、リンカン山を目指す。リンカン山のむこうでは、空模様が変わりつつあった。嵐の前触れだ。はるか上では平らな雲底が広がり、足もとに目をやると、そこにもまた、みごとな雲が見渡すかぎりに広がっている。上を歩いていけそうな雲だった。遠くに目をやると、雲と雲のあいだに、青空が細い線になってのぞいている。上下の雲の暗い灰色をあざ笑っているかのような、鮮やかな青だった。

リンカン山の頂に着く頃、空模様はまた一段と劇的になっていた。足もとの雲は肥大した獣のように身をくねらせている。谷を見下ろすことはできないが、これはこれですばらしい景色だった。

リトル・ヘイスタック山、リバティ山と南下する間に、いったん風がやんだかと思うと、ふたたび激しく吹き荒れた。いよいよ嵐がやってくる。この日最後のフルーム山に着いたときには、アティカスもわたしもあまり元気がなかった。疲れていたせいか、もの悲しい気分だった。アパートに戻ったわたしたちは、激しい雨と風の音をぼんやりときいていた。ほんの八キロ先のフランコニア山脈で、嵐が荒れ狂っている。わたしたちは、ぎりぎりのタイミングで下山したのだ。

それから三週間後、残念なことにタイミングを逸した登山家がふたりいた。アパートの上空からは、いつまでもヘリコプターの音がきこえつづけた。嵐の予報を無視してリンカン山とラファイエット山に登ったふたりは、下山できなくなった。翌日、ヘリコプターによる一日がかりの捜索により、ふたりは救助された。しかし、ひとりは片脚を失い、もうひとりは命を落とした。

プロペラの音が長く続けば続くほど、だれかが命の危険にさらされているのだという切迫感は高まっていく。わたしはソファの上で毛布にくるまり、山の上にいる見知らぬだれかのために祈った——神のご加護がなければ、遭難していたのはわたしだったかもしれない。

まさに同じ日、わたしとアティカスはいつものように天気予報を入念に確かめてから、登山に出掛けたのだ。だが、出発したのは朝の四時で、選んだ山は風雪にさらされる区間の少ないキャリガン山だった。雪が降りはじめた頃にはすでに山を下り、車に戻ろうとしていた。

二週間後、わたしたちはふたたびフランコニア山脈を訪れ、四つの峰を登った。リトル・ヘイスタックに着くと、あの日亡くなった人を偲んで、バラを一輪、トレイルに供えた。

悲劇は厳しい警告となった。なぜ入念な準備が必要なのか、自然が猛威を振るうとなにが起こるのか、思い知らされる。アティカスが登山をためらうようなときは、改めてその感覚を尊重するようになる。前にも書いたとおり、小さな友だちが安心していられるよう気を配ることで、わたしの身も守られる。

この冬は、アティカスが山を前にためらいをみせることが少なくなかった。その後もそのようなことが何度かあり、スケジュールは遅れつづけた。目標を達成できる望みが完全に消えたわけではない。だが、その可能性は限りなく低かった。

26. 父への最後の手紙

ボンド山脈を訪れたことのない人に、あの山のことをどう説明すればいいだろう。どんな言葉を使えば、あの切り立った荘厳なボンドクリフを描写できるだろう。あの印象的な岩棚からごつい首のように延びる尾根の先には、みる者を圧倒するようなボンド山がそびえている。なだらかな西ボンドの山頂からは、比類なく壮観な風景が眺められる。友人のスティーヴ・スミスのうまい表現を借りるなら、「散骨にぴったり」の場所だ。

ボンド山脈のことをどう文章で表現すればいいのか、わたしは頭を悩ませていた。あそこを訪れたことのない父に、あの山を「みて」もらうにはどうすればいいのか。この頃も会話のない時期が続いていたが、手紙は時々書いていた。

地霊《ゲニウス・ロキ》について考える。ゲニウス・ロキとは、土地に漂う神秘性を表すラテン語だ。山を神聖視するアベナキ族の感覚にも近い。アベナキ族は、山には守護霊がいると信じている。そこに宿る偉大な精霊への畏れと敬意から、山頂には近づかないという。

ゲニウス・ロキはホワイト山地の至る所に宿っているが、それをどこよりも強く感じるのは、ペミジエワセット自然保護区の中央に位置するボンド山脈にいるときだった。ここが、ホワイト山地の心臓部だ。

ワシントン山や、そこに連なるプレジデンシャル山脈も、高さや壮麗さでは決して劣らない。ラファイエットとリンカンもボンド山脈より高く、果てしなく続くフランコニア山脈も見事だ。だが、ボンドクリフ、ボンド、そして西ボンド以上に、原始と大自然の威力を感じさせる山はない。その上、プレジデンシャル山脈やフランコニア山脈とはちがい、ボンド山脈は、車で訪れる観光客はみることができない。この山脈を拝むには、労苦をいとわずふもとまで足を延ばすしかないのだ。ほかの山々に囲まれたこの山脈は、存在さえあまり知られていない。

最南端のボンドクリフへいくには、南のカンカマガス・ハイウェイから十五キロ歩くか、北のルート三〇二から二十キロ歩くしかない。

アティカスとふたりで四千フッターをいくつも登りながら、わたしはいつも、それぞれの山を初めて登ったときの感覚を思いだそうとした。いつも新鮮な気分で登りたかったからだ。何度も繰り返しみた山の記憶をひとつずつ探り、初めて登頂したときの純粋な感慨を再現しようとする。だが、ボンド山脈では、そんな努力も必要ない。ホワイト山地の中心に位置するボンド山脈に立てば、どちらを向いても巨人のような急峻がそびえている。そこで目にする景色は、百回みたあとでも驚かずにはいられない。

またしても、嵐の前の静かな日のことだった。わたしたちは、友人のメアリーに頼んで、南のリンカンウッズまで送ってもらった。以前のルートを逆から登り、北のジーランド道路のはしに停めてある車を目指す計画だ。

まだ暗いうちに出発すると、やがて、夜明けの光がうっすらと差しはじめた。一時間後、ペミジェワセット自然保護区へ続く吊り橋に到着した。ここへくるときまって、神話の世界では、新しい世界や人生のはじまりを橋が象徴することを思いだす。橋を渡ってペミジェワセットへ入ると、たしかにすべてが一変する。地形的な変化はないのかもしれないが、吊り橋を渡って川のむこうへいくと、アティカスとふたりして異世界へ迷いこんだような感覚に襲われるのだ。

その日の朝、吊り橋のあたりの空気は冷たく澄み、自分のはく息がみえた。それ以外に特別なことはなにもなかった。だが、それからまもなくすると、太陽が山の端《は》より高くのぼって、葉の落ちた冬の木々を明るく照らしだす。木々は金の絵の具で塗られたように輝き、秋の山々が思いだされる。冬の間は白黒の世界になる山の中で、金色の木々はまばゆいほどに輝く。

日の光が暖かくなってくると、わたしは帽子を脱ぎ、手袋を取り、厚い上着を一枚また一枚と脱いでいった。夏かと思うほど汗が噴き出す。最後の小川に差しかかると、雪はまずいマッシュポテトのように柔らかくなり、雪靴の底にしつこくこびりついた。なかなか前に進めず、苛立ちが募ってくる。何度もストックで靴底をたたき、べとつく雪を削りおとさなくてはならなかった。うんざりするような道行きを二キロ近くがまんすると、ようやく、高山植物帯の手前にたどり着いた。ここまでくれば、足もとの雪は硬く、歩きやすくなる。

この日心配していたのは、樹木限界線より上の岩棚のことだった。その日のコンディションが問題だ。アティカスにとって、ボンド山脈の尾根は登るのに苦労する。だが、この日は積もった雪が階段のかわりになり、楽に進むことができた。わたしが樹木限界線を越える頃には、平らな岩の上にのんびり座って、息を呑むような景色を堪能していた。道のりはまだまだ長いが、わたしは足を止めてアティカスと一緒に座った。首を巡らせれば、北も、南も、西も、東も、どこを向いても山がある。

ボンドクリフの頂上から望む景色は、ほかの場所でみるどんな景色ともちがう。数キロ先まで見通せる開けた景観ではなく、ただ、山々がどこまでもどこまでも続いている。もうひとつ目につくものがある。百年前、林業が山に残した、無数の深い傷跡だ。冬に木々が葉を落とすと、大昔に造られた道や鉄道の線路がはっきりとみえる。かつてこの道や線路を使った伐採者たちは、目先の利益に目がくらんで、この山々を蹂躙した。傷跡は、南北のハンコック山においてとくに目立つ。この立派な山には、古い道路が無数に延び、遠目にみると消えかけた落書きか象形文字のようにみえる。五十年間、山は利用されるばかりで大切にされなかった。

痛々しい傷跡があるのは確かだ。人間と技術の発展は、自然界から多くを奪った。だがいっぽう、ボンド山で周囲に目を向ければ、ある時点で人間が自分たちの過ちに気づいたこともみてとれるのだ。

ベンジャミン・シャンプニーやトマス・コールといった〝ホワイト・マウンテン・アート〟の画家たちは、この地の山々を、あたかも人と神の交流の場であるかのように表現した。山は時に大聖堂となり、谷はエデンの園となった。ホーソーンやソローはホワイト山地を題材に短編やエッセイを書き、この土地や伝説に命を吹きこんだ。

様々な芸術家がホワイト山地を美しく解釈し、その解釈こそが、環境保護主義者たちの熱意に火をつけた。彼らは、金のために見事な自然を破壊していく材木王たちに我慢できなくなったのだ。こうして、一九〇〇年初頭にウィークス法が制定された。国がホワイト山地を材木目当ての個人に切り売りするという五十年間の慣習に終止符が打たれ、山はふたたび国民のもとに返った。皆伐や火事によって荒れた土地は癒えていき、少しずつ森が戻っていった。楽園の復活だ。

ボンドクリフのてっぺんに座っていると、人間が造ったものはほとんどみえない。南のはるかかなたに、ルーン山のスキー場が垣間見えるくらいだ。欲を言えば、そのゲレンデもみたくなかった。それさえなければ、現代人の手が触れたものは、わたしたちが歩いてきたトレイルだけになる。

もうひとつ特筆すべきは静寂だ。風の音も、鳥の声も、ジェット機の低いエンジン音も、なにもきこえない。こんなに静かな場所は生まれてはじめてだった。不気味な感じはしない。とても穏やかだった。嵐の前の静けさだ。

ボンド山の山頂では、この日唯一の風を感じた。だが、西ボンドへいく頃には、また汗をかきはじめた。あちこちに雪の吹き溜まりがあり、なにも知らずにきていたら、未踏の地かと見紛えたはずだ。たった一キロあまり進むのに一時間かかった。

西ボンドの山頂に着くと、また風がやんだ。アティカスと平らな岩の上に座り、心ゆくまで景色を眺める。時刻はまだ午後一時で、ホワイト山地のなかでも指折りの景観を十分味わう時間があった。そこから望むボンドクリフの存在感は、崖の上にいるときよりも圧倒的だ。登山をしない人がボンド山脈の写真をみれば、背景の崖も、人をよせつけないその神々しさも、現実のものとは信じられないにちがいない。わたしもまた、西ボンドの山頂からボンドクリフをみていると、時おりそんな思いに打たれることがある。

その日は、トレイルでだれにも会わなかった。アティカスとふたりで、ペミジェワセット自然保護区をひとり占めしたのだ。なんという幸運だろう！　この幸福を分かち合いたい相手は、ただひとりしかいない。

この日、西ボンドの山頂で過ごした時間はあまりに得難く、立ち去りたくなかった。荷物をおろして紙とペンを出すと、アティカスが座れるようにバックパックを地面に置く。そして、父に手紙を書きはじめた。自分がいま目にしているものを、父にもみせたかった。子どもの頃、父が連れてきてくれた山で得た憧れこそが、わたしをこの地へ導いてくれたのだ、と伝えたかった。

四十年前の父の姿が目に浮かぶ。かたわらには、かならず黄色いメモ帳が置かれている。場所は、リンカンの奥を流れるペミジェワセット川のほとりのキャンプ場だ。わたしたち子どもは遊び、父は書きものをしていた。そしていま、一番末の息子は小さな犬と共に、人里から遠く離れた山の頂上にいる。人目にさらされることもめったにないこの山で、大自然に囲まれ、父に手紙を書いている。

父さんへ

父さんもここが好きだと思う。人がめったにこない、貴重な場所だ。僕はいま、アティカスと一緒に西ボンド山にいる。まわりは見わたす限りの山だ。

父さんは若い頃、ワーズワースみたいなロマン派の詩人が好きだった。ここにきたら、きっとワーズワースの「ウェストミンスター橋の上で」が頭に浮かぶと思う。

これほど美しい眺めが地上にあるものか
よほど鈍感な魂の持ち主でなければ
かくも荘厳な光景に目を留めずにはいられまい
いまこの街がまとう衣装は
静かでつつましい、美しい朝の風景
船、塔、円屋根、劇場、教会の建物が
見渡す限り、青空にそびえながら建ちならび
清らかな空気の中でまばゆく輝く

ペミジェワセット自然保護区の真ん中にいると、ワーズワースの気持ちがよくわかる。ちがいは、ここでは「船、塔、円屋根、劇場、教会」が自然のもので、その景観を、ありがたいことに人間が保護しているということだけ。アティカスとこんな冒険ができるなんて、ぼくはほんとうに恵まれている。山の頂上にくるたびに、子どもの頃、父さんが寝る前に読み聞かせてくれた物

語を思いだすんだ。あれから長い時間がたったけど、ぼくとアティカスは、子どもの頃に憧れた本の中のコンビみたいになることができた。ハックとジム、フロドとサム——大冒険に挑む彼らに。父さんが読んでくれた本のページから抜けだしてきたみたいな気分になれる。

気づいていないかもしれないけど、父さんがぼくの子ども時代にまいてくれた種が花を開いたから、ぼくたちはいま、こうしてここにいるんだ。

父さんとはけんかもした。だけど、心から感謝していることもたくさんある。アティカスとボンド山を登るときは、いつも父さんがそばにいる。

もう遅いし、寒くなってきたから、そろそろいくよ。フロストの言葉を借りるなら、「眠りにつく前にあと何キロもある」。正確には、あと二十キロだ。

トムより

書き終えた手紙はバックパックにしまい、アパートにもどって清書することにした。このときはまだ、これが最後の手紙になるとは思ってもいなかった。

西ボンドからグヨット山までの道のりは比較的短いが、雪の吹き溜まりに足を取られ、またしても移動に一時間ほどかかった。だが、グヨット山は、曇天のときでさえ足を延ばす価値がある。ろくに草も生えていない山頂からの眺めは、ボンド山から望む景色と遜色がない。冬には、月面を歩いているような気分になる。グヨット山の広々としたなだらかな地形は、まわりで高々とそびえるフランコニア山脈や、ガーフィールドや、南トゥインの急峻とはみごとに対照的だ。

グヨットの峰を越えると、トレイルの雪は、先にきた登山家たちによって踏みかためられていた。みしらぬ先客に感謝する。その頃には疲れが出はじめていた。ふたたび一時間かけてジーランド山へいく。

気力が、沈みつつある夕陽と共に消えていく。いっぽう、アティカスは、散歩でもしているかのような弾む足取りだ。この日は、登山をはじめてから絶えずなにか食べさせた。長い一日のあいだに、十五回くらいおやつ程度の量を食べさせたはずだ。そのおかげか、アティカスは元気いっぱいだった。

ジーランドから、レンド・ア・ハンド・トレイルを通ってヘイル山へいく。この四百メートルの標高差が、わたしの体力を根こそぎ奪っていた。すでに、あたりは真っ暗だった。ジーランド道路に停めてある車までの四キロを下りはじめたとき、食糧は残っていなかった。朦朧としながら足を引きずっていると、長距離登山が登山家たちのあいだで〝死の行軍〟と呼ばれている理由がはっきりとわかる。

この日の登山は、いままでで二番目に長かった。体は悲鳴をあげている。しかし、四千フッターを五つ制覇し、四十キロを踏破した苦しさも、この日得たものを思えばどうということはない。いっぽう、十四時間に及ぶ強行軍に成功したとはいえ、計画は依然として大幅に遅れていた。長距離登山を計画に組み入れていくことはできるし、あと少しすれば、天気も安定するはずだが、それだけで計画を軌道に戻すことができるだろうか。

27. あの目。あの美しい目

この頃までに制覇した山の数は、前年の冬の同じ時期に比べると明らかに少なかった。このときの歯がゆさは、とても言葉では言い表せない。くる日もくる日も、大雪が降るか、暴風が吹くか、地面に厚い氷が張っているか——あるいはこの悪条件がすべてそろうか、いずれかなのだ。

まだ望みはあると信じたいのはやまやまだったが、目標達成の見込みが消えたことはわかっていた。それでもわたしたちは登りつづけた。

ホワイトフェイスとパッサコナウェイを登った日は、まぶしい太陽の光を真っ白な雪が照りかえし、サングラスをかけなくてはならないほどだった。アティカスの目は大丈夫だろうかと不安になる。手術を受けて以来、刺激に弱くなっている。だが、とくに変わった様子はなかった。

岩がちなブルーベリー・レッジ・トレイルにも、雪が厚く積もっていた。悪戦苦闘しながら、いくつも連なる岩棚をひとつひとつよじ登っていく。アティカスはほとんどの岩を自力で登り、すぐ上の岩からこちらを見下ろしていた。心配そうな表情を浮かべてしんぼう強く岩棚の上に立ち、真っ赤な顔を汗だくにしてはい上がってくるわたしを待つ。こちらの息が整ったのを確認すると、次の岩棚を目指し、そこでまたわたしを待つ。こんな調子で、いくつも連なる短い急斜面をこなしていった。ところが、最後から二番目の岩棚に到着してみると、アティカスがいない。名前を呼んでも姿をみせない。声を大きくしてもう一度呼ぶ。やはり姿はない。不安が押しよせてくる。獣に襲われたのだろうか、岩棚から足をすべらせたのだろうか。わたしは、ふたたび名前を呼んだ。

まずい、なにかあったのか？

そのとき、あまりの疲労で文字どおり立っていられなくなり、地面に両ひざをついて体力が戻るのを待った。体を引きずるようにして最後の岩棚にはい上がる。ところが、ここにもアティカスはいなかった。頭が真っ白になる。心臓がばくばくしはじめ、めまいがする。

顔をあげてまっすぐ前に目をやると、小さな岩山のむこうに崖がみえた。もしや、あそこから落ちたのだろうか。夢中でアティカスの名を叫ぶ。バックパックをかなぐり捨てようと体をひねった瞬間だった。アティカスの姿が目に飛びこんできた。見晴らしのいい高い岩の上に座っている。だが、こちらには目もくれない――南の方角を向き、輝く湖を一心に眺めている。

やってくれるじゃないか――わたしは胸の中でつぶやいた。湖に夢中で、わたしの呼ぶ声もきこえていなかったらしい。

岩を登ってとなりへいく代わりに、わたしはその場に腰をおろし、最高の景色を眺めた――アティカスを。

きっと、この冬の登山の目標は達成できないだろう。それどころか、近づくことさえできないだろう。だが、こんなアティカスの姿をみていると、充実感がふつふつとわいてくる。

だが、まだ終わってはいない。登るべき山はまだ残っている。

天気のせいで計画はめちゃくちゃになっていた。山に近づけないまま、一週間以上が過ぎた。

わたしたちが山に近づけずにいるあいだに、父が心臓発作を起こした。姉のナンシーが実家にいくと、父親が絨毯の上にうつぶせで倒れていたという。あたりに散乱した家具が、父親がいきなり倒れたことを物語っていた。

救急車で病院に搬送された父は、集中治療を受けたあとに肺の治療をした。そして、週末のうちに介護施設へ移った。住み慣れたわが家に戻ることは二度とないだろう。

わたしとアティカスは父を見舞った。最後に顔を合わせたのは、一年以上も前だ。

部屋に入っても、すぐには父だとわからなかった。屈強でたくましい——機嫌のいいときより悪いときのほうが多かった——父は、いったいどこへいったのだろう。ベッドに横たわり、サイドレールに片脚と片腕をだらりと掛けている。戸惑い、こわばった表情だ——わたしをみると、すがりつくような怯えた目をした。見覚えのある顔だが、だれだかわからないという表情だ。父は弱々しく心細そうな声で言った。

「ここから出してくれ」

アティカスと一緒に、そのまま父の部屋で五時間ほど過ごした。その間、父がわたしのことを思いだしたのは、せいぜい三十分程度だったと思う。だが、わたしを含む子どもたちの反応は冷静だった——兆候はかなり前からあったのだ。父は、老いと闘う努力を二年ほど前にやめていた。薬を飲まなくなり、ろくな食事をしなくなり、ひっきりなしに煙草を吸った。

わたしは父を車椅子にのせて、だれもいない階下のラウンジへいった。

「ジャック、こんにちは」

話しかけると、父は警戒した顔で会釈する。

「気分はどう?」

「気分がよさそうにみえるか?」父は腹立たしそうに吐きすてる。

いくつか質問をしたが、まともな答えは返ってこない。おれの母親はどこだとたずねるので、お母さんは亡くなったんだと教えると、驚いて言葉を失った。家族のことをきいても、やはり混乱している。わたしは父に、お気に入りの娘はだれ? とたずねた。

「グレースかな」

「ジャック、グレースはあなたの姉さんだよ」

「おれに娘なんかいるのか?」

「娘が三人と、息子が六人いる」

「ほんとうか?」父親は途方に暮れた顔になった。「妻がいるのか?」

「むかしね。イザベルって名前だった。だけど、一九六八年に亡くなったよ」

父親は少し考えこみ、悲しそうな顔をした。

わたしは、九人の子どもたちのことをひとりずつきいていった。上から順にきいていき、末っ子の自分のことは最後にたずねる。

「ジョアンはどんな子?」そうきくと、父はジョアンの欠点をあげつらい、嫌いな理由を語った。ジョンはどうかとたずねると、やはり同じような答えが返ってくる。唯一褒めたのはエディひとりだ。エディは、ニューハンプシャーに越してくる前、父の世話をしてくれていた。

やがて、自分の番がきた。「トミーのことはどう思う?」

「とびぬけて嫌なやつだ」

「ああ、らしいね」わたしは言った。「だけど、どうして?」

「おれを軽く見てる」

「ジャック、それはどうかな。トミーはあなたを愛してるよ。たまに反りの合わないことはあるだろうけど」

父は首を横に振った。「もうあいつと会うこともないだろうな。顔をみせにこようとしないんだ」

「いやいや、トミーはここへ会いにきたらしいよ」

「でたらめだ。あいつがそんなことするもんか」

「眠ってたときにきたのかもしれないね。トミーのことをもっときかせてほしいな」

父親は少し考えた。「結婚してる」

わたしは目を丸くした。「結婚？」

「あの女はやめておけと言ったんだがな」父はさも嫌そうに首を振った。

「理由は？」

「黒人だからさ。それ以来、あいつはおれと口をきこうとしない」

「奥さんの名前は？」

「忘れた。トミーが連れてこないしな」

父親は少し考えて、つづけた。「あの夫婦には子どもがいる」

「それは知らなかった」

「男だ。白人と黒人のハーフ。混血児ってやつだ」

「その子の名前は？」

「アティカス」

そばに座っていたアティカスは、自分の名前に反応して顔をあげた。

やがてわたしは、ラウンジでのおしゃべりを切りあげて父を上の部屋へ連れていき、看護師に、父にアイスクリームを食べさせてもいいですか、とたずねた。父の大好物だ。実家の冷凍庫にはアイスが何種類もあって、毎日食べていた。

「まだ夕食前ですから」看護師は言った。

「ええ。それがなにか?」

「入居者の方は、夕食をすませるまでアイスは召し上がれません」

わたしは耳をうたがった。看護師は、どこか悦に入ったような顔だ。

「冗談ですよね」わたしは言った。

「いいえ。アイスを食べたら食欲がなくなってしまいますから」

わたしは、できるだけ礼儀正しい口調で言った。「ちょっと待ってください。たとえば、あなたが八十七歳まで生きたとして、看護師さんから、夕食をすませるまでアイスは食べちゃいけませんと指示されたとしたら、どんな気分になります?」

「申し訳ありませんが、アイスは夕食のあとにしてください」看護師はくりかえした。

「上司の方とお話しできますか? いや、できれば所長さんと話したい」

数分後、戻ってきた看護師は、糖尿病患者が食べるアイスの代用品をわたしの手に押しつけた。

父親は、不審そうな表情でことのなりゆきを見守っていたが、アイスクリームをみると顔をかがやかせた。だが、小さなカップを開けてみると、中身はアイスクリームとは似ても似つかない。スプーンですくって、父に食べさせる。一口食べた父の顔をみるかぎり、味もアイスとはかけ離れていたらしい。

「おいしいかい?」わたしはたずねた?

「クソまずい」

わたしはアティカスを連れて近所のスーパーへいき、大きなカップ入りのアイスクリームを買った。

部屋に戻って、父に食べさせる。何口か食べたときだった。ようやく、父の頭の中に立ちこめていた霧が晴れた。

わたしがだれなのかずっとわかっていなかった父が、すぐそばの床に座っていたアティカスをみて、だしぬけに言ったのだ。「こいつはいい犬だ。なあ、アティカス」。アティカスは、少し父のほうへ近づいた。

「ほんとうに、いい犬だよ」父はくり返した。

「うん、そうなんだ」わたしも言った。

「おまえなんかにはもったいない犬だ」

ようやく父は、目の前にいる男が息子のトムだと気づいたらしい。わたしは声をあげて笑った。これをきっかけに父の頭ははっきりしはじめ、ふつうに、打ち解けて会話ができるようになった。だが、少し話すと疲れてきたようだった。

途中で兄のデイヴィッドが顔をみせたので、ふたりで話をした。数日前の父はひどい混乱状態で、見舞いにきたデイヴィッドをみてこう言ったらしい。「いいところにきた。エディとトミーを呼んで、一緒におれを連れて帰ってくれ」。いったい、どういう意味だったのだろう。デイヴィッドは、ただのうわ言だよ、といった。そうかもしれない。だが、この台詞から、別の意味を読み取ることはできないだろうか。

夜になると、わたしは車で家に帰った。翌朝、ジャクソン山へ向かおうとしたが、できなかった。天気は申し分なかったが、わたしの調子はそうでもなかった。結局、その次の日に早起きをして、嵐がくるまえに再挑戦することにした。

二週間近く山から離れていたので、かろうじて残っていた山登りのリズム感を失っていた。呼吸も歩調も乱れ、しょっちゅう足を止めながら、やっとのことで山頂に到達した。アティカスを抱きあげ、晴れていればワシントン山がみえるはずの方角をみた。灰色の雲の中に立っていると、いま父にみえているのも、こんなふうに灰色のもやなのかもしれないと思った。

祈りの文句と、父への感謝をつぶやいた。父は、悲しみと苦しみのなかにあっても、たくさんのことをわたしたち子どもに教えてくれた。山と出会えたのも父のおかげだ。だが父は、もっと大切なものも与えてくれた。それは、父という人の最大の美点。若き日にみた、数々の夢だ。理由はなんであれ、父は夢を手放した。あるいは、自分の情熱を子どもたちから隠し、みせまいとした。夢を隠した父の気持ちを、わたしが理解できることはないだろう。同じようにジャック・ライアンもまた、決して理解できなかった――子どもが前へ進みつづけるかぎり、父親というものは敗者になり得ない、ということを。父から子へ受けつがれた教訓や遺伝が、どれだけわずかだったとしても。

わたしたちが理解し合えないものは、ほかにもあった――死というものの捉え方だ。視界を覆いかくすような雲――この朝わたしが囲まれていたような雲、そして、人生の終わりが近づいた父を取りかこむ霞――を前にしたとき、わたしたちの目に映るものはちがう。父にはなにもみえない。父には、自分のまわりで閉じていこうとする世界が、うつろで冷たい行き止まりとしてみえている。むかしから、人間は死ねばそれでおしまいだ、という考えの持ち主だった。続きはない。だが、わたしは……別の考え方をするほうが好きだ。自分を取りかこむ雲がどれだけ厚く動かしがたいものだとしても、雲があるからこそ、人の信念はいっそう揺るぎないものになるのではないか。その先には、かならずなにかが待ちうけているのではないか。死について考えるとき、わたしはよくC・S・ルイスの言葉に力を得る。「この世界は、去るのが惜しくなるほど、あなたにやさしかっただろうか。行く先であなたを待つものは、あとに残していくものよりすばらしい」

わからないことばかりだ。だが、山に神秘的な力があることだけは――ゲニウス・ロキが存在することだけは――はっきりとわかっている。山はわたしたちを死に近づけ、それによって、生に近づけてくれる。厳しく荒々しい自然は、人生を肯定してくれる存在でもある。

灰色の霧に見入っているうちに、涙がいくつも頬を伝った。アティカスが涙をなめてくれる。悲しみに浸っていたわたしは、思わずほほえんだ。暗闇の中でも、愛はいつもそばにある。

どうにかして――どうにかして、山頂にいるこの感覚を、いまにも出口から歩き去ろうとしている父の前に持っていけたら。どうにかして、父の苦しみを和らげることができたら。どうにかして、父を山へ連れてきて、心の拠り所を与えることができたら。

アティカスと共に下山をはじめながら、わたしは、その感覚を必死で心の内にとどめようとしていた。自分自身の痛みを癒やすために。ジャクソン山は、この冬で五十九番目の山だ。冬のはじめに立てた目標には、遠くおよばない。だが、山が与えてくれる得がたい経験を思えば、登った山の数は、あまり重要ではなかった。

28. ワシントン山

冬の最終日、わたしとアティカスは、ようやくワシントン山へ足をむけた。前日まで長い悪天候が続いていたので、少しでも危険があれば取りやめるつもりだった。だが、いざ当日になってみると、太陽は輝き、空気はあたたかく、風は吹く気配さえなかった。

平日にもかかわらず、トレイルは人でいっぱいだった。ジュウェル・トレイルをたどって樹木限界線を越え、ガルフサイド・トレイルとの交差点に差しかかったところで足を止めた。ひと休みしていると、うしろから、十八人の登山グループがトレイルを上がってきた。アティカスに気づいても、ほとんどの人たちは、ごくふつうに名前を呼んで挨拶をするだけだ。この頃にはもう、冬山にいる白黒まだらで立派な眉をした小さな犬は、当たり前の存在になっていた。だが、何人かは歓声をあげ、こちらへ近づきながらカメラを出して、アティカスの写真を撮った。アティカスは、一段高い岩の上に立ち、彼らを見下ろしていた。

登山客の大半がガルフサイドを左に折れてジェファソン山へ向かういっぽう、わたしたちは、輝く氷におおわれた斜面を登って、ワシントン山をめざした。気温が上がり、わたしはTシャツ一枚になっていた。厳しい照り返しは、日焼けするほどだ。

慎重に進んでいった。わたしはアイゼンをつけ、アティカスはしっかりと氷を踏みしめて歩いていく。

そのあとも、アティカスを知っている登山客ふたりに出会った。別の男性は、遠くからわたしたちに気づき、カメラの三脚を用意しはじめた。近づいていくと、彼はこう言った。「おふたりの写真を撮らせていただけませんか？」

ワシントン山の頂上につくと、ひと休みして昼食にした。ところがすぐに、三十代くらいの三人グループがやってきて、わたしたちのすぐそばに立った。携帯電話をかざして電波を探している。残念ながらつながらないようだ。ところが、そのうちのひとりが、バックパックから衛星電話を取りだしたかと思うと、声をあげた。「つながった！」

その男性は、電話の相手にむかって声をはりあげた。「もしもし、いまどこにいると思う？」。わたしは腰をあげた。山へくるのは、この手の喧騒から逃げるためだ。これとは対照的な出来事もあった。冬季は閉鎖されているレイク・オブ・ザ・クラウズ山小屋でのことだ。モンロー山の山頂から一キロほど下ったところにある。山小屋のそばで、ひとりの男性がこちらに背を向けて座っていた。上着のフードをかぶり、手には新聞と鉛筆を持っている。アティカスがそばを通ると、男性はぎょっとして顔をあげた。やせていて、肌は風雨にさらされてきたのか荒れている。日焼けした顔に眼鏡をかけていた。六十代くらいだろうか。着ているコートはぼろぼろだった――褪せたオレンジの生地のあちこちに、灰色のダクトテープが貼られてある。やぶれた部分を、テープでつなぎ留めているらしい。

男性は、新聞のクロスワードパズルに没頭していた。

ホームレスかと見紛えそうなほど粗末な格好の男性がパズルに集中しているのをみると、わたしは邪魔をしないことに決めた。アイゼンを調節し、バックパックを下ろしてアティカスにおやつをやり、自分も蜂蜜を少しなめてエネルギーを補給する。モンロー山を登る準備が整った頃、男性がアティカスのことをたずねてきた。短いやり取りから、すばらしく楽しい会話がはじまった。

男性はリチャードという名で、年は七十八歳だった。ワシントン山に登ったのは、それが、妻とする毎年の恒例行事だったからだそうだ。奥さんはどちらですかとたずねると、一年前に亡くなってね、と言った。リチャードによると、彼の妻は、ニューヨーク州北部にあるアディロンダック山地の四千フッターをひと冬ですべて踏破した最初の女性だという。スイスの出身だった。山が大好きだったふたりは若い頃に結婚した。子どもはふたりいた。

夫妻は、二十年前にニューヨークからホワイト山地へ住まいを移した。独り暮らしになってもこの土地が好きで、離れるつもりはまったくないという。山が好きで、時間ができるといつも登山をする。だが、登山リストを作るのはやめにしたらしい。

ぼろぼろのコートの話になると、かれこれ五十年は着てるんだ、と言った。妻には何度も捨てろと言われたが、頑としてきかなかったという。アイゼンも、五十年かそれ以上使っているかもしれないとリチャードは話してくれた。ストラップは革紐で、スパイクの手入れは欠かさないという。木製のピッケルも、負けず劣らず古かった。バックパックから誇らしげに取りだしてくれた手袋は、ウール製で大きく、コートと同様ダクトテープがふんだんに貼ってあった。

リチャードとの会話は元気をくれた。ワシントン山の頂上とは正反対だ。

当然ながら父のことを思いだし、母があのとき病院のベッドに火のついたタバコを落とさなかったら、色々なことがちがっていたのだろうか、と考えた。新鮮だったのは、リチャードが自分の人生や妻のことや、どれだけ妻を愛していたかを、気さくに語ってくれたことだ。わたしは実の父親よりもリチャードのことをよく知っているような気さえする。

リチャードと別れて、この冬最後の山々を登りながら、わたしはいつしか、自分とアティカスのことに思いを馳せていた。この冬に制覇した山は六十六しかない。はじめに設定した目標より、三十も少ない。だが、累計降雪量が六メートル半を超えたこの冬、わたしは諦める術を学んだ。努力で乗りきれることもあれば、自分にはどうしようもないこともある。教えてくれたのは、アティカスと、そして山そのものだった。

二度の冬のあいだに、わたしたちは百四十七の峰を踏破し、大きなケガもせず、大切な目的のために二度募金活動をして数千ドルを集め、生き方を一変させた。かたや小さな犬、かたや中年で肥満体で高所恐怖症の新聞記者。冬山は不向きと思われる二人組にしては、悪くない結果だと思う。

29．別れ

冬が終わると、ケンとアン夫妻に誘われて、ハイキングへ出かけた。三カ月の〝四千フッターしばり〟を終えたあとでは、リスト以外の山に登るのが心地いい。はじめて訪れたボルダー・ループ・トレイルを、わたしは心から楽しんだ。なだらかな斜面、景色、そして岩棚に生えたねじれた低木が、深い海のように青い空を背景にくっきりと浮かび上がっている様子。なにもかも、ほんとうにすばらしかった。

翌日の夜、ソファに座ってこの日の登山記録をつけていると、アティカスは、わたしの様子がいつもとちがうことを感じ取ったようだった。普段なら、わたしの目の届くところに座り、脚のどこかに体の一部をつけておくことが多い。だが、この夜は、わたしの真横にぴたりと体を押しつけて寝そべっていた。

わたしはソファに横向きに座り、足をのばしていた。アティカスは長々と寝そべっている。いつものように足もとにではなく、脚と平行にうつぶせになり、ぴったり体を押しつけて、頭をわたしの腰骨のあたりにあてている。心臓の鼓動を感じた。アティカスは、できるだけわたしにくっついていようとしていた。視力を失い、途方に暮れていたあのときと同じように。だが、今回は様子がちがう。あのときのアティカスは、守ってくれ、と言っていた。だがいまは、守ってあげる、と言っていた。

この日は月曜日だった。父の通夜は水曜日にメドウェイでおこなわれ、葬式は木曜日に執り行われる。

わたしには通夜も葬式もあまり意味がない。最後に父と交わした会話こそ、重要なものだった。

それは、前の週の土曜日のことだった。この日の父は、思考が明瞭で機嫌もよく、ミルフォード病院へ見舞いにきたエディとデイヴィッドとわたしをみるとうれしそうにした。三人が集まったのは偶然だ。アティカスと一緒にニューベリーポートへ寄ってから病院へいくと、ふたりも到着したところだった。四人で病院に入ると、受付係がアティカスに目を留めて言った。「申し訳ありません、ペットはお断りしているんです」

「どうしてです?」

「そういう決まりなんです。規則違反になりますから」

「ほかの病院は許してくれましたよ」わたしは笑顔で言った。

「申し訳ありませんが、うちでは無理なんです」

「じゃあ、規則とやらをみせていただけますか?」そう言って食い下がると、兄たちがわたしから少し離れた。エディは、できれば他人の振りをしたい、とでも言いたげな顔だ。

先に病室へいっててくれと言うと、兄ふたりはさっそく逃げだした。

受付係と少し話したあと、結局アティカスは車に残ることになった。病室で父が口にしたひと言は、褒め言葉だったと思う。エディが、アティカスが病院に断られたいきさつを話すと、父はこう言ったのだ。「そうか、そりゃ残念だ」。わたしには、それが心からの言葉だとわかる。

この日の父は、いつもとちがっていた。すべての怒りや苦しみを介護施設で洗い流してきたかのように、朗らかだった。

話の途中でデイヴィッドが、明日はイースターだからほかのきょうだいも訪ねてくると思うよ、みんながくるから準備しときなよ、と言った。わたしは、家族が勢ぞろいするんなら、くたばるにはちょうどいい週末だな、と父をからかった。父親は声をあげて笑った。ユーモアまで戻ってきている。いっぽう、兄たちは咎《とが》めるような顔でわたしをみた。

エディが、医者の見立てじゃ父さんは回復してきてるから、もうすぐ退院して介護施設に戻れると思う、と言った。父親は肩をすくめ、どこだっていい、と言った。そして続けた。「だが、その次はどうだ？終わりがきたらなにが起こるんだ」

父の言葉に、わたしは心を慰められた。これまでの父はいつも、死ねばすべてが終わりだ、新たな章など存在しない、と言っていたからだ。諦めたように終わりを待っていた父は、だが、人生最後のこの日の午後、窓から降りそそぐ太陽の光のもとで目を輝かせながら、別の可能性を感じとっていた。いや、祈っていたのかもしれない。死を迎えたあとにはなにかが起こる、死は〝本〟を閉じて終わるものではないのだ、と。

父が残した最期の言葉も、わたしには大きな慰めになった。深夜を過ぎた頃だったという。そばには、ふたりの看護師と医師がいた。看護師のひとりが、大きな声で父をはげました。「吸って……吐いて……吸って！」

父の返事は、ジャック・ライアンの真骨頂とでも言うべきひと言だ。最後の最後に、父はこう言ったのだ。「なんだ？　おれは出産中か？」

父はよく知らない人を相手にジョークを飛ばすのが大好きだった。相手が女性——とくに、かわいい女性ならなおさらだ。女性の看護師ふたりに最期を看取ってもらえてよろこんでいたと思う。ひとりぼっちで息を引き取らずにすんで、ほんとうによかった。

いつだったか父は、死ぬなら春だな、と冗談を言ったものだ。暗く寒い冬がようやく明けた頃、薄着になった若い女たちの横を車で走っているときに、そっちに気を取られて死にたいもんだ、と言うのだ。

わたしも父が死ぬとしたら春先だろうと思っていたが、理由は別にある。アメフトのシーズンが終わり、野球のシーズンもまだ始まっていないこの時期は、父にとって退屈極まりないのだ。

それからの数週間は、デイヴィッドの見舞い中に父が口走った言葉が頭を離れなかった。「いいところにきてくれた。エディとトミーを呼んで、おれをここから出してくれ」

結局この言葉どおりになった。ほかのきょうだいは、入院した父とは一度も面会できなかった。デイヴィッド、エディ、トミーの三人に見送られるようにして、父はまさに〝この世〟から出ていったのだ。

なぜ父はこの三人を選んだのだろう。ひとつには、自動車事故のあと父の近くにいたからだろう。だが、ジャック・ライアンには、ちゃんともくろみがあったはずだ。デイヴィッドは責任感が強く誠実だ。数字に明るく、〝逃亡〟に必要な金のことは任せておける。エディは一番のお気に入りで、心根が優しい。ちゃんと世話をしてくれる。最年少のわたしのことは、第二の自分だと考えていた。自分とはちがって夢を追い、〝逃亡車〟のハンドルを握る度胸がある。

父が交通事故にあったあとのことだ。病院へいった父親を家に送る途中、わたしは、建設中の高校をみに寄ろうかと誘った。

「一般の車は近づけないぞ」父は言った。

わたしはかまわず工事現場へいき、働いている作業員たちを眺めた。数分後、ヘルメット姿の男性がこちらへ歩いてきた。車の窓をのぞき、車内にいる中年の男と、老人と、白と黒の小さな犬をみる。

「なにかご用ですか?」男性はたずねた。

父の顔が少し緊張する。

「みにきただけです」わたしは答えた。

「すみませんが、関係者以外はお断りしています」

父の顔がかすかにくもったのをみて、わたしは作業員に言った。「こちらの男性をご存知ですか？」

「いや……いいえ、すみませんが存じあげません」

「このあたりのご出身ではないようですね」

「ええ」

「こちらはフランシス・バーク。元教育長です」

「それは失礼しました。存じあげませんでした。車を下りて、近くでご覧になりますか？」

父は疲れたようで、わたしにだけわかるくらい小さく首を振った。

「いいえ、ここで結構です」わたしは言った。

家に帰りつくと、父はわんぱく坊主みたいににやっとして言った。「おまえも、なかなかやるな」

わたしがデイヴィッドとエディと名を連ねられたのは、逃亡車を運転できる胆力のおかげだ。

父の死を知ったのは、ケンとアンと一緒にボルダー・ループ・トレイルのハイキングを終えて戻ってきたときだった。日曜の午後遅い時間だった。あとになって考えてみれば、かえってよかったのだと思う。ケンとアンに、病院の父を見舞ったときの話や、父のいいところをたくさんきいてもらって、心の準備ができていた。父が、四千フッターを登ったことはなくとも山を愛していたことや、子どもたちを連れてキャノンやワイルドキャットをゴンドラで登ったり、トレイラーや登山列車でワシントン山を登ったりしたこともきいてもらった。

父には何度も、気軽なハイキングをしに低い山へ連れていってもらった。あの頃はまだボルダー・ループ・トレイルはなかったが、もしあれば、子どもたちを連れて出掛けていったはずだ。南と西に開けた岩棚の上に着いたら、そこでただ静かに立ち、すばらしい景色を心ゆくまで眺めただろう。感に堪えないといった表情をみせただろう。こうした父との思い出は、わたしがホワイト山地を深く愛する理由のひとつだった――峰に立つとき、父の顔は山の魔法でかがやく。山頂に座って景色を眺める父は、普段の父とはちがう。謙虚で、自然の霊感を受けて心からくつろいでいた。

自分は、文章と写真でふたたび父を山へ連れていったのだ。そう考えると笑顔になった。すべてはアティカスのおかげだった。アティカスが一緒にいたから、大好きだった場所へ父を連れ戻すことができた。

イースターの日曜日、アティカスはアンとケンとわたしの先頭に立ってトレイルを登り、一番高い岩棚に到着すると、座って、南のパッサコナウェイとトライピラミッドに目を向けた。すると、アティカスの顔に、あの表情が浮かぶ。穏やかで、この上なく幸せそうな表情。世界には悪いことなどなにひとつない、とでも言いたげな表情――一年前、アティカスがもう少しで失いかけたあの表情。いくつもの山を登り、何年もアティカスと共に過ごしてきたいまになって、ようやくわたしは、以前にも幾度となく同じ表情をみたことに気づき、なぜこれほど魅力を感じるのか、その理由に思い当たった。子どもの頃、わたしは父のとなりで、これと同じ表情を何度もみたのだ――幸福そうに山を眺める父の表情を。

葬式にはいきたくなかった。自分にはなんの意味もない。別れならもう告げていたし、これからも、山を登るときはいつも父がそばにいる。マックスと同じように、父は永遠に山で生きつづける。だが、結局は葬儀に足をむけた。きょうだいたちにとっては大切なことだからだ。

アティカスは教会に入れてもらえなかった。だが、埋葬の段になると、わたしはアティカスを車の外に出し墓地にむかった。墓地には父のきょうだいが集まっているのが見える。その家族も一緒だ。珍しい光景に目が留まった――わたしのきょうだいたちが寄り添って立っている。抱き合う姿までみえる。うしろには、彼らの家族がいた。とっさの行動だったが、気づけばわたしはふたつのグループを横目にみながら、アティカスと共に、父の墓の足のほうへ近づいていた。アティカスをみて、兄や姉がなにを思ったのかはわからない。気づいていたのかさえわからない。だが、わたしには、そうすべきだと思えたのだ。

30. 胸の痛み

きみが百歳まで生きるなら、ぼくは百歳になる一日前まで生きていたい。きみを失わないですむように。

——『クマのプーさんエチケット・ブック』より

冬が終わり、父がいなくなると、わたしとアティカスの暮らしは穏やかなものになった。春が夏になり、夏がやがて秋になる頃にも、たいした変化はなかった。九月には山地のむこうに引っ越し、タムワースに住みはじめた。ホワイトフェイスやパッサコナウウェイから数キロのところだ。

登山は続けていたが、回数は減った。のどかな田園をのんびり散歩することも多くなった。その日も、いつものように長い散歩を終えてもどってくると、マサチューセッツ動物虐待防止協会（MSPCA&エンジェル）からの知らせが届いていた。アティカスとわたしを、年に一度の表彰式ディナーへ招待したいということだった。去年の冬の募金活動で、ヒューマン・ヒーロー賞を受賞したのだという。

これは「人と動物のための特別に大きな献身と思いやりと勇気」に与えられる賞だ。MSPCA&エンジェルが与える賞は、全部で四つある。あとの三つはヤング・ヒーロー賞、アニマル・ヒーロー賞、そしてヒューマニタリアン賞だ。授賞式は、ボストンにあるジョン・F・ケネディ図書館で、十月におこなわれる予定だった。

授賞式の六日前のことだ。見事に紅葉した木々を眺めながら、わたしとアティカスは散歩へ出かけた。〝絵のように美しい〟という言葉は、こんな日のためにあるのだと思う。空は目が覚めるほど青く、木々の赤い葉は午後遅い太陽の光を浴びて炎のように輝き、あたたかく、風はおだやかだった。ふたりでいつものように、ホワイトフェイスとパッサコナウェイへ続くトレイルまで足を延ばした。山登りではなく、気楽な散歩だ。歩いていると、黄色く塗られた古風な農家のあたりへきた。ふもとの谷間にある古風な建物だ。アティカスは、友だちの姿を探していた。友だちとは、脚の長い大きなニューファンドランド犬のことで、はじめは激しく吠えかかってきたが、すぐに仲良くなった。こちらの姿に気づくと元気よく声をかけてきて、アティカスを遊びに誘う。ところがその日、ニューファンドランドの姿はなかった。かわりに、別の犬が二匹いた。

二匹は、オーストラリアン・キャトル・ドッグに似ていて、毛並みは金色だった。こちらに向かって吠えているが、近づいてこようとはしなかった。ところが、ふと、左側にかかっている歩行者用の橋を振りかえった瞬間、怯えたかん高い吠え声が響いた。わたしが目を離したほんの一瞬のあいだに、片方の犬が突進してきて、アティカスの喉に食らいついたのだ。

アティカスは決して争わない。怒って吠えたことさえない。だから、ほかの犬に激しく吠えられても、敵意を向けられているということがわからない。無邪気でおっとりした性格も、みんなも自分と同じ平和主義者だと信じて疑わないところも、アティカスが生まれもったすばらしい資質だ。時々、わたしはこう教えてやらなければならなかった。「アティカス、みんながおまえみたいに優しいわけじゃないんだよ」

襲ってきた犬は、とどめを刺しにかかった。おぞましいうなり声と、驚いてなす術なく叫ぶアティカスの悲鳴で耳が痛いほどだった。メス犬はアティカスの喉をくわえて持ちあげ、激しく振りまわした。ぬいぐるみかなにかのように、アティカスの四本の足が宙で踊る。わたしが駆けだしたとき、アティカスはメス犬にくわえられたまま、ぐったりとなっていた。メス犬は獰猛にうなりながら、わたしの目をまともににらんだ。

わたしが突進すると、犬はアティカスの体をどさりと地面に落とした。牙をむき出し、今度はこちらに近づいてくる。わたしは大声でわめきながら、攻撃に備えて身構えた。最後の最後に、メス犬は考え直したように、少しあとずさった。わたしからは目を離さず、牙もむき出したままだ。

一瞬の出来事だった。わたしはたったいま起こったことが信じられなかった。胸の中で懇願していた。嘘だと言ってくれ——頼む、こんな終わりかたはひどい！

うしろを向く。アティカスは弱々しくもがき、必死で立ちあがろうとしている。慎重にそばへ近づきながら、メス犬からは目を離さない。その犬はふたたびこちらにやってきた。わたしは、自分の体を盾にしながら、アティカスに近づいた。アティカスはよろめき、倒れかけ、踏みとどまり、ゆっくりと、元きた道へ戻りはじめた。数歩歩くと、少し体勢を立てなおしたようにみえた。急いで追いつくと、アティカスは足を引きずって歩きながら、途方に暮れたような表情をしていた。

「アティカス、お願いだから止まってくれ。傷をみたいんだ」

目はうつろで、焦点が合っていない。わたしは両手をアティカスの体にすべらせながら、傷を調べた。背中と肩の筋肉はこわばり、触れると痛そうだ。あごの下をなでると、てのひらに血が溜まった。大きな穴が開き、中の肉がのぞいている。

わたしは気を引きしめ、アティカスを抱きあげて車へ急いだ。苦しげな息の音をききながら、足を速める。アティカスの目に疲れがみえた。わたしは小さな体をしっかりと抱えて走った。アティカスが、わたしの胸に頭をもたせかける。血がシャツに染みこんでくる。

わたしは、突発的な事故には強いほうで、いざとなれば大抵のことはうまく乗りきる。だが、アティカスの強さは、その比ではなかった。車まであと少しというところまでくると、地面に下ろしてくれと訴えた。ぎこちない歩き方は初めのうちだけで、すぐに駆け足になり、土の道を転がるように走りはじめる。時々首を振ることを別にすれば、いつもの落ちつきを取りもどしている。だがわたしは、車に乗りこむと、アティカスが出血多量でショック状態になるのではないかと不安になってきた。シャツを脱ぎ、アティカスの首にしっかりと巻きつける。

一番近くの動物病院に電話をすると、医師はフェアの仕事に出ていて、診療はできないということだった。友人に電話をかけると、ノース・カントリー動物病院を教えてくれた。だが、ここから三十キロ以上は離れている。運よく二十四時間の救急医療サービスをおこなっていたが、時刻は金曜の午後。翌週の月曜はコロンブス・デーで休みだったため、ノース・コンウェイまでの道路は大渋滞を起こしていた。アティカスを抱いて運転し、容体が急変しないことをひたすら祈る。ほかにできることはない。車は遅々として進まなかった。

病院に到着すると、若い獣医のクリスティーヌ・オコネルが診察してくれた。オコネル医師がアティカスに注射を――全身麻酔だ――を打つ。わたしは手術が終わるまで片時もそばを離れなかった。

オコネル医師は一番大きい傷口を縫うと、首のほかの噛み跡もみつけ、それも消毒していくつかは縫った。それから、長い排液チューブを喉に挿入した。メス犬に激しく体を振りまわされたせいで傷口のまわりの皮膚がゆるみ、ちぎれかけた肉に、雑菌の繁殖した水が溜まっていたのだ。医師は、あと一、二度振りまわされていたら、命はなかったと思います、と言った。ひどい事件だったことは間違いないが、ほんとうに運がよかった。

「アティカスは助かりますよね？」わたしはたずねた。

「注意して見守ってやってください」医師はそう言うと、肺虚脱の兆候を見逃さないように、と続けた。山場は十二時間から二十四時間以内に訪れる。もし、夜のうちに息が荒くなったり、歯ぐきが青くなったり、肩のあたりがエアクッションのように盛りあがったりしたら――すべて、肺に空気が送りこまれていない症状だという――、ただちに病院へ戻ってこなくてはいけない。まずはオコネル医師が空気管で気道を確保し、その後、エンジェル動物病院へ急行するのだ。

大量の薬を投与されたアティカスは、ぐっすり眠りこんでいた。

タムワースの自宅へ帰りついたとたん、張りつめていた緊張の糸がいきなり切れ、襲われた衝撃がふたたびよみがえってきた。数え切れないほどたくさんの山を登ってきたが、アティカスは一度もケガをしなかった。それがいまや、たった一度の無意味な攻撃のせいで、みるからに弱り、苦しんでいる。

頭の中はぐちゃぐちゃだった。メス犬が襲ってきたあの瞬間を、何度も何度も頭の中でスローモーションで繰り返しては、もっとできることがあったのではないかと自分を責める。わたしは、友だちの信頼を裏切ったのだ。いつもなら、近づいてくる危険はすぐに察知し、最悪の事態が起こる前に阻止する。だが、今度ばかりは、すべてが一瞬の出来事だった。

その夜は、アティカスを注意深く腕に抱いた。はじめて出会ったあの日、子犬だったアティカスを恐る恐る抱いたときのように。ゆっくりと体をさすり、てのひらから愛情を伝えようとした。どうか、わたしの愛情を感じとってくれますように、と祈りながら。

両腕に抱いていると、アティカスが全身の体重をあずけてくるのを感じた。喉の左右から突き出した痛々しいチューブや、毛にこびりついた乾いた血が、嫌でも目に入ってくる。

涙がこぼれる。

わたしは祈った。

すがるような思いで祈った。

これほど長い夜は、生まれてはじめてだった。

オコネル医師には、一時間半おきにアティカスの様子をみるようにと指示されていたが、元々眠るつもりなどなかった。一晩中起きていた。アティカスをひざにのせ、白内障の手術を終えたあのときのように、一通のメールを送る。こうして、ふたたび〈フレンズ・オブ・アティカス〉が動きだした。

ほどなくメールが届きはじめ、電話は翌朝まで止むことなく鳴りつづけた。たくさんの人たちが、できることはなんでもすると言ってくれた。金銭的な援助を申し出てくれる人までいた。わたしは、申し出はありがたいが、それよりアティカスのために祈ってほしいと伝えた。

登山サイト〈ヴューズ・フロム・ザ・トップ〉と〈ロックス・オン・トップ〉をみている登山家たちからは励ましのメールが延々届き、ニューベリーポートでも「アティカスのために祈りを」という呼びかけが広まった。

エンジェル動物病院のCEOカーター・ルークは、アティカスの状態を知ると、救急スタッフたちに、〝我らがヒーロー〟がいつ病院へきてもいいように準備を整えておくように、と通達した。ニューハンプシャーの州境にほど近いヴァーモント州ウェルズ・リバーにあるWYKR-FMラジオ局は、アティカスの状態をリスナーたちへ定期的に伝えてくれた。ウェブサイト〈ノースカントリー・ニュース〉も、同じように情報を発信してくれた。このサイトには〝トムとアティカスの冒険〟というコラムを書いていたので、小さな犬が成し遂げたことを知る読者たちは、アティカスを応援してくれていたのだ。スティーヴ・スミスは、週刊紙〈マウンテン・イアー〉の登山コラムに、アティカスが襲われた事件について書いてくれた。

たくさんの友人たちが留守電メッセージを残してくれたが、わたしには折り返す気力がなかった。電話を返す代わりに、一斉送信のメールをこまめに送って状況を知らせた。

翌朝、アティカスは憔悴しきって目を覚まし、歩くことさえままならなかった。わたしは、用を足せるために外へ連れていった。アティカスは、ケガの具合を確かめようとでもするかのように、こわばった首をぎこちなく動かした。喉から突きだしたチューブに違和感があるらしい。こちらをみた目は、穏やかで、そして悲しげだった。並んで草地に座ると、アティカスは体をもたせかけてきた。

最初の夜は乗りきった。だが、不安が完全に消えたわけではない。やり残したこともひとつある。アティカスの目がみえなくなったとき、ペイジ・フォスターに言われたことを思いだす――「トム、アティカスは山を必要としているの」。大ケガを負ったアティカスを登山へ連れていくわけにはいかないが、少しでも明るい気分になってほしい。そして、以前のような安心感を取りもどしてほしい。

まず取りかかったのは、アティカスを連れて、襲ってきた犬のいる農家を訪れることだ。車の中にしばらく座り、こちらをみているあのメス犬をじっとみる。アティカスは、物問いたげな顔で、わたしの表情をうかがっていた。

「いいかい、ここで待ってるんだよ」わたしはアティカスに言い置くと、車を出てドアを閉めた。喉から突きだしたチューブと、毛にこびりついた血が痛々しい。アティカスの目がメス犬からわたしのほうに移る。吠えるメス犬を横目にみながら、わたしは農家に住んでいる女性を呼んだ。その女性はアティカスのことも知っているし、会えばいつも愛想よく接してくれる。ところが、表に出てきた女性は、不法侵入者をみるような目付きでわたしをみた。

「どうかしたの?」。わたしを上から下までじろじろ眺めまわす。

わたしは、車の窓から一心にこちらをみつめているアティカスを指さした。起こったことを最後まで説明する必要はなかった。アティカスの血とチューブに気づいたとたん、女性の目に涙があふれた。立っていられないというように、わたしの腕にしがみつく。

彼女は説明をはじめた。二匹は友人の犬で、頼まれて週末のあいだ面倒をみていること。あの日は、ちょうど外出していたこと。この女性が一緒に連れていっていたから、いつものニューファンドランド犬の姿がなかったのだ。アティカスのほうをみるたび、女性の目に涙があふれ、何度も何度も繰り返しあやまった。「ああ、どうすればいいの?」

「起こったことをお知らせしたかっただけなんです」わたしは言った。本心だったが、ここを訪ねた理由はそれだけではない。女性にには黙っていたが、わたしはアティカスに、あの犬に近づくところをみせたかったのだ。例の犬が、もう一度襲いかかってこようとでもするかのように近づいてくる。わたしは一歩も引かず、まっすぐに犬の目をにらみつけ、そして言った。「お座り!」

すると、犬は座った。わたしは続けて言った。「伏せ!」犬は、しぶしぶ言うとおりにした。

車の中では、アティカスが熱心にこちらの様子を見守っている。アティカスに、わたしがこの犬を怖がっていないところをみせたかった。大丈夫だ、二度とおまえをあんな目にあわせたりしない、と伝えたかった。安心していいんだと知ってほしかった。

車に戻ると、定位置の助手席にいたアティカスが立ちあがり、太ももに前足を置いて、わたしの目をのぞきこんだ。目を合わせたまま、しばらくじっとしている。わたしは片手をアティカスの頭に置いて、両耳をそっとなでた。アティカスは、頬をわたしの頬に押しつけた。ペイジの声が、心の中によみがえってくる――「あなたたちは大丈夫」

アティカスに山を登る体力はなかった――しばらくは無理だろう――が、外へ出ることはできた。この日二番目に寄ったのは、少し先にある〈ブルック・パス〉だ。美しい小道のわきには、小川が曲がりくねりながら穏やかに流れている。苔むした岩や深い木立に囲まれて歩いていると、妖精の国に迷いこんだような気持ちにさえなる。アティカスを腕に抱いて五百メートルほど小道を歩き、小川が曲がっているあたりで腰を下ろした。アティカスの顔は、依然として悲しげだ。だが、そこで長い時間を過ごすうちに、少しずつ、少しずつ、周囲の景色に興味を示すようになった。川のせせらぎ、鳥の鳴き声、舞い落ちる鮮やかな木の葉、新鮮な土のにおい――こうしたものが、救いになった。アティカスには、元気を得られる場所に、安らぎを感じられる場所にいてほしかった。自然の中にいてほしかったのだ。

わたしたちは、そのまま三時間座っていた。時おりアティカスは、こちらへ背を向けて身じろぎもせずに座り、小川をじっとみつめた。そうかと思うと、こちらへ向きなおってわたしの目をまっすぐにのぞきこみ、こう問いかけるような表情をした――「どうしてこんなことに?」

鳥が一羽、低い枝にとまってわたしたちを見下ろした。黙ってみていると、少しずつ近づいてきて、とうとう、アティカスから一メートル足らずのところまできた。鳥と犬は見つめ合った。そのまま、一分ほどがたっただろうか。やがて鳥は飛び立ち、アティカスはわたしのそばへきて、腕に鼻を押しつけた。〝帰ろう〟という合図だ。

アティカスが襲われた翌日の午後遅く、電話をかけ直した相手がひとりだけいた。ペイジだ。理由は自分にもよくわからない。おそらく、心の奥底にいるもうひとりの自分が、アティカスはペイジの友だちでもあるのだと考えていたからだと思う。ペイジ自身がそんな態度を取っていたわけではない。だが、アティカスとペイジのあいだには、絆のようなものがあった。この六年半というもの、ペイジは常に、わたしたちを見守ってくれた。電話をするときもあればメールをするときもあったし、ブログもまめに読んでくれていた。なにより、ペイジほどわたしたちのことを理解している人はほかにいなかった。

事情をきいたペイジは、心配と愛情のこもった声で、わたしがすべきことをただちに説明しはじめた。これだから、彼女のことが大好きなのだ。アティカスに降りかかる厄災は、すべてこの手で取り払ってみせる、という信念を感じる。わたしは、しばらくペイジの話を熱心にきいた。それから、この日自分たちがしたことを報告した。するとペイジは、少しのあいだ押しだまり、やがて言った。「トム・ライアン、あなた、アティカスが一番喜ぶことをしたのよ。いったい、どこで学んだの?」

「ペイジ、ぼくにはいい先生がいるんでね」

その午後、わたしたちは何時間も電話をした。妙な話だが、アティカスのことを二十分ほど話し合ったあとは、話題を変えた。お互いの人生の話だ。ソファに寝そべったわたしに、アティカスがぴったり寄りそっている。わたしは片腕でしっかりとアティカスの体を抱きよせていた。

それから二日、〈フレンズ・オブ・アティカス〉は、アティカスの回復を静かに待ちつづけてくれた。大勢の人たちが案じてくれた。涙を流したのは、わたしひとりではなかった。祈っていたのは、わたしだけではなかった。

31. 散歩という偉大な芸術

あの恐ろしい襲撃から六日後、アティカスはレッドカーペットを歩いて、ジョン・F・ケネディ図書館の入り口をくぐった。大ケガを負ったことなど微塵も感じさせない歩きっぷりだった。

一番の親友なのだから、わたしも、喉に大穴が開いたくらいでアティカスがめげるわけがないことくらい承知しておくべきだったのだ。アティカスは、常連のような顔でホールに入っていく。かつてニューベリーポートの郵便局や市役所で出入りを禁じられた小さな犬は、ジョン・F・ケネディ図書館に、名誉ある賓客として迎え入れられた。

MSPCA&エンジェルのメンバーの方々は、これ以上ないくらいわたしたちに優しくしてくれた。とりわけ、アティカスは手厚く迎えてもらった。ブログやウェブサイトの写真で事件直後の様子を知っていた人々は、弱々しいアティカスがやってくるものと案じていたらしい。

ソローはかつてこう書いた。「散歩とは偉大な芸術である」

堂々たる建物へ歩いて入っていくアティカスもまた、わたしにとっては偉大な芸術だった。そばを通る人たちが、アティカスの名前を呼び、すてきだよと褒めてくれ、楽しく過ごしてくださいねと声をかけてくれる。その中を歩いていくアティカスは、みるからに居心地がよさそうだ。ニューベリーポートに住んでいた時代に戻ったかのようだった。

やがてわたしたちは、〝ＶＩＰ〟ルームへ向かった。今夜の主役たちが、イベントのスポンサーたちと共に待つ部屋だ。ここでもアティカスは、自宅に帰ってきたかのように中へ入っていった――いばった歩き方ではない。リラックスして、気楽に歩いていく。小さな尻を振りながら、だれに気兼ねする様子もみせずにのんびりと部屋の中ほどまでいった。まわりにいる小さな犬たちを、しげしげと眺めわたす。犬たちは、宝石をあしらった首輪や、きらきら光るリードをつけていた。アティカスは、有名なカントリー歌手のエミルー・ハリスの真ん前で足を止めた。今夜の主賓格で、ヒューマニタリアン賞を受賞することになっていた。エミルーは、自分を見上げたアティカスをみつめつづけた。アティカスをみたら、だれだってそうなるのだ。

わたしはアティカスを抱きあげた。部屋にいるみんなで自己紹介をして、しばらく話をする。アティカスはわたしの腕のくぼみにすっぽり収まり、エミルーは、こちらへ時おり手を伸ばして、小さな犬の腹や胸をなでてくれた。カメラマンが、何度もわたしたちの写真を撮った。

しばらくすると、わたしとアティカスはＶＩＰルームから逃げだして、きれいに刈りこまれた芝生へいった。海と、その先の町並みを見渡す。ケータリングの業者や警備員をみかけると、声をかけて彼らの話に耳をかたむけた。アティカスはだれをみてもエミルー・ハリスのときと同じように挨拶し、小さな犬のそんな姿に、だれもが口元をほころばせた。中へ戻ると、係の人がふたり、大あわてでわたしたちを探していた。ほかの出席者たちと共にメインロビーへいく時間らしい。カクテル・レセプションのあるロビーには、かわいらしい犬たちが大勢いた。トリミングがあまりに見事で、裏庭でみかけた動物の植え込みそっくりにみえる犬までいる。しつけが行き届き、リードをつけている。アティカスは、リードも首輪もつけず、なにに頓着することもなく、そんな犬たちのあいだを縫うように歩いていく――

悠然と。

このイベントには、富裕層――高級住宅街ビーコン・ヒルのむかしからの住人――がたくさん出席している。だが、だれもが、これ以上は望めないくらい感じがいい。そしてわたしのとなりには、リードもつけず、のんきそうな顔をしている犬がいた。どこへいっても、どんなときも、平然とくつろぐ小さな犬が。

アティカスにとっては、すべてがいつもどおりだった。みんなが自分の名前を知っている。わたしは、余っていた椅子をテーブルに運んできた。アティカス用の席だ。いっぽう、レセプションが終わる頃には、会場にいたほとんどの犬たちは、ディナーのあいだは別室に移された。

ディナーがはじまると、アティカスと一緒に会場の人々を観察した。ふたりでチキンを分け合っていると、モーリーン・キャロル医師が挨拶にきてくれた。親しみをこめてハグをし、長いおしゃべりをする。それから、助手のアン・ノヴィツスキーと話しにいった。モーリーンとアンに会ったのは、たった二回だ。だが、まるで旧交を温め合っているような懐かしさがあった。

こうして、授賞式の時間になった。〈ニュース・センター・ファイヴ〉の共同アンカー、〈ヘザー・アンルー〉が、ひとり目のヒーロー、アマンダ・マクドナルドを紹介する。なんと、十三歳だ。アマンダは、大勢の署名を集め、マサチューセッツ州で行われていたグレイハウンドのドッグレースを廃止させる、という途方もないことを実現させた。若いのに、スピーチもとても落ちついていた。

次はわたしたちの番だった。やれやれ、とため息をつく。こんなにすばらしいティーンエイジャーのすぐあとで、魅力的な話をするのはむずかしそうだ。

職業は物書きだが、スピーチの原稿は書かなかった。即興で話すと決めていた。まずはわたしたちの紹介文が読みあげられ、ヘザーのうしろにかかった大きなスクリーンに、山で撮った写真が次々に映しだされていく。会場の人たちは写真を気に入ってくれた。会場中から感嘆のため息がいっせいに上がったのは、アティカスが北キンズマンの山頂に座っている写真が映されたときだった。背景には、銀白の雪におおわれたフランコニア山脈が広がっている。

わたしは、アティカスを抱いて壇上へあがった。山頂でずっとそうしてきたように。会場を振りかえると、まぶしい光に目がくらんだ。大勢の人がいることはわかっている――だが、その姿は、光にまぎれてみえない。うしろのスクリーンには、壇上のわたしたちの姿が大きく映しだされている。みんなには、目のはしに浮かんだわたしの涙がみえているのだろうか。この一週間のつらさが、いまになってのしかかってくるようだ。足がふるえ、声がふるえる。

どう話をはじめたのか、いまはもう思いだせない。だが、はじめの三十秒が過ぎると、あとはスムーズに言葉が流れはじめた。感謝すべき人々がいて、挟むべきジョークがあって、話すべきアティカスのことと、彼が乗りこえてきたたくさんのことがあって、称えるべきエンジェル動物病院と、医師たちと、助手たちと、寄付をしてくれた人々がいたからだ。

アティカスとの友情や、視力を失ったときのことを話している途中、ふいにアティカスが頭をわたしの胸にもたせかけた。それをみた会場の人々は、はっと胸をつかれたらしい。聴衆の反応はあまり覚えていないが、その瞬間のことは鮮烈に覚えている。スピーチが終わると、ひとりの女性がたずねた。「さっきのあれは、あなたがそうするように訓練したの?」

わたしは答えた。「いいえ。アティカスは自分の意思で動くんです」

あとになって、カーター・ルークはこんな話をしてくれた。MSPCA&エンジェルの面々は、アティカスがわたしの胸に頭をあずけたときのことを〝決定的瞬間〟と呼んでいるらしい。

残りふたつの賞は、それぞれボストン警察署の犬たちと、エミルー・ハリスに捧げられた。こうして、授賞式は終わった。

ほんの一週間前は、喉に穴の開いたアティカスを腕に抱き、果たして助かるのだろうかと不安でいっぱいだった。たった一週間で、信じられないほどたくさんのことが起こった。授賞式が終わっても、大勢の人たちに囲まれてなかなか出口へたどり着けなかった。モーリーン・キャロルは、あなたのスピーチであんまり笑って、おしっこがもれるかと思ったわ、と言った。思わず泣いてしまったよ、と言ってくれた人たちもいた。どうにか廊下に出ると、ここにもファンが大勢詰めかけていて、アティカスは、みんなのためにカメラの前でポーズを取った。そのあいだも、テーブルに飾られていた花を持ち帰る人がそばを通るたびに、アティカスは彼らのももに前足をかけて呼びとめ、甘い花のにおいをかいだ。自分の望みはきっちり伝える主義なのだ。もちろん、人生最高の夜には、ゆっくりとバラのにおいを楽しむに限る。

ある男性がこんな質問をした。「アティカスは完ぺきな犬なんですか?」

意外な問いかけにわたしはしばらく考えこんだ。共に暮らした六年半を急いで振りかえる。やがて、こう答えた。「いいえ。でも、わたしにとっては完ぺきです」

スピーチで名前を出しそびれた人が三人いる。いずれも、この夜のイベントを心から楽しんでくれただろう人たちだ。

ひとり目は、わたしの父親――ケネディ家やボストンの政治や〈チャンネル・ファイブ・ニュース〉のアンカーたちを敬愛してやまなかった父は、この日の盛大なイベントに目を輝かせたにちがいない。父の葬儀で弔辞を述べたデイヴィッドは、父はスタンディングオベーションを浴びることに憧れていて、あれはどんな気分がするんだろうな、とよく話していました、と語った。弔辞が終わると、会場にいたわたしたちはいっせいに立ちあがり、父のために盛大な拍手を贈った。この夜わたしとアティカスが受けたスタンディングオベーションは、よろこんでジャック・ライアンに捧げたい。父が、いまいる場所からわたしたちを見守ってくれているといい。

ふたり目は、ペイジ・フォスターだ。この夜の受賞を、ペイジがどれほど誇りに思ってくれたことか。アティカスがわたしと一緒にいるのは、ペイジが譲ってくれたおかげだ。ペイジはアティカスを自分で飼うつもりでいたのに、わたしに譲ってくれたのだ。寛大なペイジがいなければ、わたしの人生がこれほど大きく変わることもなかった。考えてもみてほしい——千匹以上の子犬を育ててきた女性が、手元に残しておきたいと思ったたった一匹の子犬を他人に譲り、その特別な子犬が賞をもらったのだ。

最後は、マックスウェル・ガリソン・ギリスだ。マックスの存在がなければ、アティカスと出会うこともなかった。マックスがすべてを変えてくれた。わたしの心を開いてくれた。おかげでわたしは、マックスがいなくなったあとも心を閉ざすことなく、アティカスを迎えいれることができた。正直に言う。実はこの夜、マックスはわたしたちと共にいた。そして、マックスの一部は、いまもあの場所にある。あの夜、わたしは小瓶に詰めた彼の遺灰を持っていき、ケネディのヨット、ウィクトーラ号の中にまいた。ヨットはいまも、海を望む芝生の上に据えられている。

32. ペイジ

ペイジは、アティカスがいわれない襲撃を受けたあと、わたしが唯一電話をかけた相手だったが、ジョン・F・ケネディ図書館ですばらしい一夜を過ごした翌朝、わたしがまっさきに電話をかけたのもペイジだった。一部始終を詳しく話すと、ペイジは、一言一句に熱心に耳をかたむけた。途中でくすくす笑い、時には大笑いした。いまのところをもう一度話してちょうだいと言ったり、もっと詳しくきかせてちょうだいとせがんだりした。すべてのエピソードを残らず覚えておこうと思っているかのようだった。

ペイジは、手放しのよろこびようだった。ルイジアナの田舎でひとりぼっちで生まれた小さな犬が、ニューベリーポートで一躍セレブになり、ホワイト山地で伝説を残し、そしていまでは、ヒーローとして喝采を浴びるようになったのだ。今回の賞はぼくたちだけのものじゃなくて、きみのものでもあるんだと言うと、ペイジは、いいえまさか、と謙遜した——どこか寂しそうな声だ。「いやペイジ、きみがいなかったら、昨夜のようなことは起こりもしなかった。ほんとうに感謝してる」

それからの数週間、わたしたちは頻繁にメールを交わした。感謝祭を控えたある月曜日のことだ。電話のむこうのペイジは、こちらが期待していた以上にたくさんのことを打ち明けてくれた。ペイジという女性は、どんなときでも優しく、助力を惜しまず、鋭い直感の持ち主だが、それまでは秘密めいたところがあった。その彼女が、堰を切ったように話しはじめたのだ――自分の人生の話を、そして、アティカスがわたしの人生に登場するに至るまでの経緯を。

ペイジは、すらりと優美な姿をした女性だ。背は高く細身で、脚が長く、戸外にいるのを好む。疲れ知らずの働き者だが、本人の言葉を借りるなら「陶磁器のように壊れやすい」ところもある。

アティカスが生まれる半年前、自転車で田舎道を走っていたペイジは車にはねられた。元の健康を取り戻そうと奮闘したが、なにをやっても効果がなかった。精神的にも肉体的にも感情的にもつらかった。自分の支えがなくなって、なにをやっても気分が晴れない。不思議なことが起こったのは、ある三月の夜だった。身ごもっていた犬の一匹が産気づいた。ペイジには動物の世話をする才能があったし、ほんの子どもの頃から両親の農場を手伝って、つねに動物を相手に働いてきた。出産前の動物が子を何匹産むのか予測することもできた。ペイジの見立てでは、その夜産気づいた犬は、四匹の子犬を産むはずだった。ところが、実際に生まれた子犬をみて、ペイジはがく然とした。生まれたのは、たった一匹。白黒まだらの小さな子犬が一匹だけだったからだ。

こんな見立て違いをしたのは初めてだった。

子犬を両手にのせて体を洗い、体重をはかり、母犬の元へ帰そうと歩きだしたペイジは、ふと足を止めた。手の上にいる小さな子犬は、なにかがちがう。なにがちがうのかはわからない――ただ、心の奥底に、その確信がある。

六週間、ペイジは子犬にほとんどかかりきりになった。不思議なことに、ペイジ自身が回復しはじめたのもこの頃だった。「あの子をみていると、自分をみているような気分になったの」ペイジは言った。よく裏手の木立へ子犬を連れていき、ひざの上に小さな体をのせて世界をみせながら、こんなふうに語りかけたという。なにが起こるのかはわからないけど、おまえはとても特別な一生を送るはずよ、と。

それまで千匹以上の子犬を愛情深く育てては世界へと送りだしてきたペイジは、このとき初めて、この子犬だけは手元に置いておこう、と決めた。自分を幸福にしてくれる唯一の存在だったからだ。その頃彼女は不幸な結婚生活に閉じこめられていた。

運命はペイジにつらく当たった。不幸は七歳のとき始まった。祖父による性的虐待だ。虐待は何年も続き、周囲の人間はだれひとりペイジの訴えを信じなかった。性的虐待を受けた被害者の多くに共通することだが、ペイジにもまた、冷酷な相手に惹かれるところがあった。だから、ずっと年上の、自分をぞんざいに扱う男と結婚したのだろう。

「トム、あなた、前に電話できいたことがあったでしょう。アティカスには生まれつき欠陥があって、だから値段を下げたのか、って……あのひと言には傷ついたわ。どうしてたった四百五十ドルで売ったのか知りたがってたけど、夫がいなかったら、そもそもお金なんて取らなかったわよ。

アティカスはだれに売るつもりもなかった。そこへいきなり登場してきたのがあなたよ。声をきいただけで、この人は打ちのめされてるんだってわかった。わたしをあんなに力づけてくれたアティカスなら、この人のことだって救ってくれる。そう思ったのよ。

アティカスを送った朝は、空港の駐車場で車の中に座ったまま、泣きじゃくったものよ。泣いて泣いて、涙が涸れるまで泣いたわ。アティカスを手放したくなんてなかった。あの子はわたしのすべてだったのよ！」

わたしは言葉を失った。

「あの日の午後、あなたはアティカスを抱いて、電話でお礼を言ったでしょう。すごく幸せそうな声だったわ。だから、ああ、わたしは正しいことをしたんだな、って思った。

そのあともずっとわたしに電話をかけてきて、アティカスを正しく育てようと一生懸命になってた。お客さんにはいつも同じアドバイスをするけど、なにを言ってもそのとおりにしてくれる人はあなたくらいだと思う。ふたりの絆が強くなっていくのがわかって、ほんとうにうれしかった。ニューベリーポートのみんなもアティカスを可愛がってくれて——とにかく、うれしかったの」

それからの数日、わたしたちは一日と空けずに電話をした。ペイジの打ち明け話はさらに続いた。

「子犬を新しい家族に送るときは、浜辺に立って、小さなボートにのせた子犬たちを一匹ずつ大海原へ押し出すみたいな気分よ。海のむこうには新しい暮らしが待ってる。安全で、幸福で、愛をもらえる暮らし。みんながどんな生活を送るのか知りたくてたまらなかった。だって、子犬たちはわたしの分身みたいなものだから——わたしが手に入れられなかった暮らしを送るんだから。子犬を送って、浜辺にひとり立って、海を眺めながら悲しい気持ちでつぶやく。『わたしも行きたい』だけど、子犬たちの様子をこまめに知らせてくれる人なんて、ひとりもいなかった。いいえ、ひとりだけいたわ。それがあなたよ。あなたは、なにもかも知らせてくれた。そんな自覚なんてなかったと思うけど、あなたのおかげで、わたしはトムとアティカスの人生を生きることができたの」

電話の最中、黙ってペイジの言葉に耳を傾け、涙が頬を流れるに任せるしかないことが、いったい何度あっただろう。

「しばらくすると、トム、あなたはアティカスと山登りをはじめた……あれは、わたしにとっても大きな意味のある行動だったのよ。小さい頃、母親に何度も言ったものよ。いつか、ここから三千キロむこうへ逃げだして、だれにもみつからない山の中で暮らすんだ、って。ほらね、あなたたちをみてごらんなさいよ——三千キロ離れたところで山を登っているじゃない。

アティカスが山のてっぺんに座って景色を眺めている写真を送ってくれると、パソコンの前に座って、スクリーンに映ったアティカスの姿を指でなぞって、こんな暮らしができたらどんな気分かしらって想像をめぐらせたものよ。アティカスのよろこびを、自分のよろこびみたいに感じながら。トム、そうやってあなたは、しょっちゅうわたしの息を楽にしてくれたの！」

ペイジは、わたしからの電話でアティカスが視力を失ったと知らされたときのことにも触れた。「まるでこう言われてるみたいだった。『たのむペイジ……たのむから助けてくれ。アティカスを治してくれ』。わたしは、もうなんだってするつもりだったわ。あなたの気持ちに心から感動したから。黙っていたけど、地元の獣医に連絡をしてたの。車でアティカスを連れ戻しにいって、目を治して、すっかり良くなったらまたあなたの元へ帰すつもりだった。だけどあなたは、みんなが救いの手を差しのべてくれて、すごく親切にしてくれたんだ、って話してくれた。にわかには信じられなかったわ。だから、なにも言わなかったの。アティカスがすっかり回復したときは、心の底からほっとしたわ。でも忘れないで、あなたとアティカスにはわたしが付いてる。もし、アティカスに万が一のことがあったら、すぐにあなたのところへ新しい子犬を届けてあげる。お金なんて一セントもいらない」

いまや、わたしとペイジのあいだには、隠し事などほとんどなかった。心を開いて、自分の人生を相手と分かち合った。一度、彼女に怒りをぶつけて罪悪感に襲われたことがある。夫の話をしていたときだ。夫の仕打ちを語るとき、ペイジは決して虐待という言葉を使わなかったが、わたしにはそうとしか思えなかった。だから、こうたずねた。「ペイジ、どうして逃げださない？　どうして我慢してるんだい？」。ふたりの結婚生活はいまだ続き、二十年がたとうとしていた。彼女は夫に借金があって離婚できず、二年前に、三年後には離婚するという計画を立てていた。目標達成まであと一年だ。

わたしは声を荒らげたわけではない。ただ、愛想のない言い方をしただけだ。怒りを覚えたのは、ペイジには幸せでいてほしかったからだ。虐待がどんなものかは、わたしも知っている。だが、ペイジが泣きだすと、できることなら電話線の中へ潜りこんででもそばへいってやりたくなった。ペイジは、すすり泣きながら言った。「わたしが、どうして逃げださなかったかって？　どうしてかって？　ええトム、わたしが逃げださなかったのはね、結婚の取扱説明書をだれにももらえなかったからよ！　だから、逃げだす方法がわからなかった。人生って簡単じゃないのよ！」

わたしは謝り、ペイジも謝り、そしてまたわたしたちは、くる日もくる日も話しつづけた。

ペイジの語る身の上話に耳を傾ければ傾けるほど、彼女が払ってくれた犠牲に対する驚嘆の念は、いっそう深まっていった。並大抵のことではない。ここにいる小さな犬と、ルイジアナにいるすばらしい女性は、わたしに贈り物をくれたのだ。人生をくれたのだ。

ある日、話題は最初に交わしたメールのことになった。あのときは、ペイジにたくさんの子犬の写真をみせてもらったものだが、わたしはまったく興味がわかなかった。するとペイジは、じつはあと一匹だけ子犬が残っているんだけど、その子は「ちがっている」のだと言った。わたしはそのときのことを思いだしながら、アティカスをひと目で気に入ったのは、まさにほかの子犬とはちがっていたからなんだ、と言った。ほかの子犬たちは完ぺきにポーズを取っていた。だがアティカスは、カメラなんかどうでもよさそうだった。

「トム・ライアン、ほんとはアティカスを手放したくなかったって言ったでしょ？　譲る決意もできていなかったのよ。だから、写真を撮るときに、ほかの子たちみたいにポーズを取らせなかったの。心のどこかで、あなたがこの子を気に入らないように願ってたのね。でも、あなたは騙されなかった。見掛けなんてどうだってよかったんだから。電話を切ったあと、泣きそうになったわ。この子を失うんだってわかったから」

聞きたいことがもうひとつあった。最初にもらったアドバイスのことが、わたしはずっと気になっていた——どこへいくときも連れていって。最初のひと月は、だれにも抱かせちゃだめ。

「あのアドバイスはすごく役に立った。子犬を手に入れた知り合いにも、かならず教えてあげるんだ。ペイジ、あんな知恵をどこで身につけたんだい？」

受話器のむこうが一瞬静かになる。答えるべきかどうか自問しているようにも思えた。やがて、いまにも消え入りそうな静かな声がきこえた。「ずっと、わたしもそんなふうに愛してほしかったから」

33・家へ

アティカスとわたしがジョン・F・ケネディ図書館でヒーローとして称えられたあの夜を思いかえすにつけ、MSPCA&エンジェルの善良な人たちの評価は半分ほどしか当たっていなかったのだと感じずにはいられない。壇上にヒーローはいた。だが、それはわたしではなかった。

『千の顔をもつ英雄』で、ジョーゼフ・キャンベルはこう書いている。「英雄とは、ありふれた日常の世界から思いきって脱却し、超自然的神秘の世界へ足を踏み入れる者のことだ。その旅において、英雄は圧倒的な力に直面し、決定的な勝利を贏《か》ち得る――神秘の冒険から帰還した英雄は、仲間に恵みを授ける力を手にしている」

英雄は、わたしではない。英雄はアティカスだ。何度も何度も「ありふれた日常の世界から思いきって脱却」し、「圧倒的な力に直面」してきた。キャンベルが記したとおり、旅が終わるのは、英雄が帰還して「恵みを授ける」ときなのだ。驚くべきことに、アティカスはまさにそのとおりのことを成し遂げた。旅を見守る人たちを力づけ、なかでもわたしに与えた影響は飛び抜けて大きかった。

人生も四十年が過ぎたところで、わたしはすべてを一変させようと心を決めた。だれも欲しがらなかった犬を引き取り、家庭を与えた。その犬もまた、わたしに家庭をくれた。一緒に暮らしたみじかいあいだに、マックスはわたしの心を開き、アティカスが入ってこられるように、心の戸口を開けはなしたままにしてくれた。わたしは、この世を去った一匹の犬に多くをもらい、この世にいるもう一匹の犬には、さらに多くをもらっている。わたしを、あるべき道へ送りこんでくれたのは、マックスだ。だが、ふたたびわたしを〝家〟へと連れ戻してくれたのは、アティカスだ。愛とはなにかを教えてくれ、周囲の人々の優しさを、夢をみる大胆さを、人生に煩悶《はんもん》する父を愛する方法を教えてくれた。父は――本人は決して理解してはくれなかったが――、息子が彼の代わりに夢を持っているかぎり、永遠に生き続ける。

のちの展開を予期したわけではなかったものの、アティカスを、お気に入りの文学的英雄にちなんで名付けたことは、実に気の利いたユーモアになった。『アラバマ物語』に登場する弁護士のアティカス・フィンチは、作中で、トム・ロビンソンという男を救うべく、勝ち目のない戦いに挑む。弁護士アティカスは、前例のない試練にさらされた。だが、わたしは、誇張ではなくこう言いたい。小さな犬のアティカスは、トム・ライアンを救うという意味においては、弁護士のアティカスよりも、はるかにすばらしく、はるかに英雄的な成功を収めたのだ。

おそらくアティカスは生まれたその瞬間から――ペイジの言葉どおり――特別な犬だった。だからこそ、無私の精神で、山から山へとわたしを導き、失いつつある視力のことは気にもかけなかった。これはトムにとって大事なことなんだ、とかぎ取ったからだ。あるいは、アティカスの輝きは、ペイジの無私の精神に拠るのかもしれない。彼女は見知らぬ他人に、できることなら手放したくなかった宝物を譲ってくれた。相手が自分よりも必要としている、というだけの理由で。いっぽうではまた、アティカスが自分らしくいられたのは、まずはペイジに、そして、次はわたしに育てられたからだ。わたしたちはふたりとも、自分もこんなふうに育てられたかった、という願いをこめて、アティカスを育てた――こんなふうに愛されたかった、と思いながら。アティカスとペイジのふたりがわたしに教えてくれたのは、無欲の気高さだ。ふたりのおかげで、わたしは人間の限界について書きたてる人生からは手を引き、限界を定めない人生を選ぶことができた。新たな人生では、肥満体の中年男であるわたしと小さな犬は、信じがたいようなことを成し遂げられる――たとえそれが、古代からそびえる山の中の、一歩間違えば取り返しのつかないような状況のもとであっても。

いつの日か、家族も友人もすべて亡くし、正気をあらかた失うほど長く生きるようなことになったら、父と同じく介護施設で暮らすようになるだろう。世話をしてくれる人たちは、わたしの語る話をきいて、もうろくした老人の妄言だと思うことだろう。小さな犬の話、その犬と共にした冒険の話、三度の冬で登った百八十八の山の話、ジョン・F・ケネディ図書館のステージに立った夜の話。

わたしとアティカスが分かち合えた体験のすべてを幸運に思う。出会ってから積みかさねてきた記憶は、数え切れないほど豊かだ。アティカスのいない世界は、想像することさえできない。いまはまだ。冒険が続くあいだは、まだ。

次なる冒険へ乗り出す気になったのは、アティカスが、愛はほぼすべての答えになりうると信じさせてくれたからだ。もう一度やってみよう、という心構えができた。空港へアティカスを迎えにいったあの日から七年後、わたしたちはふたたび同じ場所へ戻っていった――デート相手を迎えにいくために。ペイジ・フォスターが、ルイジアナからやってくるのだ。ようやく、窮屈な生活から三千キロむこうへ逃げだして、山へやってくる。宝物の小さな犬が目にし、失い、ふたたび取りもどした景色を、ペイジもまたみることになる。

わたしたちふたりの関係がどうなるのかは、本人たちにもわからない。だが、冒険とはそういうものだ――チャンスは与えられるが、結果はわからない。重要なのは、目の前の冒険に、イエスとうなずくことだけなのだ。何年もの歳月を経てようやく初デートへ出かけることも、ちっとも不自然には感じない。ペイジは、これまで出会ったどんな人よりも、愛のなんたるかを教えてくれた。心から愛し、無私の精神で愛することを、手をつないで寄りそうようにしてアティカスを育てるあいだ、伝えてくれたのだ。

新たな愛に賭けてみようとふたりが自然に思えたのには、もうひとつ訳があった。母が死んで、子どもらしい無邪気さをうしなったとき、わたしは七歳だった。ペイジが、祖父の手によって無邪気さを奪われたのも、七歳だ。わたしたちは同じ年に、〝エデンの園〟からの強制退去を余儀なくされたが、ふたたびそこに戻る道をみつけた。ここに、ペイジのすばらしい言葉を引用したい。「わたしたちは、ずっとむかしに迷子になった七歳で、これから家に帰ろうとしているところなのよ。ふたりの愛した七歳の犬が、わたしたちを引き合わせてくれたの」

わたしの友人のアティカス・M・フィンチの物語を綴るあいだ、幾度となく、アントワーヌ・ド・サン＝テグジュペリの金言が頭に浮かんだものだ。「たぶん、愛することでぼくは、きみをゆっくりと元のきみ自身へ戻そうとしているんだ」

この小さな犬は、まさにこのとおりのことをしてくれた。アティカスが導き、わたしはついていき、いつしかわたしは、少年の頃にこうなりたいと夢見たような大人になっていた。

〈こうして、ふたりは出発しました。どこへいこうと、行く先でどんなことが降りかかってこようと、あの森の上にある魔法の場所では、少年とその子のクマが、いつまでも遊んでいることでしょう。

――A・A・ミルン、『プー横丁にたった家』〉

訳者あとがき

アメリカに入植したヨーロッパ人がロッキー山脈を「発見」するまで、アメリカの名峰といえばホワイト山地だった。ここには、〝四千フッター〟と呼ばれる標高四千フィート以上の山々が四十八峰連なっている。見事な山並みは、作家や画家たちの創作意欲を大いにかき立ててきた。ナサニエル・ホーソーンやハーマン・メルヴィル、ラルフ・ウォルドー・エマソンも、この地を訪れて作品を残している。

彼らと同様この山々に魅入られたのが、本書の著者トム・ライアンと、彼の相棒でミニチュア・シュナウザーのアティカス・M・フィンチだ。著者は、アメリカ北東部のニューベリーポートという小さな町で、〈アンダートード〉という新聞をひとりで発行していた。アイスクリームと友人を愛する穏やかな男性だが、新聞記者としての働きぶりは、〝地の塩〟という言葉がぴったり当てはまる。地元の政治家や警察官の不正は容赦なく糾弾した。小さな町のことだから、攻撃すれば仕返しは免れない。命の危険さえ感じるようになったころ、著者の生活は一変する。その変化をもたらしたのは、小さなアティカスと、ホワイト山地だった。

ミニチュア・シュナウザーは本来、登山のような激しい運動を好む犬種ではなく、一日に一時間程度の散歩をすれば、あとは室内の軽い遊びだけで十分だとされている。だがアティカスは、どうしても気が進まない日をのぞけば（彼にはどんなときにも、自分の意見を表明する権利がある）、怪我を負っている時でさえ山で過ごす時間を愛した。本書でも紹介されているとおり、ニューハンプシャー州では愛犬と登山を楽しむことは一般的なようだ。それでも、体高三十センチ程の犬が、雪をかきわけながら意気揚々と山を登っていく姿を目にした人々は、どれほど驚いただろう。

本作は〈ニューヨーク・タイムズ〉のベストセラーリスト入りを果たしただけでなく、二〇一二年のノーティラス・ブック賞の銀賞を獲得した。トム&アティカスが立ち上げたエンジェル動物病院のための募金活動は数千ドルの寄付を集めた。現在も著者は犬たちと共にホワイト山地で暮らしながら、犬の愛護活動のために様々な活動を続けている。里親として保護した老犬ウィルとの出会いを綴った物語は、二作目の著書『ウィルズ・レッド・コート』（未邦訳。*"Will's Red Coat : The Story of One Old Dog Who Chose to Live Again"*）に詳しい。捨てられ傷ついていたウィルが、トムとアティカスとの暮らしによって徐々に回復していく様子は、マックスウェル・ガリソン・ギリスのエピソードを思い起こさせる。著者はまた、ホームページ〈ノースカントリー・ニュース〉にコラムを執筆するほか、〈ザ・アドベンチャーズ・オブ・トム&アティカス〉というブログを現在も更新している。

最後になりましたが、トムとアティカスに出会わせてくれ、丁寧なご指摘をくださった集英社インターナショナルの河井好見さんに心から感謝を申しあげます。

二〇一七年十一月十日　訳者

トム・ライアン

Tom Ryan

1961年生まれ。アメリカのマサチューセッツ州ニューベリーポートで、〈アンダートード〉紙を立ちあげ、10年以上編集発行に携わる。2007年に愛犬のアティカスと共に、ニューハンプシャー州ホワイト山地へ引っ越す。5年間で、アティカスと標高1200メートル以上の450峰を制覇。自身のブログや新聞等でアティカスとの体験を執筆している。2017年3月に“*Will's Red Coat: The Story of One Old Dog Who Chose to Live Again*”を刊行。

ブログhttp://tomandatticus.blogspot.jp/

金原瑞人

Kanehara Mizuhito

法政大学教授・翻訳家。1954年岡山市生まれ。児童書、ヤングアダルト小説からノンフィクションまで500点以上を翻訳。訳書に『不思議を売る男』(偕成社)、『豚の死なない日』(白水社)、『青空のむこう』(求龍堂)、『国のない男』(中公文庫)など。エッセイ、日本の古典の翻案、ブックガイドの監修、書評なども手がける。

井上 里

Inoue Sato

翻訳家。1986年、宮崎県生まれ。訳書に〈サバイバーズ〉シリーズ(小峰書店)、『わたしはイザベル』(岩波書店)、〈イザドラ・ムーン〉シリーズ(静山社)など多数。

アティカス、冒険《ぼうけん》と人生《じんせい》をくれた犬《いぬ》

2017年12月10日　第1刷発行

著　者　トム・ライアン
訳　者　金原瑞人《かねはらみずひと》・井上里《いのうえさと》

発行者　手島裕明

発行所　株式会社集英社インターナショナル
〒101-0064　東京都千代田区猿楽町1-5-18
電話 03-5211-2632

発売所　株式会社集英社
〒101-8050 東京都千代田区一ツ橋2-5-10
電話　読者係 03-3230-6080
販売部 03-3230-6393（書店専用）

装　丁
挿　画　椚田透（nix graphics）

写　真　トム・ライアン（本人の写真を除く）
印刷所　大日本印刷株式会社
製本所　加藤製本株式会社

ISBN978-4-7976-7346-3　C0098